KB122120

지친 하루를
사랑과 이해의 향기로
가득 채우리라

잠깐의 휴식 동안
이 책과 함께 하면 당신에게
그 무엇보다
소중한 선물이 될 것입니다.

카렌 골드먼 지음

정신, 심리, 건강 및 종교 분야를 아우르는 작가이자 피정 지도자, 컨설턴트, 기자이다.
'2011 영성분야 최고의 책' 을 수상했으며, 저서로는 『문턱을 넘어서 질문 속으로: 신을 발견하고
자아를 찾다(Across the Threshold, Into the Questions: Discovering Jesus, Finding Self)』
등이 있다.

박현주 옮김

이화여대에서 사회학을 전공하고 한국저작권위원회에서 법률판례와 학술논문 등을 번역했다.
현재 전문 번역가로 활동 중이다.

힐링 한 스푼

2016년 01월 25일 1판 1쇄 인쇄
2016년 01월 30일 1판 1쇄 발행

펴낸곳 | 파주 북스
펴낸이 | 하명호
지은이 | 카렌 골드먼
옮긴이 | 박현주
주　소 | 경기도 고양시 일산서구 대화동 2058-9호
전화 | (031)906-3426
팩스 | (031)906-3427
e-Mail | dhbooks96@hanmail.net
출판등록 제2013-000177호
ISBN 979-11-86558-03-4 (03840)
값 13,000원

지친 당신을 위한
101가지 선물

힐링
한 스푼

지친 당신을 위한
101가지 선물

힐링
한 스푼

파주 Books

삶에 큰 위협이 되고 인생을 바꿔버릴 만한 병에 걸렸다고 가정해보자. 당신은 혼란스러운 감정에 휩싸이며 모순된 행동을 할지도 모른다. 나는 30년 이상 심리치료사로 일하면서 그런 비극적인 소식을 접하는 사람들을 많이 보아왔다. 질병을 진단받은 사람들은 어쩔 줄 몰라 하고, 사실을 받아들이지 않기도 하며 두려움과 슬픔, 기쁨, 수치심, 안도, 분노와 같은 감정들로 인해 고통스러워한다.

대부분의 사람들은 자신에게만은 그런 일이 일어나지 않을 거라는 자아도취적인 믿음을 갖고 살아간다. 마법 같은 보호막의 도움을 받아 자신은 다른 사람들처럼 불운을 겪지 않을 것이라고 생각하는 것이다. 이것이 우리가 언제 어떻게 일어날지 모르는 위험에 대처하는 방식이다. 실제로 우리는 삶을 통제할 수 있다는 환상 속에 빠져 있지 않은가.

질병에 걸린 사실을 알게 된 순간, 우리는 지금까지 삶을 막연하고 안일하게 생각해 왔다는 것을 깨닫고 당혹스러워 한다. 이상한 나라의 엘리스처럼 벌거벗은 채로 덜덜 떨면서 토끼굴을 통해 새로운 세상으로 굴러 떨어진다. 물론 이 이곳은 삶을 변화시킬 수 있는 아주 흥미진진한 곳이기도 하다. 문제는 이 낯선 세상에서는 지난날의 삶의 규칙이나 정의가 통하지 않는다는 것이다. 우리는 막연한 두려움에 빠진다.

운이 좋다면 이러한 상황은 오히려 영적으로 깊이 각성하고 새롭게 성장하는 계기가 될 수도 있다. 삶이 뜻대로 흘러가지 않은 덕분에 삶의 목적과 의미를 다시 정의하고, 기분전환을 하고, 자신을 다시 시험할 기회를 얻게 되는 것이다. 예술가라면 파괴의 대가로 돌아오는 것이 있다는 것을 알 것이다. 물론 당신 인생의 예술가는 바로 당신이다.

수십 년간 정신심리학에 관련된 훌륭한 글을 써온 이 책의 저자도 이러한 일을 겪었다. 하지만 그녀는 거기서 그치지 않고, 자신을 비롯해 가족과 사랑하는 사람들의 아픔과 치유를 이야기하며 감동의 연타를 날리는 이 멋진 책을 완성했다.

『힐링 한 스푼: 지친 당신을 위한 101가지 선물』은 질병이나 상처로 인한 혼란을 걷어내고 절제된 느낌과 희망을 갖게 하며, 나아가 효험까지 느끼게 해준다. 내 손으로는 도저히 해결할 수 없는 아픔과 상처를 겪을 때 이 책을 읽어보면 도움이 될 것이다. 이 책은 101가지의 단어를 주제로 각기 다른 이야기를 들려준다. 약을 복용하듯 자신에게 꼭 맞는 내용을 찾아 읽을 수 있을 것이다.

이 책은 친절하고 지혜로운 안내서이자 성장을 위한 발판이다. 치유의 여정을 걷던 중 어느 길로 갈지 고민하게 될 때, 이 책은 어떤 선택을 내려야 할지 알려줄 것이다. 그대의 여행에 축복이 깃들기를 바란다.

"이 책에서 카렌 골드먼은 매일 사용하는 말 속에서 치유의 언어를 찾아내는 방법을 알려준다. 인간적인 경험에 기반을 두고 깨달음으로 인도하는 책이다.

−레이첼 나오미 레멘 박사『부엌식탁에서 얻은 지혜』 및

『할아버지의 축복』 베스트셀러 저자

내 손으로는 도저히 해결할 수 없는 아픔과 상처를 겪을 때 읽어보면 도움이 될 것이다. 이 책은 101가지의 단어를 주제로 각기 다른 이야기를 들려준다. 약을 복용하듯 자신에게 꼭 맞는 내용을 찾아 읽을 수 있을 것이다.

−벨루스 나파르스텍 『가이디드 이미저리』『보이지 않는 영웅들: 트라우마를 극복한 사람들』(Invisible Heroes: Survivors of Trauma)』『어떻게 치유되는가 (How They Heal)』『행복한 삶(Staying Well)』 저자

"이 책에서 카렌 골드먼은 매일 사용하는 말 속에서 치유의 언어를 찾아내는 방법을 알려준다. 인간적인 경험에 기반을 두고 깨달음으로 인도하는 책이다.

−레이첼 나오미 레멘 박사『부엌식탁에서 얻은 지혜』 및

『할아버지의 축복』 베스트셀러 저자

"언어는 심상을 떠올리게 하고, 심상을 떠올리면 몸 전체에 치유 효과가 나타난다. 카렌 골드먼은 우리에게 몸과 정신, 그리고 마음과 영혼을 치유할 방법을 알려준다. 그녀는 유창한 글 솜씨와 연민의 목소리를 가진 뛰어난 안내자이다."

—래리 도시 박사 『의학의 재발견』 및
『기도는 좋은 약입니다』 베스트셀러 저자

"이 책을 읽는 모두가 카렌의 지혜와 유머감각에 빠져들 것이다."

—엘리자베스 레서, 오메가 협회 공동창립자,
『부서져야 일어서는 인생이다』 저자

"이 책은 치유를 촉진하는 언어의 힘에 대해 이야기하는 동시에 우리를 치유한다."

—도널드 P. 브라운 박사, 미국 임상연구 및 암치료센터 부회장

"영감을 가득 주는 이 책은 환자들에게 무력감을 희망으로 바꾸는 방법을 알려준다."

—바버라 도시, 『플로렌스 나이팅게일: 신비주의, 미래, 치유』,
『간호의 절차』, 『전체적 간호: 실습을 위한 핸드북』 저자

"골드먼은 몸과 영혼을 치유하는 언어에 대해
이야기하며 우리에게 치유의 빛을 비춘다."

–제니퍼 루덴, 『여왕처럼 편하게 사는 법 안내서』 및
『여성의 도피에 관한 책』 저자

"힘든 시기를 보내는 이들에게 영감을 주고,
마음을 풍요롭게 하는 감성적인 안내서."

–엘리스 니, 멜 밥콕, 『삶이 소중해질 때』 저자

"이 책은 영혼의 여행을 위한 신선한 에너지와 통찰력을
주는 일화, 생각과 줄거리로 가득하다."

–마거릿 불릿-조나스, 『신성한 굶주림: 한 여자의 음식중독에서 영적 충만으
로의 여정』 저자

"이 책은 환자만을 위한 것이 아니다. '힐링'이라는 신
비롭고 마법 같은 여행을 떠날 준비가 된 사람이라면 누
구나 이 책의 도움을 받을 수 있다. 따뜻한 일화, 실용적
조언, 시적인 산문, 생각거리를 던져주는 인용구를 통해
누구나 힐링 여행에 동참할 수 있다. 그녀가 이야기하는
단어들의 최종 목표는 독자가 삶을 완전히 끌어안도록
하는 것이다. 카렌은 읽기 쉬운 글을 쓰는 뛰어난 작가
이며 섬세하고 사려 깊은 안내자다. 그녀는 수만 가지의

기쁨과 슬픔이 담긴 자신의 경험을 따뜻한 목소리로 지혜롭게 이야기해준다."

−미르카 내스터, 『몸의 지혜의 발견』 저자

"언어라는 마법으로 삶을 변화시킬 방법을 아름다운 글로 전하는 책."

−산드라 잉거먼, 『지구와 영성 회복을 위한 약』 저자

"이 영감으로 가득한 아이디어는 이제 세상에 나올 때가 되었다. 오늘날 사회의 전반에 전염되어 있는 좌절과 불가사의한 질병을 극복할 위대한 방법 말이다. 카렌이 이야기해주는 긍정적 경험들은 다른 상황에도 적용되며, 이는 힐링의 개념을 완전히 바꿔놓는 것이다. 작가나 독자 혹은 강연자라면 말의 힘이 얼마나 큰지 알 것이다. 이제는 그 말이 가르치거나 즐기기 위해서뿐 아니라 치유에도 쓰일 차례다.

−제인 브루히스, 찰스 해슬럼상 책 판매 부문 수상자, 퍼블리셔 위클리 선정 올해의 최고 책 판매자

목차

서문

머리말

제1장. 풍요

제2장. 수용

제3장. 속죄

제4장. 태도

제5장. 진정성

제6장. 균형

제7장. 아름다움

제8장. 믿음

제9장. 축복

제10장. 몸

제11장. 숨

제12장. 도전

제13장. 변화

제14장. 혼란

제15장. 선택

제16장. 위안

제17장. 실행

제18장. 공동체

제19장. 동정심

제20장. 고백

제21장. 용기

제22장. 창조성

제23장. 춤

제24장. 어둠

제25장. 의심

제26장. 꿈

제27장. 운동

제28장. 신념

제29장. 감정

제30장. 흐름

제31장. 용서

제32장. 미래

제33장. 선물

제34장. 은혜

제35장. 감사

제36장. 슬픔

제37장. 성장

제38장. 치유

제39장. 건강

제40장. 심장

제41장. 희망

제42장. 유머

제43장. 상상

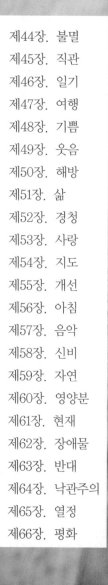

제44장. 불멸

제45장. 직관

제46장. 일기

제47장. 여행

제48장. 기쁨

제49장. 웃음

제50장. 해방

제51장. 삶

제52장. 경청

제53장. 사랑

제54장. 지도

제55장. 개선

제56장. 아침

제57장. 음악

제58장. 신비

제59장. 자연

제60장. 영양분

제61장. 현재

제62장. 장애물

제63장. 반대

제64장. 낙관주의

제65장. 열정

제66장. 평화

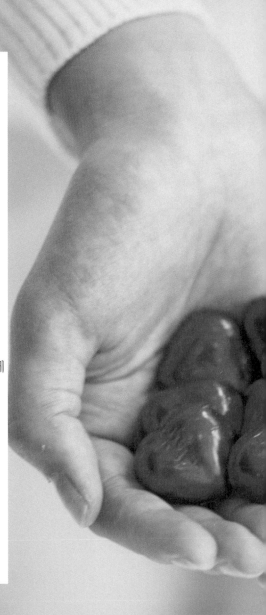

제67장. 인내
제68장. 관점
제69장. 놀이
제70장. 기도
제71장. 질문
제72장. 재탄생
제73장. 치료
제74장. 기억
제75장. 책임
제76장. 위기
제77장. 의식
제78장. 안식일
제79장. 자신
제80장. 자기 절제
제81장. 자기애
제82장. 침묵
제83장. 미소
제84장. 고독
제85장. 영혼
제86장. 정신
제87장. 이야기
제88장. 힘
제89장. 굴복

제90장. 눈물

제91장. 생각

제92장. 시간

제93장. 접촉

제94장. 신뢰

제95장. 진실

제96장. 목소리

제97장. 온전함

제98장. 완전함

제99장. 의지

제100장. 지혜

제101장. 말

머리말

주변사람들을 비롯해 나의 건강이 급격히 나빠졌을 때였다. 우선, 어머니가 넘어지셨다. 그 바람에 엉덩이뼈를 교체하는 수술을 받아야 했다. 열흘 후에는 시아버지가 만성 심장질환으로 돌아가셨는데, 시아버지 장례식에서 돌아오는 길에는 내가 유방암에 걸렸다는 소식을 듣게 되었다. 나의 종양 제거 수술이 끝난 후에는 어머니가 다시 입원하셨다. 심장박동기를 가슴에 심는 수술을 위해서였다. 그런데 사전 검사를 하던 중 방사선 전문의가 어머니의 폐에서 큰 악성 종양을 발견했다. 다행히도 폐 부위에만 퍼져 있다고 했다. 거기서 끝이 아니었다. 31살 밖에 안 된 내 딸 제이미가 다발성 경화증에 걸렸다는 소식이 들려왔다. 충격으로 혼미해진 가운데 내 여동생이 어머니의 소식을 전해 왔다. "어머니가 심장발작을 일으켜서 상태가 좋지 않아. 빨리 와줘야겠어."

엿새 후, 엉덩이뼈가 부러진 지 정확히 6개월 만에 어머니는 나와 두 자매가 지켜보는 가운데 숨을 거두셨다.

계속되는 비보와 사랑하는 부모님의 죽음에, 남편인 테드와 나는 혼란에 빠졌다. 비교적 따스한 가을 날씨였지만 우리에겐 춥게만 느껴졌다. 병원에서 끊임없이 걸려오는 전화와 치료과정에 진절머리가 난 우리는 모든 일정을 중단했다. 그리고는 꼭 필요한 것들만 차에 싣고 자연과 경이로움으로 가득한 웨스트버지니아의 별장으로 향했다.

　우리는 고속도로와 왕복 2차선 도로를 타고 야생동물 보호구역에 마련한 별장에 도착했다. 우리는 거기서 생각과 감정, 고통과 계획에 대해 대화를 나눴다. 그렇게 몇 시간 동안이나 마음 속 깊은 곳에서 솟아나는 감정에 북받쳐 웃다가 울다가를 반복했다. 정감 있는 농담들 사이로 흐느끼고, 훌쩍거리고, 낄낄대고, 깔깔댔다. 이런 상황은 입으로 말하기도 힘들고 두 사람이 동시에 침묵에 빠져들 때까지 계속되었다. 그러다 테드와 드라이브를 하면서 내 쪽의 차창밖을 바라보았다. 바깥에서는 파릇파릇한 나뭇잎들이 햇살을 받고 있었다. 나는 바람이 부는 반대편의 풍경에 빠져들었다.

　바둑판처럼 잘 정비된 논밭은 떡갈나무, 단풍나무, 자작나무, 물푸레나무로 덮인 산과 이어져 있었다. 이런 풍경을 구경하다가 나는 문득 나뭇잎들이 땅바닥에 그냥 떨어지지 않는다는 사실을 깨달을 수 있었다. 나뭇잎들은 그냥 땅에 떨어지지 않았고 바람의 흐름을 타고 살랑살랑 내려왔다. 글라이더 같기도 했고 공기 속을 따분하게 떠다니는 것도 같았다. 이따금 거센 바람이 불어 나뭇잎을 앞뒤로 쳐냈는데 마치 야생마를 탄

기수가 울타리 속에 갇힌 채 원을 그리며 도는 것 같았다. 돌개바람에 둘러싸여 얼음 위의 올림픽 스케이트 선수처럼 솜씨 좋게 빙글 돌며 위로 올라가기도 했다. 어떤 방식으로 떨어지든, 각각의 나뭇잎들은 자신의 남은 인생과 여정을 향해 외치며 마지막 기회를 만끽하는 것 같았다. 이 아름다운 춤의 향연에 머릿속엔 온통 음악소리가 떠올랐다. 정체를 알 수 없는 단조로운 선율이 시간이 지날수록 머릿속을 가득 메우더니 갑자기 멈췄다.

"사람들이 자신을 치유할 수 있도록 도와라." 내면의 목소리가 속삭였다. "사람들이 자신의 삶을 향해 긍정 할 수 있도록 도와라."

우리는 웨스트버지니아에서 돌아왔다. 오하이오 의대 암연구소의 에드거 스타렌 박사가 내 왼쪽 가슴의 작은 종양과, 팔 아래쪽 림프 몇 개를 제거했다. 나는 회복실에서 깨어나 옆에 선 수술의와 남편을 보았다. 그들의 미소에서 암이 더 퍼지지 않았다는 걸 알 수 있었다. 나는 눈물이 고인 채로 말을 이었다. 그들의 손을 부여잡고 신의 축복에 감사했다.

수술 후 며칠간 나뭇잎에 대한 기억을 떠올렸다. 여행길에서 보았던 책의 이미지는 갈수록 견고해져 갔다. 나는 '치유'라는 단어를 새로운 관점으로 보기로 했다. 나는 25년 이상 잡지에 치유의 기도, 긍정의 말과 명상의 힘에 대한 글을 기고했다. 이제 난 각각의 단어가 기도와 긍정의 말, 명상처럼 치유의 기능을 할 수 있다는 것을 안다. 단어는 육체적, 정신적, 감정적, 영적 치유를 향한 우리의 여정을 부드럽고 편안하게 비춰준다. 그것은 고대 켈트족의 룬 문자나 중국 역경(易經)에 쓰인 지혜의 글과 같은 기적 그 자체였다.

당신은 치유의 여정이 무엇인지 궁금할지도 모른다. 『치유의 언어: 기도의 힘과 의업』과 『의학의 재발견』에서 저자인 래리 도시 박사는 "진정한 치유는 예상을 벗어나서 급작스럽게, 뜬금없이 찾아오기도 한다."며, "어떤 일을 하거나 장소에 가보는 것이 아니라 단지 '어떤 선택을 내리느냐'에 따라 치유가 이뤄지기도 한다."고 했다. 즉 치유의 여정을 걷기 위해 꼭 특별한 장소에 가야 하는 것은 아니다. 다만 그곳으로 갈 선택을 스스로 내리는 것이 중요하다.

또한 당신은 도시 박사나 내가 말하는 '치유'의 의미가 무엇인지 궁금할지도 모른다. 사실 치유라는 말에는 일정한 뜻이 없다. 예를 들어 내 어머니의 정형외과 수술의에게 치유는 엉덩이뼈를 성공적으로 교정하는 것이었다. 어머니는 재활과정을 잘 견뎌 한동안은 걷고 드라이브할 수 있었다. 하지만 어머니는 여전히 수술 후유증으로 우울증을 앓고 있었다. 수술의는 후유증은 자신의 소관이 아니며 할 수 있는 일이 없다고 했다. 심장질환 전문의에게 치유란 어머니의 상태가 더 이상 나빠지지 않는 것이었다. 즉 약물이나 인공 생명유지 장치 없이도 그녀의 심장박동이 유지되는 것이 전부였다.

반면, 스타렌 박사에게 치유는 그 이상을 의미했다. 그는 전체론적 의학에 관심이 많았다. 수술 일주일 후, 내 상태는 양호했고 예후도 좋았다. 그런데도 그는 내게 협력단체의 도움이나 심리요법이 필요한지 물었다. 그는 보조적인 요법을 이용하는 것이 치유에 도움이 된다고 보았다. 그는 테드에게도 궁금한 것이 있으면 집이든 사무실이든 언제든지 전화하라고 일러두었다. 나의 회복과 건강에 관해선 '쓸모없는' 질문이 있을 수 없다는 이유에서였다.

위의 세 의사만 해도 치유에 대해 각기 다른 관점을 보여준다. 하물며 우리는 성직자, 심리요법 의사, 철학자, 생물학자나 주변 사람으로부터 얼마나 많은 이야기를 듣던가?

사전은 대게 '치유'와 '과정'이라는 단어를 서로 연결시키지 않는다. 사전은 '치유'를 완전해지고 튼튼해지고 건강한 상태로 돌아오는 것이라고 정의한다. 하지만 '완전해지는 것'이 무엇일까? 그것은 달성 가능한 목표인가? 그것은 정말 완벽해지는 것을 의미할까, 아니면 질병이나 질환으로부터 치유되는 것을 의미할까? 아니면 길고 험난하고 신비로운 여행을 떠나는 것일까? 좋은 것과 나쁜 것, 부서진 것과 부서지지 않은 것, 완벽한 것과 완벽하지 않은 것, 그리고 나의 건강과 아픔까지도 모두 받아들인다는 것일까? 그런 일이 일어나게 하려면 무엇을 해야 할까? 어떻게 해야 마음, 정신, 영혼까지도 치유되고 완전해졌음을 알 수 있을까? 그렇게 치유되기 위해서는 무엇을 해야 할까? 이는 시인 메리 올리버가 '여행(The Journey)'이라는 시를 쓰면서 던진 질문과도 비슷할 것이다.

어느 날 당신은
마침내 무엇을 해야 할지 깨달았고 시작했다
당신을 둘러싼 목소리들이
불길한 충고를 하고
온 집안이 들썩이고
오랜 습관이 발목을 잡고
목소리들이 저마다
"내 인생을 책임지라"고 울부짖었지만
멈추지 않았다.
바람이 뻣뻣한 손가락으로 근본을 캐묻고
그들의 우울함이 깊어갈 때에도
당신은 무엇을 해야 할지 알았다.
때는 이미 충분히 늦었고, 스산한 밤이었고,
길 위에는 부러진
가지와 돌멩이로 가득했다
그러나 조금씩 조금씩
그들의 목소리가 멀어질수록
별들이 구름의 사이로 빛나기 시작했고
새로운 목소리가 들려왔다,
점점 자신의 것으로 들리기 시작한 그 목소리는
당신이 세상 속으로
깊이 더 깊이 걸어 들어가면서
곁에 두기로 한 것이었다.

당신은 결심했다.
할 수 있는 단 한 가지를 하고,
구할 수 있는 단 하나의 생명을 구하리라고.

이제 나는 당신을 치유의 언어의 향연으로 초대한다. 이 책을 통해 당신은 육체적, 감정적, 정신적, 영적 치유와 건강에 대한 이해를 넓힐 수 있을 것이다. 단어들을 늘 가까이 두고 당신에게 가장 좋은 방향으로 활용하길 바란다. 다만 이 책이 다양한 실험 중 하나라는 사실을 잊지 말자. 예를 들어 당신은 처음에는 이 책을 따르다가도 나중에 자신만의 아이디어를 떠올릴 수도 있고, 아예 처음부터 당신의 방식대로 단어를 활용할 수도 있다. 단어들을 사용하는 특별히 옳거나 그른 방법은 없으며, 활용법은 당신에게 달렸다.

1. 매일 단어를 사용하는 의식을 행하자.

의식은 평범한 시간과 공간을 신성한 것으로 바꾸어준다. 당신은 단어를 통해 마음을 깨끗이 비우고 자신과 타인의 행복이라는 목표에 집중할 수 있다. 촛불이나 랜턴을 개인 제단이나 테이블에 올려놓고 의식을 시작하자. 촛불 심지에 불을 붙이고, 집중한 상태에서 당신만의 언어로 단어를 고르는 목적에 대해 스스로에게 이야기하라. 그 목적은 단어가 당신에게 이야기해주는 것을 '듣기' 위해서일 수도 있다. 꼭 말이 아니라, 이상한 소리처럼 들릴 수도 있으니 놓치지 말라. 단어의 치유 효과를 아직 경험하지 못한 사람들 대신 기원하는 것일 수도 있다. 목적을 떠올린 후 단어를 고르자. 단어와 관련된 명언이나 속담을 읽기 전에 시간을 두고 그와 관련된 생각과 이미지를 떠올려보라. 이 책에 포함된 내용이 아니어도 된다. 선택은 당신의 몫이다.

2. 잠들기 전 단어를 고르자.

단어에 집중하고, 단어와 관련된 이야기를 읽어보자. 쪽지에 단어를 적어 베개 밑에 놓아두는 등 단어가 당신의 마음속에서 춤추게 해둔 채 잠들자. 단어와 관련된 꿈을 꿨다면 노트에 적어두자. 메모패드나 녹음기를 미리 놓아두면 자다가 몸을 일으킬 필요가 없을 것이다.

3. 단어에 대해 묘사해보자.

시를 쓰는 것도 좋고, 하모니카를 불거나 피아노의 검은 건반으로 블루스를 연주하듯이 단어를 '연주' 하는 것도 좋다. 어떤 '예술' 로든 당신이 직접 치유의 단어를 표현해보자.

4. 공원, 정원, 숲이나 사막을 거닐어보자.

당신 안에 잠들어 있던 치유의 단어와 이미지를 떠올릴 수 있을 것이다. 당신은 단어를 통해 받은 영감 때문에 평소 하지 않던 일을 하게 될지도 모른다. 그럴 땐 당신의 감각과 직감, 직관을 따르자. 빵을 굽거나, 전화를 걸거나, 교회나 유대교 회당 혹은 모스크처럼 신성한 장소를 찾거나 강, 사막, 산꼭대기를 찾아갈 수도 있다. 그러한 행동이 당신을 치유의 길로 이끌어줄 표지임을 믿으라.

5. 이 책을 들고 여행을 떠나자.

무언가를 기다릴 때, 빨간불 신호가 켜질 때마다 당신이 고른 단어에 대해 깊이 생각해보자. 드라이브하며, 전화를 기다리며 당신이 선택한 단어를 반복해 읽어보자. 대합실이나 약속 장소에서 누군가를 기다릴 때도 단어 고르기는 가능하다.

6. 여러 사람과 함께 단어를 활용해보자.

주변 사람 중 육체적, 감정적, 정신적으로 고통받는 사람이 있다면, 치유를 위해 함께 원으로 모이자. 남자든 여자든 모두가 의식의 대상이 될 수 있다. 치유의 단어와 상징적인 도구들을 통해 건강, 완전함과 치유에 관한 의식을 행해보자. 당신의 종교적, 윤리적 배경을 활용하는 것이 좋을 것이다. 예를 들어 음악을 듣거나 춤을 추는 것도 좋고 이 책을 함께 읽어보는 것도, 다른 영감의 원천이 되는 글을 읽어보는 것도 좋다. 종이에 단어를 써서 바구니를 채울 수도 있다. 자신이 고른 단어를 노래로 표현하고, 원에 앉은 다른 사람의 노래를 듣고, 그의 노래에 화답하는 청중이 되어보는 것도 좋다. 원에 모여 앉은 모두가 드럼을 치고 딸랑이를 흔들며, 참가자의 이름이나 단어를 만트라처럼 외우면서 서로에게 세이지 향으로 스머지 의식(허브초를 태운 연기를 몸에 묻히는 의식)을 할 수도 있다.

이제 당신은 알 것이다. 자신과 다른 사람을 무조건적으로 사랑하고, 연민하고, 용서하고자 단어를 사용한다면, 그 철자를 쓰는 데서 그치지 말고 마음과 영혼을 담아야 한다는 사실을. 어떤 방식으로 단어를 사용하든, 치유와 건강과 행복을 목적으로 하는 이상 그것은 옳은 일이 될 것이다. 당신을 이끌어 줄 감각, 상상력과 영감에 귀를 기울일 일만 남았다. 가끔은 단어를 선택하지 말고 기다리는 것도 좋다. 아마 단어가 당신을 선택할 테니까.

단어를 선택한 후엔 다음과 같이 질문해보자.

–왜, 지금, 여기서 이 단어를 선택했는가?
–이 단어가 나에게 무엇을 의미하는가?
–내 삶 속에서 이 단어를 어떻게 경험했는가?
–내 삶 속에서 이 단어를 언제 잊어버렸는가?
–치유의 여행과 관련해 이 단어가 무엇을 가르쳐주는가?

이 책에 담긴 명언과 긍정의 주문도 치유의 가능성을 넓혀줄 것이다. 매일 매일 가볍게 읽어보거나, 주의 깊게 읽어보자. 모두 건너뛰고 긍정의 주문만 보아도 상관없다. 이 책을 참고해서 자신만의 긍정의 주문을 써도 된다.

이 책은 각각의 단어와 관련된 다양한 이야기를 들려준다. 어떤 것은 당신도 공감할 만한 일상적 이야기로서 치유의 과정을 새로운 시각으로 보게 해줄 것이다. 나의 이야기이긴 하지만, 이 이야기가 자극이 되어 당신만의 이야기를 그림, 시, 산문, 율동이나 음악으로 창조적으로 표현할 계기가 될 수도 있다. 시대를 뛰어넘는 신화, 경전, 시구, 그리고 당신이 알 법한 노래 가사도 있다. 책 속의 이야기를 이미 접한 적이 있다면 이번에는 '새로운' 눈과 귀로 보아주길, 그리고 이전과 다른 마음으로 다른 상황에 대입해 보아주길 바란다. 그렇게 하면 단어는 몸과 마음뿐 아니라 영혼과도 대화할 특별한 기회가 되어줄 것이다.

정신과 의사이자 심리학자인 시노다 볼린은 저서 『내면에 가까이(Close ti the Bone)』에서 질병이 우리를 영혼의 세계로 인도한다고 말한다. 그녀는 '의식의 경계(liminal)'라는 단어가 '문턱'을 뜻하는 라틴어에서 유래됐다고 한다. 질병은 우리를 삶과 죽음의 사이에 존재하는 세계로 데려가, 벼랑 끝으로 몰아넣는다. 그 세계가 바로 '시간과 공간의 문턱'이라는 것이다.

어떤 문턱이든 그것이 우리가 세상을 새롭게 인식하는 계기가 되는 것은 분명하다. 그동안 당신이 넘어온 문턱을 떠올려 보라. 당신은 안전하고, 편안하고, 연결감으로 가득했던 자궁 속 세계를 밀쳐내고 스스로 안전한 장소와 의미 있는 관계를 찾아나가야 하는 이 세계에 태어났다. 이렇게 태어난 이상 당신은 자연스럽게, 혹은 의식적으로 삶의 다음 단계로 통하는 문턱을 넘어야 한다. 예컨대 영아기와 유아기를 지나 청소년기와 사춘기, 성인기, 그리고 노년기를 보내게 될 것이다. 또한 학교생활을 시작하며 초등학교, 고등학교, 대학교를 거치고 군대와 직장이라는 문턱도 넘을 것이다. 한동안 부모님의 집에 살다가도 어느 날은 다른 곳에 살 수도 있으며, 어떤 일의 과도기를 지나거나, 사랑에 빠지거나, 일에 헌신하거나, 중요한 인간관계를 끝낼 때에 또다시 문턱을 넘을 것이다. 직업을 갖거나 그만둘 때도 마찬가지다. 볼린이 말했듯, 육체적 차원에도 문턱이 있다. 질병뿐 아니라 기적처럼 회복을 하게 되는 경우 모두가 "몸 안으로부터, 몸을 대상으로 일어나는 일이며 영혼에 심대한 영향을 미치는 것"이다.

자신과 사랑하는 사람의 몸, 마음과 영혼에 '질병'이 닥쳐왔을 때, 그리고 혼란과 문턱에 맞닥뜨렸을 때 치유의 단어들은 부드럽고 설득력 있는 이야기를 들려준다. 질병에 맞닥뜨렸던 순간을 떠올려보자. 그때의 걱정스러운 마음을 어떻게 추슬렀던가?

'근심'이라는 단어를 가까이 들여다보면 육체적, 감정적, 영적으로 위기를 맞을 때 시야가 좁아지는 이유를 알 수 있다. '근심(anxious)'은 괴로움(anguish), 불안(angst), 협심증(angina)이라는 단어와 뿌리가 같다. 이 단어들은 모두 '고통'을 의미하는 라틴어에서 유래했다. 또한 게르만어족에서 'ang'는 '압박'을 의미한다. 육체적, 정신적, 영적 질병이 찾아왔을 때 우리는 큰 고통과 압박감을 느낀다. 호흡이 가빠지고, 잠을 이루지 못하고, 식욕이 사라지고, 심장을 연장으로 죄거나 부숴버리는 듯한 느낌마저 받는다. 넓은 시야로 선택의 순간을 바라보는 것은 당연히 어려워진다. 매사 성의 있게 대응하는 것이 아니라 영혼 없이 단순 반응하게 되고, 좁아진 시야로 인해 내면과 바깥 세계를 어둡고 가망 없는 것으로만 보게 된다.

단어들은 당신이 질병에 걸렸을 때, 마음이 괴로울 때, 그리고 그것을 참기 어려워질 때 마음이 어두워지지 않도록 밝혀줄 것이다. 개인적 차원에서, 단어들은 당신의 내면의 긍정적이고도 자연스러운 치유력을 되찾아줄 것이다. 모두의 차원에서, 단어들은 달조차 보이지 않던 어두컴컴한 밤하늘을 가로지르는 탐조등처럼 한줄기 강렬한 빛이 되어줄 것이다.

이 책에 등장하는 저명한 정신과 의사이자 홀로코스트 생존자인 빅토르 E. 프랭클은 아우슈비츠에 수용된 사람 중 어떤 이들은 공포의 순간에서 살아남았을 뿐 아니라 성장하기까지 했음을 밝혀냈다. "절망의 순간에서도, 바꿀 수 없는 운명을 맞이한 순간에도 삶의 의미를 찾아낼 수 있다는 사실을 잊지 마십시오. 중요한 것은 인간만의 특별한 가능성을 최대한 발휘함으로써 비극을 승리로 바꾸는 일입니다. … 자신의 상황을 바꿀 수 없다면 자신을 바꿔야 합니다."

지금 당신의 상황이 어떠하든, 단어의 도움으로 마음과 몸과 영혼을 치유하고, 사랑이나 평온 같은 긍정적인 느낌을 갖게 되기를 바란다. 단어들은 당신의 숨겨진 가능성을 발견해줄 치유 여정의 동반자다. 단어들은 당신이 인생을 향해 "예스!"라고 외치게 만들어줄 것이다.

ABUNDANCE
풍요

**많거나 풍부함,
넘치도록 가득함**

잃어버린 것에만 집중하지 말고
풍요라는 선물에 집중한다면…
황무지가 서서히 사라지고
지상의 천국을 경험하게 될 것이다.

–사라 밴 브레스낙(Sarah Ban Breathnach)

풍요로움은 많이 가졌느냐의 문제가 아니라
가진 것을 바라보는 태도의 문제다. 풍요로움은 말이나
느낌으로만 경험할 수 있는 것이 아니다.
그것은 몸으로도 경험할 수 있다.

–릭 재로우(Rick Jarow)

부자란 세속적 물질이 풍요로운 사람이 아니라,
마음으로 만족하는 사람이다.

–모하메드(Mohammed)

충분하다는 것을 아는 사람은
언제나 충분히 가질 것이다.

—노자(Lao-tzu)

내 남편 테드는 빈민 지역 교회에서 목회 활동을 하고 있다. 그는 요즘 풍요라는 주제를 다루는데, 로슬린이라는 여자에 대해 언급하곤 한다. 어느 날 일요일, 그녀는 에이즈로 세상을 떠난 사람들을 추모하는 교회 행사를 찾아왔다. 그림이 많은 퀼트 주변에는 사랑하는 사람을 에이즈로 떠나보낸 연인이나 친구, 또는 낯선 사람들을 추모하는 사람들이 서 있었다.

그녀도 그곳에 조용히 서 있었다. 그녀는 자기 주변의 합창단, 성직자 그리고 주변에 서 있는 모든 사람들을 다 잊어버린 듯했다.

그날 아침 남편의 설교 주제는 풍요로움과 가진 것을 나누자는 내용이었다. "올해 우리의 어려운 이웃들이 추운 날씨와 복지 축소로 인해 힘겨운 날들을 보내고 있습니다." 테드가 말을 이어갔다. "이들이 매일 우리의 문을 두드리며 도움을 구하고 있습니다."

설교와 예배를 마친 후 테드는 로슬린과 인사를 나누려고 멈춰 섰지만 그녀는 그를 못 본 체했다. "돈을 넣을 수 없어서 헌금통에 다른 것을 넣어두었습니다." 이렇게 말하며 그녀는 황급히 밖으로 나갔다.

좌석 안내원이 로슬린이 두고 간 봉투를 꺼냈다. "이것이 제가 가진 것의 전부입니다." 봉투에 든 쪽지에는 그렇게 적혀 있었다. "제가 직업을 갖기 전에 마지막으로 받은 티켓입니다. 이제는 제가 아닌 다른 사람에게 필요할 것입니다."

봉투 안에는 정부에서 빈민들에게 제공하는 식량 티켓이 들어 있었다.

작가 헨리 밀러는 '주는 것'은 행하면 행할수록 더 많이 하고 싶어지는 욕구라고 했다. "주는 것과 받는 것은 근본적으로 같으며, 그것은 삶을 열린 자세로 혹은 닫힌 자세로 살아가느냐에 달려 있다. 열린 마음으로 살아가는 사람은 무언가를 주기 위한 중간자이자 전달자가 된다. 그들은 흐르는 강물처럼 살아가면서 삶의 풍요로움을 경험하며, 현재의 삶과 함께 강으로 흘러 다시 바다로 태어난다."

힐링 한 스푼
나는 내 삶 속에서 풍요로움을 느끼며 감사합니다.

ACCEPTANCE

수용

받아들이는 행위
혹은 그 과정

내면이든, 외면이든
당신은 보는 대상을 바꿀 수 없으며,
보는 방식을 바꿀 수 있을 뿐이다.

−타대오 골라스(Thaddeus Golas)

당신은 게임을 하고 있다.
나는 그 게임이 할 가치가 있다고 생각한다.

−크리스토퍼 리브(Christopher Reeve)

진단을 거부하지 말고,
진단에 따르는 부정적 판단을 거부하라.

−노먼 커즌스(Norman Cousins)

나는 연주되는 그 선율에 맞추어 춤춘다.

−스페인 속담

> *그 일이 일어나는 대로 받아들이라,*
> *그러나 그 일이 당신이 받아들이길 원하는*
> *방식으로 일어나도록 노력하라.*
> —독일 속담

다음과 같은 이야기가 있다. 옛날 중국 북방의 요새 근처에 노옹이 살았는데, 어느 날 그가 기르던 암말이 울타리를 뚫고 도망을 갔다. 마을 사람들이 이를 알고 농부에게 다가가서 말했다. "참으로 운이 없으시네요. 모내기철에 쓸 말이 달아나버리다니요." 농부가 이를 듣고 대답했다. "누가 알겠소? 이 일이 복이 되는지."

며칠 후, 도망갔던 암말이 두 마리의 준마(駿馬)를 데리고 돌아왔다. 이웃들이 이를 알고 축하했다. "어르신은 이제 부자시군요. 이게 얼마나 큰 행운입니까?" 농부가 이를 듣고는 다시 대답했다. "누가 알겠소? 이 일이 화가 되는지.

어느 날 노옹의 아들이 말에서 떨어져 다리가 부러졌다. 마을사람들이 그 소식을 듣고 노옹을 위로했다. "모내기철인데 아들이 다쳐서 도와줄 수가 없겠네요. 참으로 불운하시군요." 노옹이 그 말을 듣고 다시 이렇게 말했다. "이 일이 복이 될지 누가 알겠소?"

그 다음날 황제의 군대가 마을에 와서 집집마다 돌아다니면서 장남들을 징집해 갔다. 농부의 아들은 다리가 부러져서 전쟁터에 끌려가지 않게 되었다. 곧 이웃들이 도착해서 눈물을 흘리면서 말했다. "당신의 아들이 전쟁터로 끌려가지 않은 유일한 아들이군요. 이게 얼마나 큰 행운입니까……."

🌸 힐링 한 스푼

나는 내가 느끼는 바를 스스로 비판하거나
비난하지 않고, 더욱더 인정하며 받아들입니다.

ATONE
속죄

상처에 대해 보상하거나 잘못을 바로 잡는 것
죗값을 치르는 것

과거는 과거일 뿐이다.
속죄하는 사람에게는 미래가 있다.

−에드워드 조지 불워(Edward G. Bulwer)

속죄는 그 필요성을 느끼는 데서 시작된다.

−로드 바이런(Lord Byron)

치유는 자기 자신과 조화를 이루는 과정이다.

−O. 칼 사이먼턴(O. Carl Simonton)

속죄하는 날, 너의 땅 전체에 울려 퍼지는
나팔 소리를 듣게 될 것이다.

−레위기 25:9

눈에 보이지 않는 조화는

눈에 보이는 것보다 강하다.

–헤라클레이토스(Heraclitus)

나는 종종 '속죄(atone)'라는 단어의 옛 뜻을 찾아보곤 한다. 이 단어는 중세의 영어 'atonen'에서 유래되었는데 '화해 혹은 조화'를 의미했다. 현재의 의미와는 아주 다르게 쓰인 것이다. 속죄(atone)라는 단어를 쪼개보면 하나가 되다(at one)라는 뜻이 되니, '화해 혹은 조화'라는 옛 뜻이 참으로 적절하다고 할 수 있다.

자신과 '하나가 되는 것', 또는 아프거나 상처받은 자신과 하나가 된다는 것은 무슨 뜻일까? 당신의 행동은 다른 사람을 불편하게 하거나 상처를 줄 수 있다. 이로 인해 죄책감을 느끼고 자신과 '하나'가 될 수 없다고 생각하는가. 그렇다면 그런 마음의 불화를 치유하기 위해 당신은 어떻게 할 것인가?

몇 년 전, 오웰 링워드라는 사람이 자신의 아들 앨런에 대한 이야기를 해주었다.

"최근에 저는 심장우회수술을 받았어요. 수술을 받기 전 앨런이 계속 전화를 해서 제가 사는 곳에서 함께 비행을 하자고 졸라댔죠. 전 '그렇게까지 할 필요는 없다'거나 '오지 말라'는 등의 말을 했죠. 그래도 계속 고집을 피우기에, 끝내는 이렇게 말했어요. '앨런, 수술 결과가 어찌 되든 괜찮을 게다. 사랑한다. 나는 너와는 더 이상 끝마치지 못한 일이 없단다.'"

끝마치지 못한 일. 다른 사람과의 끝마치지 못한 일을 남겨두는 것이 왜 우리가 자신과 '하나'가 되는 것을 막는 것일까. 살아있는 혹은 세상을 떠난 배우자, 부모님, 자녀, 친척, 친구와의 끝마치지 못한 일을 끝내기 위해서는 무엇을 해야 할까. 오웬은 그날 늦게 우리 집을 떠났고, 우리는 다시는 만나지 못했다. 하지만 그의 이야기를 떠올릴 때마다 나는 되새기곤 한다. 나 자신과 '하나' 됨으로써 치유되기 위해서는, 먼저 타인과 화해하고 끝마치지 못한 일을 끝내야 한다는 것이다.

🐝 힐링 한 스푼
타인과 나의 끝마치지 못한 일을
더욱더 많이 알아갑니다.

4

ATTITUDE
태도

마음이나 감정의 상태, 성향
전체적인 마음의 양상

햇살 쪽을 바라보면 그림자가 보이지 않는다.

—헬렌 켈러(Helen Keller)

강제수용소에 살 때 어떤 사람들은 막사를 걸어다니면서 다른 사람들을 위로해 주며 자신의 빵조각을 나눠주곤 했다. 그런 사람들은 아주 극소수에 불과했다. 하지만 그들은 사람에게 모든 것을 빼앗을 수 있어도 한 가지만은 빼앗을 수 없다는 진실을 알려준다. 인간이 추구하는 궁극적인 자유, 즉 인간은 주어진 환경에서 스스로 자신의 태도를 선택할 자유가 있다는 것이었다.

—빅토르 프랭클(Victor Frankl)

태도가 전부다. 섹시 여배우 세메이 웨스트는 80대에도

자신이 20대라고 믿었고
실제로 그녀의 계산이 틀린 일은
절대 일어나지 않았다.

−『사운딩스』중

영리한 사람은 큰 문제를 작은 문제로 만들며,
작은 문제는 없는 것으로 만들어버린다.

−중국 속담

꼬리를 흔드는 개는 물리지 않는다.

−일본 속담

우리는 태도가 중요하다는 말, 특히 긍정적인 태도를 갖는 것이 중요하다는 말을 많이 듣는다. 하지만 육체적, 감정적, 정신적 질병으로 고통 받는 사람들에게 가장 중요한 마음가짐을 꼽으라면 아마도 낙담하기일 것이다.

지나치게 이상적인 태도에 대한 의무감을 버리면 자신에게 좀 더 솔직해지지 않겠는가?

그렇게 하면 긍정적 결과에 대한 희망뿐 아니라 자애롭고, 친절하고, 사랑스럽고, 즐겁고, 자신감 있고, 너그럽고, 억울하고, 화내고, 우울하고, 암울하고, 두렵고, 침울하고, 비관적이고, 심지어 끔찍한 태도까지도 스스로에게 허락할 수 있을 것이다.

『여자의 얼굴을 한 하느님』에서 저자인 셰리 앤더슨과 패트리카 앤더슨은 이렇게 썼다. "'아는 척하지 않는' 태도를 갖는 것은 우리의 삶을 단단하게 감싼 흙 위에 비를 내리는 것과 같다. 원한다면 비는 우릴 좀 더 부드럽게 만들어줄 것이다. 우리는 인간의 연약함을 연민하며 감사할 수 있을 것이다."

작가인 댄 밀만은 한 소년의 열렬한 의지와 태도를 이야기로 그린 바 있다. 이야기에 따르면 한 소녀가 희귀한 치명적 질병에 걸려 캘리포니아의 병원에 입원한다. 그녀가 회복할 유일한 방법은 다섯 살 많은 오빠의 피를 수혈하는 것뿐이었다. 마침 소년은 기적처럼 똑같은 질병으로부터 살아남았기에 병에 맞설 항체를 가지고 있었다. 소년은 수혈을 결심하기 전 아주 잠시만 망설였을 뿐이었다. 소년은 깊은 한숨을 쉬며 말했다. "네, 리즈를 살릴 수 있다면 그렇게 하겠어요."

수혈을 하는 동안 리즈의 뺨에 생기가 돌아오는 것을 보고 소년은 미소 지었다. 그 후, 소년의 얼굴이 창백해졌다. 소년은 떨리는 목소리로 의사에게 물었다. "이제는 제가 죽는 건가요?" 너무나 어린 소년은 의사의 말을 잘못 알아들었다. 그는 여동생에게 피를 '모두' 주어야 한다고 생각했던 것이다.

힐링 한 스푼
나의 태도를 자각하려는 의지를 갖는 것은
내 안의 치유의 가능성을 일깨워줍니다.

AUTHENTIC
진정성

어떤 것이 비롯되는 입증된 기원 혹은 작자

진정한 자신은 눈에 보이게 만들어진 영혼 그 자체다.

−사라 밴 브레스낙(Sarah Ban Breathnach)

그녀가 생각하기에 죽음에 관한 충격적인 사실은
그 자체가 파란만장하다는 것이었다.
죽음은 자신이 진정한 삶을 살아왔는지
돌아보게 만든다.
결국 진정한 삶이었구나!
라고 말할 수 있는 삶을 살았는지를.

−앤 타일러(Anne Tyler)

나는 자연스럽지 않게 행동하고 반대로
하고 싶은 일은 전혀 하지 않는 것이 지긋지긋하다.
나는 새보다도 조금 먹는 척하는 데 질렸고, 뛰고 싶을
때 걷는 것에 질렸고, 이틀 동안 춤을 춰도 피곤하지 않

지만 왈츠를 추고 나면 어지럽다고 말하는 데 질렸고…
아무것도 모르는 척하는 데 질렸다.

−마거릿 미첼(Margaret Mitchell)

다음 세상에서 사람들은 내게
"당신이 모세 아니셨습니까?"라고 묻지 않고,
"주샤 아니셨습니까?"라고 물을 것이다.

−랍비 주샤(Rabbi Zusya)

온전한 자신이 되어 남과 비교하거나
경쟁하지 않는다면
모두가 당신을 존경하게 될 것이다.

−노자

베스트셀러 『영혼 돌보기』의 저자인 토머스 무어는 자신만
의 모양과 색깔로 영혼이 꽃피우도록 해야 창조성을 발휘할 수
있으며, 그렇게 해야 마음속에 타오르는 신념에 따라 살 수 있
다고 한다. 그러나 그러지 않고 남들이 말하는 건강이나 일반
적인 옳음의 기준에만 맞춰 살면 영혼을 잃는 고통을 겪게 될
것이라고 말한다.

창조성은 어떻게 발휘할 수 있을까? 첫째로, 무어는 '진정
한 자신'을 발견해야 한다고 조언한다. 그것은 모순과 독창성

을 동시에 지니고 살아갈 수 있어야 한다는 것을 의미한다.

그가 말하는 '진정한 자신'이란 다음과 같다. "무한한 가능성을 가지고 이 세계에 태어난 사람. 즐겁게 정체를 드러내고 나타내도록 운명 지어진 존재. 그는 우리가 사랑에 빠지는 대상이며, 이상적이라고 여기는 리더, 낭만적이라고 여기는 예술가다. 간단히 말해 우리 자신이 이런 사람이 되는 것은 결혼할 때, 학교를 다니기 시작할 때, 혹은 새로운 일을 시작할 때다. 즉 근심과 냉소주의가 아직 들어서지 않은 때다."

이렇듯 진정한 자신은 '기쁨과 함께 피어나는 경이로운 가능성의 씨앗'이다. 그것을 찾기 위해서는 남이 말하는 본보기 같은 인격이 되려 애쓰지 말고, 이미 그런 가면을 쓰고 있다면 그것을 벗겨내야 한다. "현재의 자신이 일반적인 건강이나 옳음의 기준에 적합하지 않다는 이유로 진정한 자신과 다른 누군가가 되려하지 말라. 그렇게 하면 우리는 신이 주신 깊고 영원한 인격과 동떨어져 우리가 누구였는지, 무엇이 되어야 하는지도 잊어버리게 될 것이다."

파블로 피카소는 이런 이야기를 했다. "어머니는 말씀하셨다. '군인이 되면 훌륭한 장군님이 되고, 신부가 되면 훌륭한 교황님이 될 것'이라고.' 그렇게 하지 않고 나는 화가가 되었다. 그래서 '피카소'로 불리게 되었다."

❋ 힐링 한 스푼
<u>막을 걷어내어 깊고 영원한 나 자신으로 돌아옵니다.</u>

BALANCE

균형

어떤 힘을 서로 반대되는 동등한 것으로 나누어
평형한 혹은 동등한 상태로 만드는 것

나는 언제나 가벼운 것과 무거운 것의 균형을 맞춘다.
즉 영혼이 흘리는 약간의 눈물과
화려한 눈물과의 균형을.

–베트 미들러(Bette Midler)

기어가 완벽하게 정렬된 차는 부드럽게 달리며 멀리,
빨리 갈수록 에너지를 덜 쓴다.
마찬가지로 생각, 느낌, 감정, 목표, 가치가
균형을 이룰 때 당신은 좋은 성과를 낼 수 있다.

–브라이언 트레이시(Brian Tracy)

자기 자신이 충분하다고 믿는 것은
더 만족스럽고 균형 있는 삶을 사는 지름길이다.

–엘렌 수 스턴(Ellen Sue Stern)

양지가 있으면 음지도 있다.

－카슈미르(Kashmri) 속담

삶의 균형을 유지하며 우리의 안과 밖에 존재하는
놀라운 힘에 감사하는 것은
인생을 살아가는 가장 좋고도 안전한 방법이다.
그렇게 사는 사람은 지혜로운 사람이다.

－에우리피데스(Euripides)

30년 전, 내 친구 신디아 게일은 진행형 다발성 경화증에 걸렸다는 절망적인 소식을 듣게 되었다. 당시 그녀는 커리어의 정점을 찍고 있었고 명문대의 최연소 학과장으로 임명되기 직전이었다. 불치병을 고치려는 의사의 노력은 예상대로 실패로 돌아갔고 신디아는 좌절했다. "나는 공식적으로 시력을 잃었고, 손을 못 쓰게 되었죠. 계속 걸을 수도 없었어요. 치료를 받으면서도 죽어가고 있던 셈이죠. 모든 면에서 균형을 잃어가고 있었어요." 그녀는 말했다.

삶에 대한 통제력을 모두 잃어버릴지도 모른다는 생각에 두려워진 신디아는 삶의 균형을 되찾는 데 전념하기로 했다. "모든 일이든 감사하게 여기고 행하기 시작했죠." 그녀는 말했다. "모든 일을 선(禪)을 하는 마음으로 했지요. 먹기, 요리, 명상, 청소, 고양이 먹이주기까지…. 일을 하지 않을 땐 내 몸이 나에게 뭔가 말한다고 생각하고 귀를 기울였어요. 전 자신에게 물었어요. '왜 삶의 균형을 잃어버렸을까? 무엇이 날 걸려 넘어 지게 만들었을까? 무엇을 놓쳤을까? 무엇이 내 삶의 중심을 잡아줄까?'"

질문에 대답하는 사이 신디아의 병세는 천천히 잦아들었다. 그녀는 새로운 눈으로 삶을 바라보게 되었다. 그녀는 불안정한 결혼생활을 끝내고 다시 그림을 공부하기 시작했다. 미국 서부를 여행하며 원주민에게서 내면세계와 외부세계의 조화를 이루는 의식을 배웠다. 최근 신디아는 지구의 불균형의 치유를 기원하는 아름다운 의식의 도구를 만드는 예술가가 되어 명성을 얻고 있다. 그녀에게는 더 이상 경화증 증상이 나타나지 않는다.

의사인 엘리자베스 퀴블러로스는 죽음에 대해 연구했으며 자기 자신이 서서히 마비되는 죽음을 겪었다. 그녀에 의하면 치유는 "단지 일어나 걷게 되는 등 육체적으로 무탈해지는 것이 아니라 정신적, 감정적, 지적, 영적으로 균형을 이루는 것"이라고 한다. 신디아에게 균형을 되찾는 것은 지난날의 삶의 방식에 안녕을 고하고 새롭게 살아가는 것을 의미했다.

❀ 힐링 한 스푼
내 몸과, 마음과, 영혼의 목소리를 듣는 시간 속에서 삶의 균형을 이룹니다.

BEAUTY
아름다움

색깔이나 형태의 조화가 질적으로 어울려서 기쁨을 느끼게 하는 것
질적,형태적으로 가장 효율적이어서 모자람이 없고 마음에 와 닿는 것

*당신의 주변의 여전히 아름다운 것들을
떠올리며 기뻐하라.*

–안네 프랑크(Anne Frank)

*사람은 스테인드글라스 창문과 같다.
해가 비칠 때는 반짝이며 생기가 넘치지만,
어둠이 드리울 땐 내부에서 나오는 빛에 의해
아름다움이 드러난다.*

–엘리자베스 퀴블러 로스(Elisabeth Kubler-Ross)

고통은 가지만, 아름다움은 남는다.

–피에르 오그스트 르누아르(Pierre-Auguste Renoir)

아름다운 것은 결코 완벽하지 않다.

–이집트 속담

신은 모든 것을 만드시되,
때에 따라 아름답게 하셨다.

—전도서

어린 시절부터 나는 스스로를 아름답다고 생각해본 적이 없다. 어머니는 나를 가리키며 이렇게 말씀하셨다. "신께서 다른 사람들에게는 꽃을 선물하셨는데, 내겐 양파를 선물하셨구나." 그것이 아름다움과 관련된 내 최초의 기억이었다.

당시에는 어려서 양파가 정확히 무엇을 의미하는지 몰랐다. 하지만 양파가 아름다움의 대열에 속하지 않는다는 걸 이해하는 것 정도는 어렵지 않았다. 아버지는 생양파를 드실 때마다 얼굴을 찌푸리며 냄새를 맡았고, 어머니는 종이처럼 얇고 쓸모없는 양파 껍질을 벗겨내며 눈물을 흘리곤 하셨다.

마셜 맥루한은 "매체는 메시지다"라고 했다. 자신을 양파라고 인식했던 나는 자신에 대해 이렇게 생각하게 되었다. 첫째, 나는 꽃처럼 아름답지 않다. 둘째, 아름다운 것에선 좋은 냄새가 나지만, 내게선 안 좋은 냄새가 난다. 셋째, 나는 양파처럼 피부가 얇다. 즉 민감하다. 부모님, 세상 그리고 자신에게조차 쓸모없는 존재다.

다른 모든 아이들처럼 나 역시 부모님을 기쁘게 해드리고 싶은 마음이 간절했고, 기쁘게 하지 못할까봐 불안했다. 하지만 이 깨끗한 세상에서 양파 같은 악취를 내지 않는 것은 불가능했다. 게다가 이 두꺼운 피부를 야심차게 문지르다가는 모두 없어져버릴지도 모른다는 두려움 때문에 나는 다른 방법을 선택해야 했다. 불쾌한 냄새를 덮는 한편 피부를 보호하기 위해 갑옷으로 나를 켜켜이 감싸기 시작한 것이다. 나는 갑옷 속에 여러 가지 감정과 느낌을 가두었다. 거칠고 헝클어진 머리카락 속에 생각을 숨겼다. 더운 여름날에도 무릎까지 늘어지는 어두운 색깔의 긴팔 셔츠를 입었다.

하지만 그 생각은 내 첫 멘토인 고등학교 영어선생님, 아놀드 츠베르스키 선생님을 만나고 나서 바뀌었다. 그분은 양파 껍질을 층층이 벗겨내 자신의 미지의 부분을 알아가는 것도 즐거운 일이라고 말씀하셨다. 복잡한 자기 자신에 대해 이해하다 보면 어머니의 눈에 비친 것보다 더 많은 의미를 자신에게서 찾게 될 거라고 말씀해주셨다. "자라날 시간을 주면 양파에서도 아름다운 꽃이 핀단다." 아놀드 선생님은 그렇게 말씀하셨다. "그 아름다움이 어디에서 오는지 아니? 바로 너의 내면이란다."

❀ 힐링 한 스푼
이 세상의 아름다움은 나의 내면에 감춰진
아름다움의 반영입니다.

8

BELIEF
믿음

진실, 실제, 유효함을 받아들이고 확신함

할 수 있다고 믿는다면 할 것이다.
할 수 없다고 믿는다면 못할 것이다. 믿음은
당신이 도약판에서 뛰어오르게 할 점화장치다.

−데니스 웨이틀리(Dennis Waitley)

믿음의 기술이 의약의 기술보다 중요하다.

−디팩 초프라(Deepak Chopra)

학습된 무기력이란 반응을 포기하는 것이다.
당신이 무슨 행동을 하든 소용없을 것이라 믿고
대응을 중단하는 것이다.

−마틴 셀리그먼(Martin Selgman)

무언가를 확실히 믿기 위해서는
의심부터 시작해야 한다.

−폴란드 속담

믿는 이에게는 모든 것이 가능하다.

—마가 9:23

치명적 질병에 걸렸다는 사실을 알게 된 후, 난 심각한 질병에 관한 뉴스를 읽으며 온갖 방향을 모색하기 시작했고, '믿음의 목록'을 만들기 시작했다. 나는 내 의사를 믿는가? 내 의사가 좋은 의사라고 믿는가? 나는 현대 의학을 믿는가, 아니면 대체 의학을 믿는가? 이 병이 어떤 결과를 가져올 것인가? 나와 같은 병에 걸린 사람들은 무엇을 믿는가?

의사인 레이첼 나오미 레멘 박사는 치유와 믿음의 관계에 대해 잘 아는 학자이며 호평 받는 작가이자 캘리포니아와 볼리나스 공공복지센터 암 조력 센터의 공동설립자 및 의료감독이다. 또한 자신이 5년 이상 치명적 질병에 노출됐던 치유의 경험자이기도 했다. PBS 빌 모이어 기자와의 인터뷰에서 그녀는 치유와 믿음에 대해 다음과 같이 설명했다.

믿음은 타고나거나 고칠 수 없는 것이 아니다. 믿음 중 일부는 당신을 살게 하고, 어떤 것은 그렇지 않을 것이다. 그러므로 믿음의 종류를 구분할 필요가 있다. 당신의 삶에 도움이 되는 단 하나의 옳은 믿음을 가져야 한다. 이 이야기를 하고 싶다. 나는 산꼭대기의 무너져가는 오두막을 하나 샀다. 상태가 너무 나빠서 내 친구는 이런 걸 정말 샀냐고 묻기도 했다. 하지만 목수 두 명, 전기공, 배관공과 함께 우리는 3년 만에 리모델링을 끝냈다.

리모델링은 욕조, 조명 기구, 창문 같은 물건을 버리는 데서
부터 시작했다. 아버지가 계속 "저 좋은 가구를 도대체 왜 버리
는 거냐?"라고 말씀하시는 걸 들으면서 말이다. 우리는 계속해
서 더 많은 것을 버렸고, 버릴수록 집은 완전해졌다. 좀 더 일
관성 있어졌다는 것이다. 마침내 우린 어울리지 않는 물건을
모두 버렸다. 당신은 좀 더 완전해지기 위해 더 가져야 한다고
생각할는지 모른다. 그러나 가끔은 덜 가질 필요가 있다. 좀 더
완전해지기 위해 나 자신이 아닌 것을 내보내고, 던져 버리는
것이다…. 그렇게 해야 오래, 잘 살 수 있다.

🌼 힐링 한 스푼
　나를 도와주지 않는 믿음을 떨쳐내면
　더욱 완전해집니다.

9

BLESSING

축복

**행복, 건강, 번영을 기원하거나
그것에 기여하는 것, 은혜**

조언하건대, 우리가 몸을 축복하면
몸이 우리를 축복할 것이다.

−글로리아 스타이넘(Gloria Steinem)

건강은 축복 중에 첫째요, 가장 위대하다.

−로드 체스터필드(Lord Chesterfield)

지혜로운 사람은 건강을 인간에게 주어진
가장 위대한 축복으로 여긴다.

−히포크라테스(Hippocrates)

어려움은 극복되는 순간
당신을 축복하기 시작한다.

−속담

지난겨울 나는 25년 만에 처음으로 베른 에드워즈를 만났다. 베른은 내 대학시절의 멘토다. 그와 편지, 카드, 전화 이메일을 가끔 주고받으며 연락을 유지하기는 했지만, 만나려 할 때마다 예상치 못한 사건이나 날씨 때문에 취소되곤 했다. 겨우 2시간여 떨어진 곳에서, 조금은 괴팍하고 장난기 있는 이 노교수님과 나는 무려 4분의 1세기라는 시간 동안 모른 체하며 살아가고 있었다.

하지만 2000년의 겨울은 달랐다. 당시는 치명적인 질병에 걸렸을지도 모른다는 생각이 수술 칼처럼 파고들던 때였다. 그 때문에 내 마음은 차가운 고통과 불만으로 가득했다. 하지만 그를 계기로 이전에는 경험하지 못했던 뜨거운 사랑, 지지와 치유라는 선물을 받기도 했다. 결국 나는 주어진 삶에 감사하게 되었고, 문득 과거를 돌아보고 싶어졌다. 그리고 베른 교수님을 만날 때가 되었다는 걸 깨달았다.

우리가 다시 만났을 때, 나는 이제는 머리에 서리가 내린 나의 말쑥한 저널리즘 교수님을 곧바로 알아보았다. 무심코 돌아앉던 그 분은 나를 보고 깜짝 놀라 다시 돌아보셨다. 점심시간 내내 우리는 과거 이야기에 빠져들었고, 그럴수록 나는 그분이 내게 해주신 축복에 감사하게 되었다. 내게 작가로 성공할 자질이 있다고 말씀해주신 것, 엄격하면서도 공정하게 과제를 지시해주신 것, 나조차 믿지 않던 나를 믿어주신 것, 늘 악취 나는 깊은 어둠으로부터 지켜주신 것, 내 이야기를 들어주신 것, 위험을 무릅쓰고 자기 잇속만 차리며 나에게 해만 끼치는 사람들에게 반대해주신 것, 신뢰할 만한 사람으로 남아주신 것, 그리고 지금도 나를 믿어주시는 것. 그분 역시 눈으로, 몸짓으로, 말로 나에게 고마움을 표시하셨다.

축복이 축복이 되는 것은 언제일까? 상대가 고마움을 느낄 때일까? 축복이 말로 전해질 때일까? 그것이 들려올 때일까? 아니면 축복받았음을 머리가 아닌 가슴으로 알게 되었을 때일까? 시인 윌리엄 예이츠는 시 「출렁이는 마음」에서 50세 생일을 맞은 날 혼자 커피숍에 앉아 있다가 '갑자기' 그가 '축복받았고 또한 축복할 수 있음'을 알게 되었다고 했다. 베른 교수님과 내가 겨울날 오하이오의 델라웨어에서 서로를 안아주고 각자 길을 나선 순간, 나는 내가 축복받았으며 또한 축복했다는 사실을 깨달았다.

✹ 힐링 한 스푼
  나는 행동과 생각과 뜻을 통해
  축복하고 축복받습니다.

10

BODY

몸

**육체의 전체 혹은
유기체의 물리적 구조**

*지금 여기에 앉아 있는, 아픔과 기쁨을 느끼는 바로
이 몸이 바로 완전히 깨어 있으며 살아가기 위해 필요한
전부라는 사실을 깨닫는 것만으로도 도움이 될 것이다.*

−페마 코드론(Pema Chodron)

*세심하게 주의를 기울이면 몸은 감정을 드러낸다.
이는 마치 새로운 활로 스트라디바리우스를 연주하는
것과 같다. 이때 몸은 훨씬 더 조화로운 소리를 낸다.*

−매리언 우드먼(Marion Woodman)

몸은 내게 많은 것을 가르쳐주었는데, 모두가 영혼을 충
만하게 했다. 춤을 추는 법과 사랑하는 법, 슬퍼하는 법
과 음악을 만드는 법. 이제 몸은 치유에 대해 알려준다.
나는 내 몸의 체온과, 근육의 긴장도와, 생각과 기분이
미묘하게 변화하는 것에 집중하는 법을 배우고 있다.

이는 마치 항해사가 수면의 잔물결로 바람을 읽어
항해하는 것과 같다.

−캣 더프(Kat Duff)

몸은 영혼의 집이 아니던가? 우리는 왜 집이 무너져
폐허가 되지 않도록 보살피지 않는가?

−필로(Philo)

수증기가 별의 생명력과 섞여
햇볕을 쪼이면 인간의 몸이 된다.

−파라켈수스(Paracelsus)

　전설적인 댄서 마르타 그레이엄은 이렇게 썼다. "당신은 인체의 신비를 알게 될 것이다. 왜냐하면 그보다 멋진 것은 없기 때문이다. 다음번에 거울을 볼 때는 귀가 머리 뒤쪽에 붙어 있는지, 머리카락이 이마 선에 맞춰 자라는지, 작은 뼈들이 당신 손목에 그대로 있는지를 확인하라. 그것은 기적이니까."

　정말로 기적이었다. 내 아이가 태어났을 때 나는 아이의 손가락과 발가락을 모두 세며 키스했다. 또한 아이의 콧구멍, 귀, 성기, 눈, 피부 주름 속의 찌꺼기를 부드럽게 닦아주며 시간을 보냈다. 아이의 몸의 어떤 부분을 건너뛰거나 무시하는 것은 상상도 할 수 없었다. 아이들을 씻기면서 한쪽 손으로는 불안정하게 흔들리는 아이의 목과 부드러운 머리를 부드럽게 잡았고 다른 쪽으로는 아이의 머리를 물로 적시거나 자그마한 팔다리를 마사지해주었다. 아이를 말려주며 사랑스럽게 쓰다듬었고 등과 민감한 하체에 진정 오일을 문질러주었다. 그렇게 나는 아이가 안전했던 내 자궁을 떠나면서 경험했을 신체적 트라우마를 치유하려고 애썼다.

노발리스는 이렇게 말했다. 인간의 몸은 이 세상에 존재하는 단 하나의 성소다. 그러므로 자신에게 이렇게 질문하라.

–내 몸이 기적이라고 마지막으로 느낀 것은 언제인가?
–내 몸의 모든 부분이 원활하게 역할하고 있는 데에 마지막으로 감사한 것은 언제인가?
–상태가 좋지 않은 내 몸의 일부가 다른 부분과 조화를 이루도록 하기 위해 어떤 노력을 할 것인가?
–내 몸이 결국 나의 가장 꾸준한 동반자였다는 사실에 대해 어떻게 감사할 것인가? 말로? 행동으로?

❋ 힐링 한 스푼
내 몸의 모든 서로 다른 부분들이 삶이 끝나는 날까지 함께 춤출 수 있음에 감사합니다.

11

BREATH

숨

**호흡할 때 들이쉬거나 내뱉는 공기
영혼 혹은 생명**

숨은 깨지기 쉬운 그릇과 같다.
하지만 그것은 탄생부터 죽음까지 우리와 함께한다.

—프레드릭 르봐이예(Frederick Leboyer)

숨은 우리의 몸을 열어젖히고
비어 있는 모든 공간을 채워준다.

—데보라 모리스 코리엘(Deborah Morris Coryell)

신의 숨결은
나의 삶을 새롭게 채워주어
그가 사랑하는 것을 내가 사랑하게 하며
그가 하려는 것을 내가 하게 하신다.

—에드윈 해치(Edwin Hatch)

모든 들숨으로 우주를 창조하고

모든 날숨으로 그것을 파괴한다.

—선(禪) 이야기

숨 쉬는 방법 중에 부끄러운 것으로서
하지 말아야 할 것이 있다고 치자.
그렇지 않은 다른 방법이 하나 있는데,
그것은 당신을 그 어떤 길로라도 끊임없이 데려가줄,
사랑이라는 이름의 숨쉬기이다.

—잘랄 우딘 루미(Jalal-Uddin Rumi)

나는 죽기 전 마지막 숨을 쉬는 사람들을 여러 번 보았고 그
것은 영광이었다. 이와 반대로 딱 한 번, 첫 번째 숨을 스스로
쉬지 못한 사람과 함께한 적이 있는데, 내 아들 에반이다.

임신 8주차까지는 무난하게 흘러갔다. 박테리아 감염으로
고열, 오한과 메스꺼움에 몸져눕기 전까지는 말이다. 산부인과
의사는 아이가 괜찮을 것이라고 거듭 말해주었지만, 나는 의심
이 들었다. 태아가 활기차게 움직이지도, 발을 차지도 않았던
것이다. 내가 느낄 수 있는 건 일시적인 떨림뿐이었다. 어떤 날
은 아무것도 느껴지지 않았다.

1971년 10월 26일, 진통이 시작됐다. 딸을 출산할 때의 경험
을 떠올리며 즉시 병원을 향했다. 아이가 나오기 직전에 응급
실에 도착해서 자연분만을 해야 했다.

"숨을 쉬세요, 숨을!" 간호사가 힘주기, 숨쉬기, 힘 빼기를

지시했다. "숨을 쉬면 고통이 덜해질 거예요. 아이에게 도움이 될 겁니다. 숨을 쉬세요. 크게 소리치면서 숨 쉬세요!" 나도 그러고 싶었다. 하지만 두려움과 혼란이 자꾸만 숨을 빼앗아 갔다. 마지막으로 힘을 짜냈다. "아들입니다."라는 소리가 들려왔다. 그러나 안도의 한숨을 쉬기도 전, 나는 또다시 숨이 막히고 말았다. 아기가 왜 울지 않는 걸까? 왜 힘없이 흐느적거리는 것일까? 왜 사람들이 온 사방을 뛰어다니는 걸까? 나는 소리치고 싶었다. "무슨 일인가요?" 하지만 숨을 쉬지 못했기에 목소리가 나오지 않았다. "아드님께 약간 문제가 있습니다." 간호사가 말했다. 참으로 작은 문제였다. 내 아이가 숨을 쉬지 않았다. 그러므로 아직 살아있지 않은 것이었다.

몇 분 후 의사가 에반의 작은 기도에서 진한 액체를 흡입해 냈다. 마침내 아들은 숨을 깊이 들이쉬었다. 피부에 색깔이 돌기 시작했다. 아이는 숨을 내쉬며 크게 울음소리를 냈다. "내가 태어났다!" 마침내 이 살아 있는 영혼이 내 팔에 안겼다. 나는 아이의 손가락과 발가락을 세어보지 않았다. 대신 우리가 숨을 들이쉬고, 내쉬고, 들이쉬고, 내쉬는 치유의 소리를 하염없이 듣고 있었다.

✳ 힐링 한 스푼
숨 쉬는 매 순간마다 내가 살아 있음을
새롭게 느낍니다.

12

CHALLENGE

도전

어떤 사람의 능력이나 자원을 꼭 필요한 때에,
고무적이고 어려운 과업을 통해 시험하는 것

도전은 심야를 한낮으로, 고통을 힘으로 바꾼다.
바다에서 수영하는 당신에게 거센 바람과 사나운 폭풍
이 다가오고 멈출 수 없다면, 폭풍에게 말하라.
당신은 계속 발을 움직여야 한다고.

−제시 잭슨(Jesse Jackson)

어려움을 빠져나가는 가장 좋은 방법은
헤쳐 나가는 것이다.

−로버트 프로스트(Robert Frost)

인생의 도전은 당신을 마비시키는 것이 아니라
자신을 발견하게 해준다.

−버니스 존슨 리건(Bernice Johnson Reagon)

고난은 정신을 강하게 만든다.

노동이 육체를 강하게 만들듯이.

-세네카(Seneca)

어려움을 극복하고 나면 축복이 찾아온다.

-속담

당신은 산을 오르기로 결심할 수도 있고, 신장 투석을 하게 될 수도 있다. 우리는 이런 삶의 어려움에 종종 맞닥뜨린다. 도전적 상황을 맞게 되면 우리는 미지의 세계에 발을 딛게 된다. 그것은 우리를 영원히 변화시킨다. 가장 어려웠던 도전을 돌아보라. 그 덕분에 한층 강해졌다는 사실을 깨닫게 될 것이다.

얼마 후면 내 친한 친구가 한 달간의 알코올 중독 재활 프로그램을 시작한다. 이 치유의 여행길에서 친구는 무수한 도전의 순간에 마주칠 것이다. 알코올중독자이길 포기하지 않으면 그의 가족과 친구와 사업 관계자들이 그를 포기할 것이다. 자존심을 버리고 유혹을 포기해야 할 것이다. 자신의 영역 밖에서 발생한 잘못에 대한 비난까지도 받아들여야 할 것이다. 알코올 남용을 정당화해주던 잘못된 진실은 버려야 할 것이다. 오래된 상처를 벌어지게 하는 새로운 진실과 마주할 것이며, 익숙했던 세상을 거꾸로 뒤집을 준비를 해야 할 것이다.

누구에게나 모든 것을 걸고 어떤 모험을 받아들이거나 거부해야 하는 상황이 찾아올 수 있다. 이에 대해 심리학자 칼 G. 융은 조심해야 할 때도 있겠지만 도전 그 자체를 거부해서는 안 된다고 말했다. "도전하지 않으면 우리는 인간의 가장 좋은 심성을 억누르게 된다. 바로 대담함과 포부다. 삶에 의미를 부여하는 이 소중한 경험을 선택하고, 또 성공해야 한다. 사도 바울이 대담하게 다마스쿠스로 여정을 떠나지 않았다면 무슨 일이 벌어졌겠는가?"

우리는 도전을 통해 전에 가본 적 없는 곳에 가고, 해본 적 없는 일을 함으로써 인생의 새로운 지점에 도달한다. 그로써 우리의 능력을 증명한다. 참으로, 그렇게 증명된 불굴의 용기와, 의지와, 자신에 대한 믿음과 겸손은 다른 사람들도 알아주지 않을 수 없는 것이다.

🌸 힐링 한 스푼

가장 어려운 도전은 나를 강하게 만듭니다.

13

CHANGE
변화

**달라지는 것,
탈바꿈하는 것**

변화의 첫걸음은 받아들이기다.
자신을 받아들이면 변화가 시작된다.
그것이 변화를 위해 해야 할 전부다.
변화는 만드는 것이 아니라 허락하는 것이다.

−윌 가르시아(Wil Garcia)

받아들이지 않고 경멸하는 것은
당신을 해방하는 것이 아니라 억압한다.

−칼 융(Carl Jung)

변화에의 요구는 내 마음 한가운데에
불도저처럼 길을 낸다.

−마야 안젤루(Maya Angelou)

모든 것이 변화한다는 사실을 깨닫는다면

당신은 무언가를 고수하려 애쓸 필요가 없을 것이다.
—도덕경

인생은 벽이나 나무의 그림자 같기도,
날아가는 새의 그림자 같기도 하다.
—탈무드

"신이시여, 바꿀 수 없는 것을 받아들일 평안을, 바꿀 수 있는 것을 바꿀 용기를, 바뀐 것을 알 수 있는 지혜를 주소서." 중독에서 벗어나고자 하는 전 세계의 알코올 혹은 약물 중독자들은 어김없이 신학자 라인홀드 니부어의 말을 인용한다. 그들이 약물, 알코올 남용과 자기파괴 행위를 하지 않으려 하는 것은 마치 거친 바다를 항해하는 것과 같다. 이들에게 수용, 용기, 지혜와 같은 말들은 걱정을 덜어주는 동시에 닻이 되어준다.

우리는 왜 변화의 시간을 걱정스럽고 불안정하게만 받아들일까? '내 안의 무엇이 바꿀 수 없는 것들을 받아들이지 못하게 만들까?'라고 나는 묻는다. "바꿀 수 있는 것을 바꿀 용기는 어떻게 가질 수 있을까? 변화에 대한 긍정적 반응과 부정적 반응을 분간할 지혜는 어떻게 가질 수 있을까? 나에게 그 차이점을 알 수 있는 지혜가 있을까?

부자, 가난한 사람, 고학력자, 문맹자, 젊은이, 노인부터 공화당 지지자, 민주당 지지자, 독립당 지지자, 종교인, 불가지론자, 무신론자에 이르기까지 전 세계 사람들이 매일 알코올 중독자 갱생회를 비롯해 수많은 공동 지원 단체의 회의에 모여든다. 그들은 삶을 개선하거나 치유하기 위해 변화를 도모하는 인간의 내재된 욕망을 증명한다. 실로 이 용감한 사람들이 동료들 앞에서 진실한 목소리로 충격적이고 파괴적인 삶에 대해 털어놓을 때, 이들은 변화를 바란다고 공개적으로 고백하는 것이다. 이 과정에서 이들의 고백이 주는 가장 큰 교훈은 그들이 단지 자신의 삶이 달라지길 원해서가 아니라, 자신이 사랑하는 사람들과 공동체를 위해, 그리고 세상을 변화시키기 위해 자신이 변화하려 한다는 점이다.

힐링 한 스푼

내가 영원히 변한다는 것 그리고 매일 다른 사람이 된다는 것은 자연스러운 일입니다.

14

CHAOS
혼란

거대한 무질서나 혼돈의 상태 혹은 장소

당신의 영혼에는 혼돈이 필요하다,
춤추는 별에 생명을 불어넣기 위해서.

−프리드리히 니체(Friedrich Nietzsche)

우리는 어디에서 오는가? 어디로 가는가?
혼란에 빠진 모든 사람들은 이렇게
가슴으로 외치고 머리로 묻는다.

−니코스 카잔차키스(Nikos Kazantzakis)

질서는 습관을 낳고, 혼란은 삶을 낳는다.

−헨리 브룩스 아담스(Henry Brooks Adams)

태초에 세계는 진창에 지나지 않았다.

−아이누 신화

뛰어난 파일럿은 우레와 폭풍을 뚫고 나와야

명성을 얻는다.

−에픽테토스(Epictetus)

태초에 관한 창조 신화는 전 세계에서 발견되는데, 이 중 상당수는 첫 문장을 아무것도 존재하지 않는 혼란의 세계로 묘사한다. 그 후 초자연적 존재가 개입해 무의 세계를 조화롭고 균형 있는 세계로 변모시키는 방식이다. 다음은 신화들이 혼돈을 묘사하는 방식이다.

−그리스 신화: 태초에 혼돈과 어둠이 있었다. 혼돈은 형태가 없는, 모든 요소가 뒤섞인 광활하고 거대한 바다였다.

−독일 신화: 태초에 거대한 무(無), 공백이 있었다. 불타는 곳은 남쪽이 되었고, 얼음과 바람이 부는 곳은 북쪽이 되었다. 그들은 혼돈을 창조했으며, 혼돈의 밖으로 생명이 뛰쳐나왔다.

−중국 신화: 태초에 혼돈과 음양을 한 곳에 품은 거대한 검은 알이 있었다.

−일본 신화: 태초의 세상은 모든 요소를 품은 광활하고 번들번들한 혼돈의 바다뿐이었다.

−헝가리 신화: 성스러운 바다에 묻힌 씨앗이 그대의 껍질을 깨었고 영구한 바다의 파도가 일렁이며 소용돌이쳤다. 그들의 파도가 부딪히며 거품이 소리를 질렀지만 그곳에는 아직 육지가 없었다.

−유대교 및 크리스트교 신화: 태초에 신이 천국과 육지를

창조하셨다. 땅은 형태가 없고 공허했으며, 어둠이 깊은 곳 위에 있었다… 신이 손수 만든 모든 것을 보았더니, 보시기에 참 좋았다.

　육체적, 감정적, 정신적 질병에 걸리게 되면 우리는 이러한 공허한 세계에 던져질지도 모른다. 우리는 절망과 혼란과 고독의 바다가 폭풍우 치고 번들거리며 비명을 지르는 가운데서 놀라고 아득해질지도 모른다. 내 삶을 파괴하는 것으로부터 어떻게 살아남을 수 있을지 미친 듯 묻게 될 수도 있다. 그러나 이 오래된 신화들을 진지하게 되새겨본다면, 고통이라는 폭풍의 '눈' 속에서 치유와 평온의 가능성을 발견할 수 있을 것이다. 실제로 우리는 더 좋은 행복한 삶을 위해 새로운 가치관을 갖기도 한다. 이것이 혼돈을 벗어나면 새로운 삶이 찾아온다는 것을 우리 스스로 알고 있다는 증거다.

✿ 힐링 한 스푼
　나는 세상의 '참 좋은' 빛이며. 어둠의 밖에서
　새 삶을 창조합니다.

15

CHOICE
선택

선택하는 행위, 고르는 것,
선택할 권한, 권리, 자유

둘 중 하나만 택해야 하는 결정의 순간이 왔다면
그 순간 결정하라. 그렇지 않으면
순간이 당신을 결정할 것이다.

−틴 컵(Tin Cup)

사고가 나기 전, 나는 1만 가지의 일을 할 수 있었다.
잃어버린 것들만 곱씹으며 여생을 보낼 수도 있었다.
하지만 나는 아직 남은 9천 가지에 집중하기로 했다.

−W. 미첼(W. Mitchell)

사람은 고통 없이는 살 수 없다…
우리는 삶이 주는 고통을 어떻게 이용할 것인지
결정할 수 있을 뿐이다.

−버니 시겔(Bernie Siegel)

선택하지 않는 것도 선택이다.

−유대인 속담

신념이 당신을 움직인다. 즉 선택이 선택을 이끈다.

−에픽테토스(*Epictetus*)

언젠가 어머니가 물어보셨다. "발레를 배울래, 음악을 배울래?" 그때 겨우 다섯 살이었던 내겐 너무 어려운 선택이었다. 나는 현관 앞에 쪼그려 앉아 생각했다. 조금 있다가 어머니가 나와서는 훌쩍거리는 나를 보고 말씀하셨다. "왜 우니?" 나는 엉엉 울며 말했다. "고르기가 너무 어려워요."

그로부터 거의 50여 년이 지난 후에도 나는 어려운 선택을 해야 할 때 엉엉 울어버리곤 했다. 때로는 며칠 동안, 몇 주 동안, 심지어 몇 년 동안 현관 앞에 쪼그려 앉아 있기도 한다. 스스로의 결정에 진심으로 동의하게 될 때까지 고민하는 것이다.

"해야 하나, 하지 말아야 하나." 언젠가는 2년 동안 고민한 적도 있었다. 그렇게 고민한 후에야 마음의 결정이 내려졌고, 나는 현관에서 일어나 첫 번째 남편에게 가서 이혼하자고 말했다.

또 한 번 현관 앞에 앉게 된 계기는 내 수술의가 유방절제술을 받을 것인지, 아니면 유방 종양 제거 수술만 한 후 33번의 방사선 치료를 더 받을 것인지 선택하라고 했을 때였다. 며칠 동안 나는 두 가지 사이에서 고뇌해야 했다.

종양 제거 수술을 마치고 몇 달 지나서, 어머니가 병원에 입원하셨고 생명 유지 장치를 부착하게 되었다. 의사가 어머니의 폐에 호흡 유지 장치를 삽입하기로 결정했고, 그것은 어머니가 죽음을 스스로 선택할 의지를 꺾어놓았다. 나는 저 튜브를 떼어내고, 어머니가 원했던 대로 평화롭고 존엄하게 돌아가시게 하길 바랐다. 하지만 어머니가 진심으로 따르던 유대교 율법의 권위자인 랍비가 말렸다. "그래서는 안 됩니다. 무엇을 해야 할지는 신만이 결정하십니다."

"하지만 유대교의 카발라에 따르면 '인간은 선택하기 위해 태어난 존재'라고 합니다." 나는 마음속으로 그렇게 말했다.

그날 밤 내내 나는 현관 구석에 쪼그려 앉아 울며 고민했다. '생명 유지 장치를 제거해 얻는 것은 무엇이고, 잃을 것은 무엇일까? 제거하지 않아서 잃는 것은 무엇이고, 얻는 것은 무엇일까?' 다음날 아침 나는 마음속에 찬성과 반대의 이유를 모두 품고 병원에 들어섰다. 그리고 마침내 결정을 내렸다.

💥 힐링 한 스푼

나에게는 행복할 의무가 있습니다.
나의 선택이 삶의 질을 바꿉니다.

16

COMFORT
위안

오랜 고통이나 괴로움을 달래는 것,
육체적 고통을 완화함, 안도시킴

내 손을 꼭 잡아주게, 소중한 친구여.
나는 죽어가고 있다네.

−비토리오 알피에리(Conte Vittorio Alfieri)

고통 받는 자에겐 위안이 오고,
안락한 자에겐 고통이 온다.

−핀리 피터 던(Finley Peter Dunne)

남은 것이 신밖에 없을 때,
신이면 충분하다는 것을 알게 될 것이다.

−가이드포스트(Guideposts)

그렇다. 죽음의 그림자가 드리운 계곡을 걸을 때에도
나는 해를 입을 것을 두려워하지 않을 것이다.
신이 함께 하시므로, 그의 지팡이와 막대가

나를 편안케 하므로.

—시편 23:4

나의 자리가 날 위로하고,
나의 침상이 수심을 풀어 주리라.

—욥기 7:13

사우스 캐롤라이나의 베르나딘 호스피스 병동이 문을 연 지 얼마 되지 않았을 때다. 바깥에서 휴식하던 환자들 앞에 어린 도둑고양이가 나타났다. 직원들에 따르면, 시한부 환자들은 검은색과 하얀색 무늬를 한 그 고양이에게 위스커라는 이름을 붙였고, 먹이를 주거나 쓰다듬는 것을 좋아했다. 어느 날 고양이는 백혈병으로 죽어가던 3살짜리 여자 아이의 침대 맡에 누워 있었다. 호스피스에서 반려동물을 기르는 것이 허용되긴 했지만, 위스커의 건강상태를 아는 사람은 아무도 없었다. 간호사는 일단 고양이를 쫓아냈다. 하지만 몇 번을 쫓아내도 고양이는 몰래 와서 아이의 곁을 지키곤 했다. 여자 아이가 죽은 다음 날 위스커는 한술 더 떠 다른 환자도 방문하기 시작했다.

수의사가 난소를 제거하고 예방접종을 해준 덕에 위스커는 자유롭게 돌아다닐 수 있게 되었다. 위스커는 매일 아침 간호사들의 회진 시간에 맞추어 나타났다. 한 차례 회진이 끝난 후 위스커는 죽음이 가까운 환자 누구에게든 찾아갔다. "위스커가 어떻게 아는지 모르겠다." 간호사는 그렇게 기록했다. "그녀는 그냥 안다. 신기한 일이다. 만일 두 환자가 동시에 죽음을 앞두면, 위스커는 시간을 쪼개서 둘 모두를 찾아간다."

얼마 전 한 고령 환자는 죽음이 가까워 오자 눈을 번쩍 떴다. "쉿!" 환자는 말했다. "그가 왔어요." 그러고는 눈에 보이지 않는, 방 안에 있는 무언가를 응시하기 시작했다. 그때 위스커가 들어왔는데, 곧 얼어붙어서는 환자와 같이 눈에 보이지 않는 그것에 집중하는 것이었다. 위스커는 그 환자가 눈을 감을 때까지 그곳에서 꼼짝도 하지 않았다.

호스피스 직원들은 위스커가 베르나딘에서 죽은 첫 번째 환자의 환생이라고 농담하곤 한다. 하지만 환자들은 그녀가 환자들을 위로하기 위해 신이 보내온 선물이라고 진지하게 믿는다. 우리에게 명령하며 점점 더 깊이 좌절과 어둠으로 끌고 가는 성서 속 인물들과 달리, 위스커는 환자들의 가장 어두운 시간에 방문하여 같은 곳을 바라보며 그들의 죽음의 순간을 밝고 편안하게 만들어준다.

🥄 힐링 한 스푼

나에게 위안을 주는 사람들에게 더욱더 감사합니다.

17

COMMITMENT
실행

어떤 행동 방침 혹은 사람들에게 감정적이나 지적으로
관여하는 상태 혹은 그 약속

무엇을 하든 그것을 해결하라,
모든 사람을 동원해서,
당신의 전력을 다해서.

–오리슨 스웨트 마든(Orison Swett Marden)

실행에 옮기라, 일단 해내면
삶이 그에 보답할 것이다.

–레스 브라운(Les Brown)

실행에 옮기기 전까지는
계획도 없는 약속과 희망만이 존재할 뿐이다.

–피터 F. 드러커(Peter F. Drucker)

새는 조금씩, 아주 조금씩 둥지를 지어 나간다.

–프랑스 속담

그러므로 이 언약을 지켜 행하라,
그러면 모든 일이 이루어질 것이다.

−신명기 29:9

먼 곳에 사는 여동생으로부터 사촌에게 폐 이식이 필요하다는 이메일을 받은 순간, 스티브 미첼리는 생각했다. "내 폐를 줘야 하는 건가?"

"사촌에 대해 이야기해봐." 친구 스티브가 자신의 폐엽(肺葉) 다섯 부분을 기증해야 할지 고민하고 있다는 이야기를 듣고 나는 그렇게 말했다.

"그는 50세야." 스티브가 말했다. "그리고 세상의 낭포성 섬유증 환자들 중 아마 가장 오래 살았을 거야. 그의 폐는 기능을 잃어가고 있어. 이식만이 유일한 희망이지. 폐가 한 쪽만 필요한 것도 아니야. 두 개가 필요해. 즉 기부자가 두 명 필요하다는 의미야. 혈액형이 같다는 점 외에 내가 아는 건 아무것도 없어."

"그분을 많이 사랑하나보다." 내가 답했다.

"아니, 그를 만난 건 작년 여름 한 번뿐이야. 몇 분 이야기해본 게 전부지. 서로를 알아갈 새도 없었어."

스티브는 기증이 필요하다는 메일을 받자마자 사촌에게 폐를 기증하겠다는 답장을 보냈다. "너무 간단하게 들릴지 모르겠지만, 마치 운전 중에 버스정류장 근처를 지나치다 아는 사람을 만나 그에게 태워줄까요? 라고 물은 느낌이야. 물론 태워줄 수 있지. 하지만 정말로 생각해보려고 멈췄을 때, 그때서야 나는 그게 어려운 결정이라는 걸 알게 됐어. 내가 어떤 선택을 하든 아내와 딸에게 영향을 미치거든."

그 후 스티브는 자신의 폐를 기증하기 전 고려해야 할 것에 대해 두 시간에 걸쳐 이야기했다. 그는 이식수술에 대한 정보를 수집했고 수술을 집도한 의료센터에 연락했다. 그는 장기기증자와 수혜자들을 만나보기로 했다. 폐를 기증하는 것, 그리고 하지 않는 것의 비용과 장점을 확실하게 알아보았다. 억눌린 감정을 스스로 알아챌 수 있도록 정신과 영혼을 가다듬었다. 그는 자신이 폐를 기증하지 않았다면 다른 것, 그러니까 수혈을 하거나 환자 권익 보호 활동을 하지 않았을까, 라고 스스로에게 묻기도 했다.

"어떤 결과가 되든 상관없이 이 일을 멈추지 않을 거야." 헤어질 때쯤 그는 그렇게 말했다. "그거 알아? 중요한 건 결과가 아니라 과정이라는 걸. 이 일에는 그게 전부라고."

힐링 한 스푼
치유의 여정은 실행에서부터 시작됩니다.

18

COMMUNITY
공동체

개인의 집합체

어떤 사람도 혼자서는 온전한 섬이 아니다.
모든 사람은 대륙의 한 조각이다.

−존 던(John Donne)

나는 내가 만난 모든 사람의 일부다.

−알프레드, 로드 테니슨(Alfred, Lord Tennyson)

그들은 공감 어린 응답으로 유대관계를 친밀하게 유지
하며, 인간은 그 속에서 온전한 인간으로서 처음 자리
잡는다. 이 친절한 사람들은 당신의 모습을 비춰준다.
그들은 없어서는 안 될 거울이다.

−루이스 멈포드(Lewis Mumford)

방문자의 발소리는 약이다.
그것은 질병을 치유해준다.

−반투족 속담

함께 고민할수록 슬픔은 덜어진다.

-프랑스 속담

1990년대 정신과 의사 데이비드 스피겔은 벤치마킹 연구에서 전이성 유방암 환자 여성 중 지원 단체에 소속된 사람들이 더 오래 산다는 결과를 밝혔다. 나는 세 사람만 돼도 방이 붐빈다고 생각할 정도로 내향적인 성격인데도 이 연구 결과가 그리 놀랍지 않았다. 심지어 나는 이따금 건강문제를 함께 고민할 수 있는 친구, 동료와 충실한 커뮤니티와 접촉하고 싶은 강한 욕구를 느낀다. 사실 이렇듯 관계를 그리워하는 우리의 보편적이고 내재적인 그리움은, 부분적으로는 건강한 공동체가 우리를 보호해주는 면역 역할을 한다는 변치 않는 깊은 진실에 기인한다.

투병으로 인한 아픔과 슬픔을 겪을 때에는 친구, 친척 그리고 낯선 이들까지도 찾아와 우리가 고통을 견디고, 상처를 치유하고, 삶을 향해 '예스!'를 외칠 수 있도록 도와준다. 그들은 우리를 육체적, 정신적, 감정적으로 풍부하게 해주고 기운을 북돋워준다. 그들은 아무것도 묻지 않는다. 그리고 말로만 그치는 것이 아니라 진심을 담아 우리의 건강과 생존을 간절히 기원한다. 그들은 문가에, 병상에 나타나서는 맛있는 요리, 케이크, 카드와 마음이 담긴 증표를 내민다. 그들은 별 중요치 않은 진전에도 기뻐하며 '만세'를 외친다. 당신이 공놀이를 할 때 그들은 마법처럼 나타나 떨어뜨린 공을 주워준다. 그리고 서로에게 할 말이 남지 않았을 때는 침묵을 지키며 우리 곁에 앉아 있는다.

그렇기에 환자가 다른 사람들과 함께할 때 더 잘 회복한다는 스피겔의 연구결과는 놀라운 것이 아니다. 나는 유방암 치료가 끝난 후 지원 단체를 설립했다. 첫 모임에 참석한 여성들은 미래에 대한 희망과 두려움과 걱정을 털어놓았다. 그들은 서로 동의하며 머리를 끄덕였고, 나도 그들의 모습을 보며 내 머리가 끄덕여지는 것을 느낄 수 있었다. 나를 둘러싼 사람들의 눈을 들여다보며 이야기를 들을 때, 나는 그들의 이야기가 바로 나의 이야기임을 알았다. 나는 그들의 경험을 이해하기 위해 그 경험을 반복할 필요가 없었다. 그날 밤과 더불어 우리는 영원히 함께였다.

🌿 힐링 한 스푼

친구, 사랑하는 사람들, 심지어 낯선 이들까지도 받아들일 때 나는 사랑, 보살핌, 지원과 격려를 받게 됩니다.

19

COMPASSION
동정심

**타인의 고통을 깊이 앎과 동시에
나아지기를 바라는 것**

동정심보다 무거운 것은 없다.
다른 사람과 함께, 혹은 그를 위해 느끼는 고통은
상상력으로 증폭되고 수천 번 메아리치면서 깊어진다.
그 고통은 나의 고통보다 무겁다.

–밀란 쿤데라(Milan Kundera)

이따금 세상은 동정심을 거부하는 듯하다.
그러나 동정심은 우리 내면 가장 깊은 곳에서
진실을 이끌어낸다. 그것은 궁극적으로
우리가 세상과 타인에게 주어야 하는 것이다.

–람 다스(Ram Dass)

그것은 타인의 고통을 건드리며 변화시킨다…
동정심은 변화의 징후다.

–짐 월리스(Jim Wallis)

우리 아버지이신 그분은 나에게 자비를 보여주신다.
평화 속에 나 길을 걷노니.

—샤이엔족 속담

그러나 어떤 사마리아인은 여행길 도중에
그를 보고는 불쌍히 여겨 가까이 다가갔다.
그리고 그의 상처에 붕대를 감아주었으며, …
그를 보살펴주었다.

—누가 10:33~35

어머니가 심장마비로 쓰러졌을 때, 그녀의 랍비가 병원에 찾아왔다. 나는 어머니를 걱정하는 마음에 무심코 손을 뻗어 그의 손을 잡고 악수했다. 유대교 율법에 따르면 랍비가 여자를 만지면 안 된다는 사실도 잠시 잊은 채 말이다. 나는 곧 실수를 깨닫고 사과했다. "괜찮습니다." 그가 말했다. "지금 우리 앞엔 더 큰 문제가 있으니까요."

그는 침상으로 다가가 어머니의 발치에서 고개를 가로저었다. 병원은 어머니의 삶의 의지와는 상관없이 가슴에 호흡기를 삽입해놓았다. 열여덟 개의 선과 튜브가 그녀의 몸에 연결되어 있었다. 어머니의 작고 창백한 얼굴은 괴이하게 틀어져 있었다. 그곳에 의식 없이 누워 있는 사람이 어머니라는 것을 믿을 수가 없었다. "그녀는 잘 버티고 있었어요. 무슨 일이 일어난 거지요?" 랍비가 물었다. "믿을 수가 없군요."

어머니와 랍비는 각별한 사제지간이었다. 몇 년 전, 유대인인 어머니가 자신의 뿌리를 찾아 유대교에 다시 발을 들여놓았을 때, 그는 친히 어머니의 멘토가 되어주었다. 그는 어머니 나이의 절반밖에 되지 않았지만 지혜로운 랍비였다. 어머니는 검은 수염을 하고 검은 정장을 이 작은 랍비와, 금발의 단발머리에 선명한 색깔의 카프탄을 입은 여자와 함께 일주일에 한 번씩 모여 유대교의 율법, 특히 일상생활의 규율에 관해 토론했다. 어떤 날에는 랍비가 그의 아내와 다섯 아이와의 식사자리에 어머니를 초대하기도 했다. 율법 때문에 그는 아끼는 제자를 안아줄 수는 없었다. 하지만 어머니는 언제나 그분의 따뜻한 사랑을 받으셨다.

이제 그 모든 것이 끝나가고 있었다. 랍비는 어머니의 곁에 다가가 히브리어 기도문을 암송했다. 위로의 노랫소리는 의료기기들이 내는 위협적인 기계음과 대비되며 리듬에 맞추어 흔들거렸다. 랍비는 기도서를 덮고 슬픔에 잠긴 채 어머니 옆에 일어섰다. 그리고 어머니의 손을 자신의 손으로 꼭 쥐었다.

❀ 힐링 한 스푼
동정심에는 한계가 없습니다.

20

CONFESS
고백

**어떤 사람에게 손해를 입히거나
불편한 사실을 드러내는 것, 자백**

고백은 당신의 새로운 삶의 일부다.

−루드비히 비트겐슈타인(Ludwig Wittgenstein)

사람들은 반역, 살인, 방화, 의치나 가발에 대해
고백하게 될 것이다. 그중에 자신에게 유머가
부족하다고 고백할 사람이 몇이나 될까?

−프랭크 무어 콜비(Frank Moore Colby)

고백은 영혼에 유익하다.

−스코틀랜드 속담

죄를 고백했다면 반은 용서받은 것이다.

−프랑스 속담

고백은 영혼에 이롭다고 한다. 나는 더 나아가, 진실을 고백하는 것이 곧 치유이며 그것이 우리의 영혼뿐 아니라 감정과 몸까지도 치유한다고 말하고 싶다. 자카리의 고백을 예로 들고자 한다.

자카리는 등이 굽고 정신장애가 있지만 점잖고 용감한 남자였다. 몇 년 전 그는 테드의 일요일 새벽 예배에 참석했다. 그 시간에는 보통 15명에서 20명의 신자가 참석해 제단 앞의 성가대석에 가까이 붙어 앉곤 했다. 자카리는 언제나 늦게 도착했고 옷깃에 얼굴을 파묻은 채 졸았다. 그는 큰 카우보이 모자를 쓰고 있어서 작은 골격은 모자에 가려지는 듯했고, 목에는 캐딜락 차주들이 매는 커다란 메달이 언제나 걸려 있었다. 그가 예배 의식을 전혀 따르지 않았기에 모두가 그를 문맹이라고 생각했다. 그는 예배시간 내내 조용히 앉아 있거나, 다른 사람들의 안내를 받아 움직이거나, 다른 사람들이 일어서거나, 앉거나, 축복을 받는 행동을 따라할 뿐이었다. 자카리가 다른 예배자와 이야기하는 것은 "평화를 빕니다."라며 신자 모두가 서로 악수할 때뿐이었다.

어느 일요일, 테드가 십계명에 대해 설교할 때였다. 자카리는 평소와 같이 테드가 설교를 시작할 즈음 나타나서 돌아다녔다. 테드는 잠시 멈추고, 미소를 지으며 그에게 앉으라고 권하고는 다시 설교를 시작했다. 자카리는 주의 깊게 몇 분간 듣더니, 어조가 없는 큰 목소리로 설교 중간에 끼어들었다. "하느님," 모두가 보는 앞에서 그는 말했다. "하느님, 제가 용서받은 것입니까? 제가 용서받은 건가요, 하느님? 한 가지 십계명을 어겨 모든 것을 망쳤는데도요?"

테드는 그가 어떤 십계명을 어겼는지 묻지 않았다. 나머지 아홉 가지에 대해서도 묻지 않았다. 테드는 자카리에게 신이 반드시 그를 용서하실 것이라고 말했다. 그러자 자카리는 구부 정했던 몸을 펴고 똑바로 서서는 미소를 지으며 눈물을 흘리는 것이었다. "감사합니다, 하느님. 누구에게도 말하지 않았었는 데 오늘에야 당신께 말씀드렸군요. 하느님, 감사합니다. 제 내 면이 달라진 것이 느껴져요."

그 후 일요일 예배시간에, 테드는 준비해온 설교 대신 신자 들이 앉아 있는 복도로 나섰다. 그리고 자카리에 대해 이야기 했다. 자카리의 질문과 미소와 눈물, 잃어버린 삶의 지표를 되 찾고자 하는 의지에 대해서 말이다. 고백은 자카리의 마음의 짐을 덜어주었다. 또한 그가 세상을 향해 똑바로 일어서게 해 주었다.

꽃 힐링 한 스푼
고백은 굴곡진 마음을 곧게 펴 치유해줍니다.

21

COURAGE
용기

**침착함, 자신감 및 결단력으로 위험, 두려움이나 어려움에
맞설 수 있게 해주는 마음 혹은 영혼의 상태나 특징**

담대함의 정도에 따라 그의 삶은
줄어들기도, 팽창하기도 한다.

−아나이스 닌(Anais Nin)

어떤 일에 직면한다고 해서 모든 것이 바뀌는 것은 아니다.
그러나 직면하지 않으면 아무것도 바뀌지 않는다.

−제임스 볼드윈(James Baldwin)

나는 법을 배우기 위해서는 두려움을 없애는 것이
아니라, 매일 용감해지는 법을 연습해야 한다.

−샘 킨(Sam Keen)

부를 잃는 것은 조금 잃는 것이다.
명예를 잃는 것은 많이 잃는 것이다.
용기를 잃는 것은 모두 잃는 것이다.

−독일 속담

> 무언가 두렵다면, 당신은 그것에
> 당신을 지배할 힘을 내어준 것이다.
> —모로코 속담

1988년 나는 성인을 위한 아웃워드 바운드(거친 자연 등을 탐험하는 국제 교육체험 프로그램)에 참가해 메인 주 해변에서 항해를 한 적이 있다. 아웃워드 바운드의 프로그램은 육체적, 정신적, 감정적으로 모험정신을 발휘해야 하는 위험한 코스로 구성돼 있다. 많은 사람들이 아웃워드 바운드가 인생의 전환점이 되었다고 말한다. 나 역시 그중 하나다.

아웃워드 바운드에서 나는 이전에 해보지 못했던 경험을 했다. 47도의 바다에 뛰어들었고, 낯선 사람 12명과 함께 취사시설이나 선두도 없는 작은 보트에서 살았다. 작은 배에 앉은 채 노(櫓)를 옆에 두고서 물고기처럼 잠들었고, 바보들이나 앓는다는 고소공포증을 극복하기 위해 암벽을 기어올랐다. 이틀 하고도 반나절간 무인도에 혼자 살아보기도 했다. 그리고 군사 훈련 때나 쓰이는 고공 로프 코스를 소화했다. 아웃워드 바운드에서의 도전을 마칠 때쯤 나는 공포를 정면 돌파하는 법을 배울 수 있었다. 그런데 이 모든 것은 내 동료였던 제럴드가 가르쳐준 용기에 비하면 아무것도 아니다.

당시 50대의 로마 가톨릭교 신부였던 제럴드는 대부분의 프로그램에 참여하긴 했지만, 두려움에 포기하기 일쑤였다. 그러나 악명 높은 로프 코스에 도전하면서 그는 달라졌다. 로프 코스는 암벽으로 깎아지른 높은 절벽을 내려다보며 나무와 나무 사이에 묶인 줄을 타고 내려가는 것이었다. 단계가 높아질수록 줄도 더 가팔라졌다. 제럴드는 두 번째 단계에서 얼어붙었다. 자신이 서 있는 나무 탑에서 건너편으로 줄을 타고 반대편으로 이동하기 위해 공중을 향해 살짝 뛰어야 했는데, 거기에서 멈춘 것이다. 우리는 주저앉은 그를 격려했지만 소용이 없었다. 한 리더가 질문했다. "왜 멈춘 겁니까?" 리더가 큰 소리로 물어보았다. "모릅니다. 몰라요." 그도 소리쳤다. "제가 도와드릴까요?" 리더가 물었다. "아니요." 그는 화가 난 듯이 소리쳤다. "나는 바보 범블 씨라고요, 바보 범블…"

"제럴드!" 그녀가 말했다. "누가 당신을 마지막으로 그렇게 부른 게 언제인가요?" 자신이 뱉은 말에 충격을 받은 제럴드는 나무 탑에 걸터앉아 생각에 잠겼다. "제가 12살짜리처럼 굴었군요." 그의 대답소리가 한층 부드러워졌다. 다음에 무슨 일이 일어날지 궁금해지기도 전에, 제럴드는 지지로프를 쥐고 몸을 끌어올리더니, 건너편 통나무에 시선을 고정하고 깊은 절벽을 향해 뛰어들었다. 그리고 계속해서 나아갔다. 높이, 더 높이 정상을 향해 올라갔다.

🌿 힐링 한 스푼

나는 법을 배우기 위해 두려움을 없애는 것이 아니라, 매일 매일 용감해지는 법을 연습합니다.

22

CREATIVITY
창조성

창조하는 능력이나 힘, 독창성의 표현

창조성은 인간의 삶처럼 암흑에서 시작된다.

−줄리아 카메론(Julia Cameron)

불확실성과 미스터리는 삶의 에너지원이다.
너무 두려워 말라. 이들이 당신의 지루함을 덜어주고,
창조성에 불을 지펴줄 것이다.

−R.I 피첸리(R.I. Fitzhenry)

창조성은 질서를 혼돈에 몰아넣고,
삶을 무기력하게 하며,
아름다움을 평범한 것으로 만든다.

−에드워드 J. 라빈(Edward J. Lavin)

예술을 하려면 자신의 전부를 바쳐야 한다.

−프랑스 속담

최후의 창조자는 결국 자기 자신이다.

−성 토마스 아퀴나스(Saint Thomas Aquinas)

우리의 안에는 치유의 길로 안내하는 창조자가 산다. 상상 속의 인물인 그는 우리를 불러내 삶의 틀을 잠시 벗어나게 해준다. 이때 우리는 미처 발견 못했던, 우리의 몸과 정신과 영혼 속에 잠든 치유의 에너지를 발견하고, 좀 더 컬러풀하고 조화로운 삶을 살게 되며, 다른 시각으로 삶을 바라보게 된다.

『지구와 영성 회복을 위한 약』의 저자인 내 친구 산드라 잉거먼은 정신요법 의사로서 자신의 업무와 워크숍에 고대의 치유 의식을 적용해왔다. "생명을 위협하는 질병에 걸린 사람들과 함께 작업하면서 나는 중요한 패턴을 발견했다." 그녀는 말했다. "인생의 진짜 변화를 거부한 채 병만 '고치려고' 찾아온 사람들은 결국 잠시 나아질 뿐 다시 질병을 앓게 된다." 반면, 에너지를 창조적으로 활용해 긍정적인 삶의 변화를 이끌어내려는 환자들은 위험한 상황을 벗어나 좋은 삶을 사는 경향을 보였다. "물론 완치는 아닐지도 모른다. 하지만 자신의 삶을 직접 일구고 색깔을 입히는 창조자가 되려는 마음을 갖는 것만으로도 치유가 된다."

샌디는 모두에게 건강을 증진하고 유지할 의무가 있다고 믿는다. 그러기 위한 첫 번째 열쇠는 의식적으로 건강한 현재와 미래를 위한 결정을 내리는 것이다. 그 다음은 자신에게도 창조적 에너지를 발휘할 잠재력과 권리가 있다고 믿는 것이다.

마지막 열쇠는 용기를 갖는 것이다. 다른 사람의 판단이 당신의 타고난 권리인 창조성을 억누르게 하지 않기 위해서다.

"나는 '힘'이란 바로 에너지를 변형하고 사용하는 능력이라고 조언한다." 샌디는 말했다. "치유는 자신이 가진 에너지를 창조적으로 사용하는 것이다. 에너지를 현재의 삶을 지지하고 미래를 긍정하는 방향으로 활용하는 것이다. 그렇게 하면 삶은 기회로 충만해질 것이다."

🌸 힐링 한 스푼
나에게는 원하는 삶을 만들어나갈 힘이 있습니다.

23

DANCE

춤

음악 리듬에 맞추어 스텝을 밟고 제스처를 하는 것

인생은 움직임이며, 움직임은 인생이다.
사는 것은 움직이며, 움직이는 것은 살아 있다.

−미르카 내스터(Mirka Knaster)

하루 동안 단 한 번도 춤추지 않았다면
그날은 잃어버린 것과 마찬가지다.

−프리드리히 니체(Friedrich Nietzsche)

새로움을 두려워하는 사람은
결코 춤을 배우지 않는다.

−베트 미들러(Bette Midler)

걸을 수 있다면 춤추라.
말할 수 있다면 노래하라.

−짐바브웨 속담

다른 많은 소녀들처럼 마리 베르디-플레처도 어렸을 때부터 댄서를 꿈꾸었다. 그녀는 자신의 몸, 마음과 영혼에 깃든 무언가가 자신을 춤추게 만들었다고 믿었다. 그리고 춤을 통해 새로운 방식으로 시간, 공간과 장소를 인식할 수 있다고 생각했다. 마리는 실제로 춤을 인생의 직업으로 삼았다. 다만 특이한 것은, 마리에게는 척추갈림증이 있어 휠체어를 타고 움직여야 했다는 것이다.

내가 그녀와 처음 만난 건 20년 전 한 레스토랑에서 그녀를 인터뷰할 때였다. 그녀는 자신의 꿈은 단지 춤을 추는 것이 아니라고 했다. 다리가 없어 뛰지 못하는 사람도 영혼을 담아 춤을 출 수 있다는 사실을 일깨워주는 것이 그녀의 꿈이었다. 실제로 장애인과 비장애인 댄서로 구성된 마리의 '댄싱 휠' 공연단은 세계적으로 호평받고 있다. 이들은 해마다 150회 이상 강연 및 시범공연, 정규 콘서트를 연다. "장소는 중요하지 않아요. 초등학생 관객 앞이어도 좋고, 위대한 배우 고 크리스토퍼 리브의 자선콘서트에 온 6천명 관객의 앞이어도 좋지요. 저를 춤추게 만드는 것은 춤 그 자체니까요. 제 몸은 장애를 초월하는 무언가를 담는 그릇일 뿐이죠."

몇 년 전 마리는 신부전증을 앓게 되었는데, 그때 그녀는 춤이 몸, 마음, 영혼을 치유한다는 사실을 알게 되었다고 한다. 마리는 남편에게 신장을 이식받기 전 4개월 동안 투석을 받아야 했다. 그런데도 그녀는 방송국과 무대 일정을 빠짐없이 소화했다. "춤이 제 몸보다도 영혼을 치유해준다는 사실을 알게 되었죠. 저뿐 아니라 모두가 춤을 통해 고통, 질병, 한계와 두려움을 뛰어넘을 수 있다고 믿습니다. 온전함은 팔과 다리가 달렸다는 것을 의미하지 않습니다. 음악에 맞추어 몸을 움직일 때 당신은 마음의 문을 열고 기쁨, 즐거움, 화, 분노, 슬픔, 행복 같은 감정들을 표현하게 되죠. 그로 인해 전에 알지 못했던 자신을 알게 됩니다. 자아상이 변화하는 것입니다. 결국 우리는 춤을 통해 더 풍부한 인생을 경험하고, 삶의 의미를 알게 됩니다."

🌸 힐링 한 스푼
  영혼을 담아 춤을 추듯이 살아갈 수 있습니다.

24

DARKNESS
어둠

빛이 없거나 아주 약간 있는 상태

눈은 어둠 속에서 더 잘 보기 시작한다.

−시어도어 로스케(Theodore Roethke)

어두워져야 별을 볼 수 있다.

−리 소크(Lee Salk)

나에게 어둠은 금처럼 값지다.
나는 그 속에서도 볼 수 있다. 그것이 내가 행복한
이유다. 나는 인간이 만든 세상이 아니라,
신이 만든 세상을 보기 때문이다.

−헬렌 켈러(Helen Keller)

어둠을 저주하느니 작은 촛불 하나를
비추는 것이 낫다.

−중국 속담

어둠 속의 어둠은 그것을 모두 이해하기 위한
관문에 불과하다.

-노자(Lao-tzu)

'탕자의 비유'에는 젊은이가 등장한다. 그는 아버지에게 재산을 물려받고 먼 나라로 떠난다. 왜 떠나야 했는지는 모르겠다. 여하튼 그는 다른 나라에 도착해서는 가진 돈을 모두 탕진해버린다. 그러고는 살아가기 위해 돼지치기 같이 비천하고 역겨운 일을 하게 된다. 말 그대로 최악의 어둠 속에서 헤매다가, 탕자는 '정신을 차리고' 즉시 집으로 돌아간다. 아버지는 돌아온 아들을 따뜻하게 맞아 안아준다.

심각한 질병이나 손실에 고통을 겪을 때마다 탕자처럼 어둡고 무서운 먼 나라에 떨어진 느낌을 받을지 모른다. 그곳에서는 이정표도 소용없다. 우리를 안내해주기는커녕 우리 몸과, 마음과, 영혼의 공허감만 깊어지게 만든다. 걱정스러운 나머지 우리는 이상적이지 않더라도 확실하고 안전한 세계로 도망칠 기회만 찾게 될지도 모른다.

우리는 병에 걸린 사실을 부정하거나, 명상을 하거나, 향정신성 물질을 남용하거나, 바쁜 상태를 유지함으로써 그 낯설고 불친절한 장소에서 잠시 탈출하기도 한다. 그러나 그런 임시 대용물, 즉 '목발'마저 없어질 때가 있다. 그때서야 우리는 불안한 눈빛으로 두리번거리다 깨닫는다. 어둠에서 빠져나오는 유일한 방법은 그것을 헤쳐 나가는 것이라는 사실을 말이다.

이때 당신은 어둠 속에 사는 무시무시한 짐승들에 맞서는 위험을 감수해야 할 것이다.

이야기 속 탕자는 영웅이 됐으며, 그의 영광을 기리는 큰 잔치가 열렸다. 영웅이 되고 싶다면 익숙한 것들로부터 떠나 억눌려졌던 고통스러운 진실을 마주해야 한다. 그 진실을 마주하기까지는 많은 시간이 걸린다.

탕자처럼 스스로 진실을 밝히고 다른 사람들과 고통을 나누며, 어둠을 벗어나 치유의 빛으로 들어서야 한다. 진실을 마주한 후에야 우리는 '자기 자신'이 될 수 있기 때문이다. 그 후에야 몸과 마음의 건강을 되찾아 고향으로 돌아갈 수 있으며, 치유되었음을 축하할 수 있을 것이다.

☀ 힐링 한 스푼
어둠 속에 딛는 한걸음 한걸음이 치유를 향합니다.

25

DOUBT
의심

결정하지 못함, 의심

의심은 살아있다는 증거다.

−그레이엄 그린(Graham Greene)

믿음과 의심은 따로가 아니라,
동시에 필요한 것들이다.
이 두 가지는 당신이 알 수 없는 굴곡진 길을
지날 때, 나란히 서서 우리를 이끌어준다.

−마거릿 드래블(Margaret Drabble)

큰 의심은 깊은 지혜요,
작은 의심은 얕은 지혜다.

−중국 속담

믿음이 부족한 자여,
무엇 때문에 의심하는가?

−마태오 14:31

텔레비전 뉴스 앵커였던 에릭 세버레이드에게는 자신만의 법칙이 있었다. 그는 "이 세상은 모든 것을 맹목적으로 믿는 경향이 있지만, 그것은 위험한 일"이라며 "용기를 가지고 모든 것을 계속 의심해야 한다."고 말했다.

나의 수술 담당의가 유방절제술을 받을지, 아니면 종양만 제거한 후 방사선 치료를 받을지 선택하라고 했을 때, 나는 두말할 필요 없이 전자를 생각했다. "내가 왜 방사선에 노출돼야 하나? 드레스는 졸업반 무도회 때나 입는 옷이라고. 가슴이 없어도 테드는 날 사랑해줄 거야." 나는 그렇게 합리화했다.

아무 말도 하지 않았는데도 담당의는 내가 유방절제술을 선호하는 걸 눈치 챈 모양이었다. "환자 분은 건강해서 극단적인 조치를 할 이유가 없습니다." 그는 조언했다. "며칠을 두고 잘 생각해보세요."

나는 어느 길로 갈지 잘 알고 있었다. 하지만 진찰실을 나서기도 전에 다시 회의감이 밀려들었다. "이런 마음이 어디서 오는 거지? 왜 이런 기분이 드는 걸까?"

이틀 후 나는 팽팽하게 대립하는 선택지 사이에서 고민하게 되었다. 유방절제술이 낫다고 여길 때마다, 반대편에서는 좀 더 생각해보라고 충고했다. 좀처럼 결정을 내릴 수 없었다.

그러던 차에 친구 벨루스가 전화를 걸어왔다. 나는 그녀에게 유방절제술을 받으려 했다고 털어놓았다. 그러자 그녀는 굳이 희생할 필요 없는 몸의 일부를 희생하는 기분이 어떨 것 같느냐고 물어보는 것이었다.

희생. 참으로 강력한 단어였다. 나는 컴퓨터 앞에 앉아, 내 가슴에게 유방절제술에 대한 생각을 물어보았다. 그리고 그 대화를 적어 내려갔다. 가슴에게 질문 하나를 쓰고 기다렸다. "네가 그리울 것 같아." 가슴이 답했다. "또, 나는 네가 나에게 벌을 준다고 느낄 거야. 너는 내가 일부러 암세포를 길렀다고 생각하겠지. 카렌, 그렇다면 나 역시 충격인걸." 또한 가슴은 내가 대체로 굉장히 건강했었고, 우리가 수많은 세월을 함께 보냈다고 이야기해주었다. 나는 가슴에게 감사하게 되었다. 나는 대화를 마치고 전신거울 앞에 서서 옷을 벗고 내 몸을 앞뒤로 살펴보았다. 티셔츠를 입으면서도 다시 한 번 가슴을 보았다. 당연히, 나는 가슴 속의 종양만 제거하기로 결심했다.

🌿 힐링 한 스푼
<u>건강을 위해서는 확신하는 동시에</u>
<u>용기를 내어 의심해야 합니다.</u>

DREAMS
꿈

상상하는 내용을 시각적으로 보이는 것

꿈이 사라질 것 같거든 재빨리 잡으라,
삶은 날 수 없는 새의 부러진 날개와 같다.
−랭스턴 휴즈(Langston Hughes)

꿈이 아름답다고 믿는 자에게 미래가 있다.
−엘리너 루즈벨트(Eleanor Roosevelt)

꿈은 당신의 영혼의 책에 그려진 일러스트다.
−마샤 노먼(Marsha Norman)

꿈은 제우스신이 보내온 것.
−호메로스(Homer)

꿈꾸는 사람은 행동한다.
−속담

몇 달 전까지만 해도 그레이스에게 꿈을 이룬 적이 있느냐고 질문했다면, 그녀는 "꿈을 포기했다"고 답했을 것이다. 한때 그녀는 남편과 함께 황혼기를 보내는 것이 꿈이었다. 하지만 남편 폴은 60대 초반에 세상을 떠나고 말았다. 그녀는 두 아이가 대학을 무사히 마치고 가정을 꾸리길 바랐다. 실제로 그러기는 했다. 하지만 딸의 남편이 HIV 바이러스, 즉 에이즈에 감염되었다. 그의 아내인 그레이스의 딸도 감염되고 말았다. 2년 전에는 그레이스 자신이 폐암에 걸렸다. 이 때문에 그녀의 또 다른 꿈이 좌절되었다.

3살 난 손녀가 자라는 것을 마저 봐야겠다는 마음에 그녀는 살기로 결심했고, 방사선 치료와 화학치료를 견뎌냈다. 치료가 한 차례씩 끝날 때마다 그녀는 쇠약해졌다. 마침내 그녀는 산소 호흡기 없이는 숨쉬기가 어렵게 되었다. 그녀는 늘 코에 연결된 플라스틱 튜브와 쇠로 된 산소통을 끌고 다녀야 했다.

몇 달 후 그레이스가 기력을 되찾았을 때, 친구 헬렌이 이탈리아에 가자고 제안했다. 이탈리아에 가보는 것이 꿈이었기에 그녀는 주저 않고 답했다. "그래!" 그녀는 산소공급기를 단 채 이탈리아에 도착했고, 곧바로 카푸친 수도회의 파드르 피오 수도사가 살던 곳을 방문했다. 그녀는 어린 시절에도 그곳을 방문해 그를 만났었고, 그 이후로 다시 한 번 이곳에 오길 꿈꾸었던 것이다. 47년이 지난 지금 수도사는 세상을 떠났지만, 성인의 반열에 올라 있다.

수도회를 떠나던 날 그레이스는 꿈을 꿨다. 산소호흡기 없이도 숨을 쉬며 아주 가파른 계단을 오르는 꿈이었다. 꼭대기에 올라선 그녀는 뒤를 돌아보았는데, 파드르 피오 수도사가 거기에 서 있었다. "이것이 당신이 절 치유하시는 방법인가요?" 그녀는 물었다. 수도사는 대답하지 않았다. 그 순간 꿈에서 깨어났다. 그레이스는 다음날 아침 샤워를 마치고 호텔 방을 정리했다.

"무슨 일이니?" 헬렌이 물었다.

"무슨 뜻이야?" 그레이스가 답했다.

"지금 산소 호흡기를 안 쓰고 있잖아." 헬렌이 답했다.

지금도 이따금 그레이스는 산소 호흡기를 사용하지만, 예전만큼은 아니다. X레이 촬영사진도 암이 더 이상 전이되지 않고 있음을 보여주고 있다. "신에게는 아무것도 바라지 않았죠." 그녀는 회고했다. "그저 신의 뜻대로 되길 바랐어요. 그 꿈은 저에 대한 신의 뜻을 보여주는 것 아니었을까요?"

힐링 한 스푼

꿈은 치유와 건강으로 인도하는
숨겨진 문을 열어줍니다.

27

EXERCISE

운동

건강의 증진이나 유지를 위한,
육체적 정신적 노력을 요구하는 활동

육체적으로 운동할 시간이 없다고 생각하는 사람은
조만간 아플 시간을 갖게 될 것이다.

−에드워드 스탠리(Edward Stanley)

당신의 치유 시스템을 위해 아침에 걷고 밤에 잘 자라,
그러면 어떤 시련이든 견딜 준비가 될 것이다.

−앤드류 웨일(Andrew Weil)

운동은 몸속의 쓸모없는 여분을 내보낸다.

−마이모니데스(Maimonides)

육체 운동은 놀랍게도 지혜를 날카롭게 해준다.

−플리니 2세(Pliny the Younger)

저명한 미국 역사학자 맥스 러너는 90세에 사망했다. 그 전에 그는 두 종류의 암을 이겨냈고 그 후에는 심장마비를 이겨냈다. 마지막 저서인 『천사와 레슬링하기(Wrestling with the Angel)』에 따르면 러너는 심장마비를 앓고 나서 2년 후 걷기운동을 시작했다. 이것이 부정적 기분을 걷어내고 몸을 치유해주었다고 한다.

매일 걷기를 하면서 그는 그날의 아이디어와 저술거리를 소화하고 다음날의 작업을 계획했다. "저는 작업일지를 들고 다니면서 '나의 우주를 스쳐간 과거와 눈앞을 지나가는 현재, 그리고 또 다가올 미래'(시인 예이츠의 구절)에 대해 메모했죠." 얼마 후 그는 헬스클럽에서도 운동을 시작했다. 운동을 할수록 더욱더 평온해짐을 느끼기 시작했고 그는 운동하는 것을 자연스럽게 여기게 되었다. 처음 그에게 헬스클럽은 '온갖 종류의 근육과 힘줄에 힘을 불어넣기 위한 기발한 기계들의 집합소'였지만, 그 기계들은 갈수록 '삶을 위한 장치'로 변화해갔다. 그는 가슴과 다리 근력 운동의 단계를 점차 높여나갔고, 자전거 기구 운동과 샌드백 운동도 시작했다. 무슨 일이 있어도 운동할 시간만은 꼭 만들었다. 이른 아침, 늦은 오후, 가끔은 늦은 저녁까지도 운동을 했다. 운동은 그의 과외 시간의 필수적인 의식이 되었고, 이는 예상치 못한 효과를 가져다주었다. 86세 때 러너는 일기 첫 부분에 이렇게 적었다.

병원에서 다시 검사를 받고 보니 놀랄 만한 뼈 기능 향상, 즉 '생기 넘치는 균형상태'가 이뤄졌다고 한다. 만일 그분(스탠리 골드스미스 박사)이 날 몰랐다면 이것을 40대의 **뼈**라고 생각했으리라. 그분이 말했다. "어떻게 된 일인지 모르겠지만, 이런 일이 일어나기도 하는군요." 그분의 겸허함에 감사드린다. 추측건대 지난 몇 달간 '치유의 장치'들과 함께 열심히 운동한 덕분인 것 같다. 헬스클럽을 기리는 찬가라도 짓고 싶다.

✹ 힐링 한 스푼
  운동할 시간을 내는 것은 곧 치유의 의식을
  행하는 것입니다.

28

FAITH
신념

논리적 증명이나 물질적 증거에
기대지 않은 믿음

*신념은 분열된 세상을 빛을 향해
모이게 하는 원동력이다.*

−헬렌 켈러(*Helen Keller*)

*신념은 폭풍이 지나갈 때까지 수동적으로 견디는
인내심이 아니다. 무엇보다 맹렬하고도 침착한 희망으로,
어떤 것을 잃을 것까지도 감수하는 정신이다.*

−코라손 아키노(*Corazon Aquino*)

*신념을 가진 사람은 삶의 불확실성을 받아들이고,
어려움을 극복하며, 의심과 모순을 감수할 수 있다.
신념은 마음의 고향이다.*

−프레데릭 및 마리 앤 브루셋(*Frederic and Mary Ann Brussat*)

신념은 마음으로 확인하고,

말로 고백하며, 몸으로 행하는 것이다.

—수피족 속담

강인함은 신념의 단단함에서 비롯된다.

—아랍 속담

나는 신념을 찾거나 잃는 것에 대한 책을 많이 읽어보았다. 그러나 과연 신념이 잃어버려지는 것인지는 모르겠다. 신념은 늘 존재하지만 잘못된 장소에 놓일 뿐이다. 신념을 지켜야 할 일이 일어나면 우리는 주변을 둘러보며 이야기한다. "앗, 내가 신념을 마지막으로 놓아둔 곳이 어디였지?" 그리고는 잃어버린 열쇠를 찾듯 그것을 찾아다니기 시작하는 것이다.

신념을 되찾기 위해 누군가는 교회로, 유대교 회당으로, 자신만의 영혼의 고향으로 향할 것이다. 누군가는 간절하게 기도하며 신념을 찾으려 노력할 것이다. 하지만 언제나 등잔 밑이 어두운 법이다. 찾기를 포기한 순간에야 찾던 것이 기적처럼 나타나기 마련이다.

유방암이라는 질병 역시 신념을 갖는 계기가 되었다. 그 신념은 다음과 같다. 첫째, 결과에 연연치 말아야 한다. 어둠의 끝자락에서도 희망을 놓지 말고, 새벽 동이 튼다는 것을 믿어야 한다. 둘째, 희망을 가지면서도 육체적 감정적 정신적으로 이룰 수 있는 일부터 해나가야 한다. 즉 우선 치유에 도움이 되는 일을 착실하게 해나가는 동시에 친척, 친구, 의사가 말해주고 격려하는 대로 치유될 것이라 믿는 것이다.

'아멘'이라는 단어는 '그대로 이루어지소서.'라는 뜻이다. 1000가지 이상의 언어에서 이 말을 사용한다. 누군가는 이것을 단지 축복과 기도의 선언으로 보기도 한다. 하지만 내게 이 말은 가슴에서 종양을 발견한 후 완치되어 건강 증명서를 손에 쥐는 순간까지 신념을 지키게 해주었다. 인내심을 갖고 기다린 끝에 가슴으로 느끼고 입으로 말하게 된 내 신념이자 인생의 열쇠였다.

❀ 힐링 한 스푼
그대로 이루어지소서.

29

FEELINGS
감정

감성, 정감 혹은 욕구에 기인한 정서적 의식 상태

어느 곳의 누구든 감정이 있다. 친절하라.

−J. 마사이(J. Masai)

감정을 표현한 데 대해 결코 사과하지 말라.
만일 사과한다면, 그것이 진실을 말한 데 대한
사과라는 것을 기억하라.

−벤저민 디즈레일리(Benjamin Disraeli)

느끼는 자는 더 많이 안다.

−밥 말리(Bob Marley)

울고 싶으면 먼저 슬픔을 느껴라.

−오라스(Horace)

보이는 것은 믿어야 할 진실,
느껴지는 것은 발가벗은 진실이다.

−속담

나는 감정이 결여된 가족 사이에서 자랐다. 이 때문에 어른이 될 때까지 내가 감정이란 것을 가졌는지조차 알지 못했다. 내가 상처받아 울면 아버지는 "그만 울어!"하고 호통을 치셨고, 너무 크게 오래 웃으면 나를 놀리며 모욕감을 주셨다. 화를 내면 벌을 받았고, 착한 일을 하다가 발각될 때면 아버지는 시간낭비하지 말라며 코웃음을 치셨다. "남들을 귀찮게 하지 마라. 아무도 신경 쓰지 않는단다." 아버지는 그렇게 말씀하시곤 했다.

내게 아버지는 반은 신이나 다름없었다. 그런 존재에게 수많은 감정을 허락받지 못하고 억눌린 탓에, 나는 감정을 언제 어디서 표현해야 적절한지 알지 못했다. 예컨대 나는 어린 시절 충치가 많았는데, 그것을 때우러 치과에 갈 때마다 마취제를 거부했다. 대신 죽을힘을 다해 의자를 꽉 잡았고, 의사에게 드릴로 갈라는 신호를 보냈다. 한 번은 의사가 신경을 마취시키지 않은 채 이를 뽑기도 했다. 아버지는 내가 그 모든 고통을 참아내는 것을 몹시 뿌듯해 하시며 자랑하고 다니셨다. 훗날 그분이 용기의 증표라 생각한 것들이 얼마나 이상한 것인지 스스로 깨닫기 되기 전까지는 말이다.

감정을 깊숙이 숨기는 것은, 우리를 치유하기보다는 더 힘들게 만든다. 우리는 직감적으로 그 감정들이 존재하는 것을 안다. 그리고 무의식적으로, 자기 파괴적인 행동을 통해 숨겨진 감정을 드러내게 된다. 수년 동안 나는 손톱을 물어뜯었다. 손톱 주변의 두꺼운 피부층까지 벗겨내고, 그 거친 상처들을 마치 내 내면세계의 지도인 양 탐구했다. 손가락을 만질 때마다 피가 흘렀고, 따끔했고, 그 치과의사의 드릴처럼 내가 살아있음을 느끼게 되었다. 내 손가락이 늘 고기 다지는 기계를 지나온 듯이 흉측해 보인다는 것을 알면서도 나는 자기 파괴적인 악순환을 멈출 수 없었다.

손가락이 아니라 정신과 영혼의 거칠고 두꺼운 층을 벗겨내고 나서야 나는 억눌린 감정에 다가갈 수 있었다. 기쁨, 놀라움, 행복, 황홀함, 자기애를 다시 발견하고 화, 절망, 슬픔, 실망, 두려움을 표현하는 방법을 배워나갔다. 내가 다시 배운 감정 중 가장 중요한 것은 용서였다. 오래 지나지 않아 아버지를 용서할 날이 오고 말았기 때문이다. 그 새로운 감정은 날 뒤흔들어놓았다. 아버지를 용서하고 나서야 내 손은 낫기 시작했고, 마음도 한층 넓어졌다.

❋ 힐링 한 스푼
감정은 진실을 발견하고
상처를 치유하도록 도와줍니다.

FLOW

흐름

유체의 성질, 부서지지 않으면서
지속적으로 이동하거나 움직이는 것

당신은 대지를 상대로 투쟁할 수 있다.
하지만 대지를 상대로 전쟁을 선포할 수는 없다.
바다에 대해서도 마찬가지다.
누군가는 그들과 함께 살고, 그들에게 속하고,
그들의 시간과 방식에 맞춰가야 한다.

―루이스 라무르(Louis L'amour)

말이 가는 방향으로 말을 타라.

―워너 에르하르트(Werner Erhard)

강을 따라 가면 바다에 닿는다.

―프랑스 속담

인생은 자연스러운 변화의 연속이다.
그것을 거부하지 말라. 어떤 식으로 변화하든

그것을 흘러가게 놓아두라.

−노자(Lao-tzu)

음악이 흐르는 동안,
그대는 음악이다.

−T.S 엘리엇(T.S Eliot)

올리버 색스 박사는 저명한 신경학자이자 작가이다. 그는 1974년 불행히도, 노르웨이에 갔다가 산에서 황소를 만나 다리에 심각한 부상을 입었다. 저서 『나는 침대에서 내 다리를 주웠다(A Leg to Stand On)』에서 색스는 의사가 아니라 치료받는 환자로서 치유의 과정을 묘사한다.

수술받은 다리가 완치된 후, 색스는 걷기를 배운다는 생각에 매우 기뻤다. 하지만 물리치료 첫째 날, 그는 왼쪽 다리가 어디 있는지조차 느낄 수 없었다. 마치 다리가 죽은 듯했다. 색스는 그런 자신의 다리가 '젤리 덩어리' 같았다고 했다.

물리치료사가 한 걸음씩 걷게 도와줬지만, 색스는 두려움 때문에 적극적으로 움직이지 못한다. 마침내 어색하게 한 걸음 옮기는데, 그는 그때 자신의 움직임이 마치 로봇 같아서 '사람도 아니고 동물도 아닌' 듯했다고 표현한다. '정상적이고 자연스럽고 자유로운 진짜 걸음을 이젠 평생 걸을 수 없는 걸까?' 그는 스스로에게 묻는다.

헌데 영광스러운 순간은 찾아왔다. 마음속에서 그가 사랑하는 멘델스존의 음악이 울려 퍼지기 시작했다. 그리고 그는 가뿐하게, 기쁨에 차서, 음악에 맞추어 걷기 시작했다. "음악은 내 모터가 되어주었고, 선율은 내 걸음을 이끌었다. 그에 맞추어 걷기 시작한 순간, 내 다리가 돌아왔다. 갑작스럽게, 예고도 없이, 과도기도 없이. 그 다리는 내 것이었고, 진짜였고, 살아 있었다. 그 순간 내가 되찾은 자연스러운 걸음, 활기와 음악은 동시에 흐르듯이 다가온 것이었다."

그는 각각의 걸음을 기계적으로 세는 대신 경쾌하게 앞으로 나아가며 리듬과 템포와 박자에 빠져들었다. 그러다 문득 이처럼 극적이지는 않지만 비슷한 느낌을 받았던 순간들이 떠올랐다. "정말 흔한 경험들이었기에 소중하게 여긴 적이 없었다. 하지만 이제 깨달았다. 그 경험들도 모두 중요하다. 그렇게 생각하는 순간 모든 것이 변했다. 나는 모든 것이 차갑게 흔들리며 굽이치던 세상으로부터 따뜻하게 흐르는 음악, 움직임과 인생이 존재하는 세계로 건너간 것이다."

✿ 힐링 한 스푼

자연스러운 흐름을 따라 가면
진정한 인생의 물줄기에 합류하게 됩니다.

FORGIVENESS
용서

용서하는 행위

거부하지 말고 용서하라.

−매리언 우드먼(Marion Woodman)

용서는 어린 아이가 꿈꾸던 기적을 이뤄준다.
부서진 것은 완전하게, 더럽혀진 것은 깨끗하게 해준다.

−다그 함마르셸드(Dag Hammarskjold)

용서는 악을 제거하는 것이 아니라
그것을 인정하고, 포용하고, 변화시키는 것이다.

−엘리자베스 보이든 호워스(Elizabeth Boyden Howes)

용서는 아름답다.

−그리스 속담

용서는 이해하는 것이다.

−프랑스 속담

실수, 상처나 자신에게 고통을 준 범죄를 용서하는 것은 오래된 상처를 치유하는 데 도움을 준다. 그렇다면 비관용적 태도, 즉 '용서하지 않는 것'은 치유 과정에 어떤 영향을 미칠까?

용서 분야의 대가인 심리학자 에버렛 워딩턴은 용서를 거부하게 되는 때는 상처받은 사람의 부정적 감정이 뒤죽박죽 섞여 있을 때라고 한다. 워딩턴 그 자신은 그러한 감정에 대해 잘 안다. 용서에 대한 책을 출간한 직후 그의 어머니가 잔혹하게 살해당한 것이다. "내가 쓴 책이 다른 사람들에게만 해당되는지, 나에게도 해당되는 것인지 혼란스러웠다"고 그는 말했다.

용서를 막는 것은 비통함, 억울함, 적개심, 분노, 증오와 공포심 등의 부정적 감정이다. 그는 이렇게 설명한다. "사람들은 대개 용서만이 유일한 길이라고 생각하지만, 용서하기 전 당신이 해야 할 일이 25가지쯤 존재할 수 있다."

진심으로 용서하기 위해서는 먼저 부정적인 감정을 긍정적이고 타자지향적인 감정으로 바꾸어야 한다. 이를테면 사랑, 연민, 동정 등이다. "용서는 내 마음을 스스로에게 허락하는 것이므로, 내 안에서 일어나는 감정적 과정"이라고 그는 말한다. 우리는 부정적인 감정을 긍정적으로 변화시키기 전까지는 용서를 할 수 없다. 예를 들어 분노가 사랑이나 연민으로 바뀌지 않는 한 용서하는 것은 어려울 것이다.

우리가 누군가를 용서했다는 것은 우리에게 상처 준 그 사람을 향한 모든 감정적 지향이 바뀌었다는 것을 의미한다. "그 변화는 그 사람을 대하는 당신의 행동과, 뇌의 작용과, 표현과,

몸짓과, 일상생활을 통해 나타날 것이다." 이와 함께 워딩턴은 'REACH(다가가기)' 라는 용서 방법을 소개한다.

R—상처를 떠올리라(Recall).
당신에게 저질러진 잘못을 확인하라.
잘못된 것을 개선하는 데에 집중하라.
E—공감하라(Empathize).
당신에게 상처 준 사람의 동기를 이해하려 노력하라.
A—이타심을 발휘하라(Altruism).
용서를 선물한다고 생각하라.
C—용서하라(Commit).
H—계속 용서하라(Hold on).

힐링 한 스푼
자신과 다른 사람의 과거의 잘못을 용서하면
나는 친절하고 관대해집니다.

32

FUTURE
미래

아직 오지 않은 무기한의 시간
장래에 일어날 일

우리의 생각이 미래를 만든다.

–루이스 헤이(Louise Hay)

미래는 과거만큼이나 현재에 영향을 크게 미친다.

–프리드리히 니체(Friedrich Nietzsche)

그리고 나에겐 지켜야 할 약속과
잠들기 전 가야 할 몇 마일이 있다.

–로버트 프로스트(Robert Frost)

미래에 대한 예언은 설령 맞는다 해도 거짓말이다.

–아랍 속담

인간이 미래를 말하면 신은 웃는다.

–중국 속담

성직자인 테드는 죽음이 임박한 신도들을 위해 기도를 해주곤 한다. 그런데 죽어간다던 신도의 집에 찾아갔다가 갑자기 그의 멀쩡한 모습을 보게 되는 경우도 있다. 흔치는 않지만 그들은 미래의 일 때문에 좀 더 살기로 결심한다는 것이다. 죽음이 임박한 사람이 조금이라도 더 살려고 결심하는 이유는 대개 가족의 생일, 휴일, 졸업, 출산, 결혼, 기념일을 앞두고 있거나 마지막으로 여행을 가고 싶다거나, 사랑하는 사람들의 방문을 기다리기 위해서다. 그리고 이것은 살아야 할 이유가 되기도 하고, 죽는 이유가 되기도 한다. 당신은 같은 날에 죽은 노부부에 대한 기사를 읽어본 적이 있을 것이다. 대개 부인이 사고나 질병으로 세상을 떠난 날 남편도 같이 사망한다는 내용인데, 친구와 친척들의 증언에 의하면 "남편에게 더 이상 살아야 할 이유가 사라졌기 때문"이라는 것이다.

10년 전 나의 시아버지도 그랬다. 79세였던 시아버지 에드는 진행성 희귀 울혈성 심장질환에 걸려 두세 달밖에 살 수 없다는 진단을 받았다. 그 말을 듣고 에드가 시어머니 밀리에게 건넨 첫마디는 이랬다. "영국에 못 가면 당장 죽을지도 몰라." 에드와 밀리는 20년간 가을마다 영국을 여행하곤 했다. 그곳에서 워크숍을 열어 그림을 전시하기도 하고, 친구들을 초대하기도 했다. 당시 에드는 열 걸음마다 쉬어야 할 정도로 건강이 악화되어서 외국으로 긴 여행을 떠나는 것은 불가능해 보였다.

에드의 이야기를 우연히 들은 의사는 그에게 평범한 영양제를 권해주었다. "이 약은 생명을 연장시키지는 않습니다만, 이

약을 복용한 환자들은 죽음 직전까지 삶의 질이 개선됐습니다.” 이 소식에 에드와 밀리는 예상치 못한 행운을 낚아챈 듯이 기뻐했다. 약을 복용한 에드는 약효가 실제로 나타나기도 전에 컨디션이 좋아지기 시작했다. 덕분에 에드는 9월쯤 노스캐롤라이나에서 영국 요크셔를 여행하며 해변에서 그림도 그릴 수 있을 만큼 컨디션이 좋아졌다.

두 부부는 여행지에서 많은 추억을 만들었고 스케치와 수채화를 여러 폭 그렸다. 그러나 집에 돌아온 지 며칠 지나지 않아 에드의 건강은 급격히 나빠졌다. 불과 3주 후, 에드는 의식불명 끝에 세상을 떠났다. 하지만 의사가 사망할 것으로 예상했던 이른 아침은 아니었다. 그는 늦은 시각 그의 자녀 모두가 병원에 도착해 침대 곁에 모일 때까지 기다려주었다. 그리고 그들이 모두 사랑을 담아 “안녕히 가세요.”라고 말할 때 세상을 떠났다.

❀ 힐링 한 스푼
나는 자신과의 약속을 현재와 미래에도
지키려 노력합니다.

33

GIFTS
선물

우정, 애정, 지원 등의 증표로 주는 것

선물을 주는 것도 하나의 재능이다.
어떤 사람이 무엇을 원하는지, 그것을 언제 어떻게
잘 줘야 할지도 알아야 하기 때문이다.

−파멜라 글렌코너(Pamela Glenconner)

선물이란 당신 자신의 일부에 지나지 않는다.

−랄프 왈도 에머슨(Ralph Waldo Emerson)

삶은 신의 선물이다. 그것을 얻기 위해
우리는 아무것도 하지 않았기 때문이다.
삶을 신에게 돌려줄 시간이 다가와도
우리는 불평할 수 없을 것이다.

−조이스 캐리(Joyce Cary)

선물은 안에 있는 물건이 아니라
해주는 사람과 목적에 따라 달라진다.

−세네카(Seneca)

내가 살고 있는 이 몸도 신의 선물이다.

−오비드(Ovid)

　우리는 무엇을 선물이라 하는가? 나는 궁금했다. '선물' 하고자 선물하는 것이 선물일까? 어떤 목적이 있어야 선물이 되는 걸까? 어떤 목적이 없어도 선물이 될 수 있을까? 꼭 포장 끈이 매어진 선물이 아니라도, 받은 이가 가슴 깊이 감사한다면 그것이 선물일까? 선물을 주는 사람도 무언가를 얻을까? 삶이라는 신성하고 신비로운 선물에 나는 어떻게 보답해야 할까?

　테드와 나는 지금은 토레도 대학 의학 센터가 된 당시 유방암연구소에서 에드 스타렌 박사를 처음 만났다. 그는 활짝 웃는 미소와 상냥한 성품으로 평판이 좋았다. 게다가 백과사전처럼 풍부한 지식을 가지고 있었고, 자신감이 넘쳤다. 당시에 나는 가슴에 멍울이 있는 것은 알았어도 악성 종양인지는 몰랐는데, 그가 최대한 친절하게 그 사실을 전하지 않았다면 충격이 컸을 것이다. 그 덕분에 우리는 그가 믿을 만한 의사일 뿐 아니라 재능 있는 치유자라고 확신하게 되었다. 수술하기 전, 테드와 나는 수술 방법과 치료과정에 대해 의논하기 위해 에드를 찾아갔다. 우리가 질문을 하는 동안 그의 수석 레지던트, 간호사와 의예과 학생들까지 와서 한 시간 동안 우리의 말을 경청했다. 이들을 내보내고 나서도 에드는 한 시간 반 동안 질문을 더 받았다. 그는 설명이 끝날 때마다 우리가 충분히 이해했는지, 더 궁금한 것이 있는지, 살폈다. 그는 결코 먼저 질문시간을 끝내지 않았다. 나보다도 나이가 적은 에드는 상담실을 나서기 전 마치 부모님이 안아주듯이 날 안아주었다.

그날 나는 에드에게서 지혜, 인내, 연민과 이해라는 선물을 받았다. 그 덕분에 나는 새로운 차원의 자아를 받아들이게 되었다. 테드와 함께 치유의 길을 구상하고, 그 길에 발을 올려놓을 용기를 낼 수 있었다. 며칠 후 에드의 수술칼이 내 피부를 갈랐다. 나는 치유의 여정을 시작할 수 있게 도와준 에드의 선물을 지금도 기억한다. 그 선물이 내 삶을 영원히 바꾸었기 때문이다.

힐링 한 스푼
내가 알지 못하는 순간에도 치유를 선사하는
사람들에게 감사합니다.

GRACE
은혜

관대하거나 도움을 주는 성질, 자애, 관용

신의 은혜는 우리를 한 곳에 모으고
신과 하나되게 해준다.

−토마스 머튼(Thomas Merton)

놀라운 은혜!
가련한 나를 구해주신
그 목소리 얼마나 달콤한가!
나 한때 길을 잃었지만, 이제 찾았다네.
나 눈이 멀었었지만, 이제 보인다네.

−존 뉴턴(John Newton)

현대적 관점으로 보면
은혜는 성취의 대상이 아니라 행동이며
어떤 일에 대한 보상이 아니라 선물이다.

−샘 킨(Sam Keen)

신은 자신의 몫을 하는 사람에게
은혜를 내려주신다.

−라틴 속담

이상적인 인간은 고결함과 신의 은혜로
어려운 순간을 버티며 최선을 다 한다.

−아리스토텔레스(*Aristotle*)

오페라 가수 제시 노먼이 부른 '어메이징 그레이스'는 왠지 마음에 와 닿는다. 그 곡을 들을 때면 나는 볼륨을 있는 대로 크게 올리고, 모든 음과 뉘앙스와 단어까지도 완전히 흡수하고 싶어진다.

신학자 폴 틸리히도 '어메이징 그레이스'의 가사를 떠올리며 다음과 같은 글을 남겼다.

신의 은혜는 우리가 큰 고통으로 잠들지 못할 때 찾아온다. 그것은 무의미하고 공허한 삶의 어두운 골짜기를 지날 때 찾아온다. 그것은 우리가 자신에 대한 혐오를, 스스로의 무심함과 나약함과 폭력성을, 방향을 잃고 평정심이 결여되는 것이 참을 수가 없어질 때 찾아온다. 해마다 간절히 기다려도 삶이 완벽하지 않을 때, 오랜 충동이 수십 년간 그래왔듯 우리를 지배할 때, 좌절이 모든 기쁨과 용기를 꺾을 때 찾아온다. 이따금 빛의 파도가 우리의 어둠을 비집고 들어오는 순간, 그 목소리는 말한다. "너를 받아들이노라"고.

틸리히가 말하는 것을 '어메이징 그레이스'는 신의 은혜를 노래하는 4절의 짧은 노래에 모두 담았다. 사실 '어메이징 그레이스'의 가사는 한 노예선 선장이 지었다. 그는 항해 중에 풍랑을 만나 신에게 살려달라고 간청했고, 무사히 살아난 후에는 크게 뉘우치게 된다. 그는 자신의 배에 실린 노예를 상품이 아닌 인간으로 보게 된 것이다. 이 이야기를 생각할 때면, 내 삶에도 치유의 빛이 파도처럼 밀려온 놀라운 순간이 있었음을 떠올리게 된다. 그중 하나는 아버지가 돌아가실 때다. 아버지는 평생 나에게 폭력적이고 거칠게 대하셨다. 하지만 돌아가시기 직전에 어린 시절에 학대를 받았다고 털어놓으셨고, 울먹이면서 용서를 구하셨다.

신의 은혜를 느낀 또 다른 순간은 어느 날 어머니를 보았을 때다. 창문을 덮은 얇은 커튼 사이로 어머니가 현관 앞 그네에 평화롭게 앉아 계신 모습이 비쳤다. 어머니는 한때 약물 중독자였다. 그 때문에 우리가 보낸 대부분의 시간은 소원했다. 어머니는 황혼기에 들어서야 알코올과 약물에서 벗어났고, 웃음과 사랑으로 가득해졌다. 고운 금발의 천사가 된 어머니를 바라보다가, 나는 문득 한 번도 자기 자신인 적이 없었던 어머니가 마침내 새로운 당신을 받아들이고 사랑하게 되었다는 것을 알게 되었다.

놀라운 은혜! 신의 은혜는 나도 모르는 사이에 찾아온다. 그

은혜를 통해 우리는 이전과는 다른 시선으로 자신과 타인을 바라보게 된다.

🌸 힐링 한 스푼
<u>상처받고 부서진 관계가 치유되는</u>
<u>은혜로운 순간에 감사합니다.</u>

35

GRATITUDE
감사

고마워함, 감사함

감사는 사랑, 연민, 기쁨, 희망과 같은
긍정적 감정을 낳는다.
감사에 집중할수록 두려움, 분노, 괴로움은
쉽게 녹아 사라진다.

-M.J 라이언(M.J. Ryan)

감사는 삶을 충만하게 해준다.
감사는 우리가 가진 것에 만족하게 해준다.
거부하는 대신 수용하고,
무질서해지는 대신 질서를 찾고,
혼란스러워 하는 대신 확신을 갖게 해준다.
과거를 이해하고, 오늘을 평화롭게 보내고,
내일의 비전을 만들어나가게 한다.

-멜로디 비티(Melody Beattie)

감사의 말은 공손하고 상냥하며,
감사의 행동은 관대하고 숭고하다.
감사하는 삶은 당신을 천국으로 이끌 것이다.

−요하네스 A. 가트너(Joahannes A. Gaertner)

당신을 옮겨준 저 다리에 감사하라.

−영국 속담

우리의 머리를 벨 뻔한 것이
모자를 스쳤으니 감사하라.

−요루바 속담

　새터데이 이브닝 포스트의 기사에 따르면, 초창기 청교도들은 추수감사절 저녁 식사 전 빈 접시에 옥수수 다섯 알씩을 나누어 담았다고 한다. 이들은 가족이나 친구와 함께 테이블에 둘러앉았고, 각자 옥수수 알을 집어 들고는 감사하는 것들에 대해 이야기했다. "이 관습은 초기 청교도들이 아주 가난해 한 사람당 하루에 옥수수 알 다섯 알밖에 나눠 갖지 못했다는 것을 보여준다." 기사는 언급한다. "이 청교도들은 가진 것은 적었음에도 감사할 줄 알았다."
　나는 '감사(thank)'라는 영어단어를 흥미롭게 여긴다. 이 단어는 인도유럽어족에서 유래했는데 '생각(think)'과 '사려 깊음(thoughtfulness)'이라는 뜻을 담고 있다. 물론 나 역시 별 생각 없이 '감사하다'고 할 때도 있지만, 진심으로 감사할 때만큼은 성의를 담으려 노력한다. 예를 들어 나는 이따금 멈춰 서서 사심 없이 자신의 시간, 에너지, 존재, 신뢰, 자신감, 진실, 사랑을 내어준 사람들에 대해 떠올린다. 그리고 그들에게 편지, 카드, 이메일을 쓰거나, 전화를 걸거나, 방문하거나 기부를 통해 감사의 마음을 전한다. 친척, 스승, 친구, 낯선 이들 모두가 여기에 포함된다.

언제 어디서나 친절한 행동을 하는 것이 언제부턴가 우리 사회에서 당연해져 버렸지만, 아주 사소한 친절한 행동이라도 받는 이에게는 큰 감동이 되기도 한다. 루돌프 아른하임 교수도 한 여인에게 매일 두 번씩이나 감사하게 되었는데, 그 계기는 다음과 같다. "신입생 환영회 때였죠. 한 영국 숙녀가 구두끈을 이중매듭으로 묶는 법을 가르쳐주었지요. 덕분에 구두끈을 좀 더 단단히 조이면서도 한 번에 풀 수 있게 됐습니다." 그는 말했다. "그 홀에서는 수많은 사람들이 수다를 떨며 백포도주를 홀짝거리고 있었죠. 그곳에서 그녀는 무릎을 꿇고 앉아 제 신발 끈을 묶어주었어요. 그 이후 저는 매일 두 번씩 그녀에게 감사합니다."

🌼 힐링 한 스푼

타인에게 감사를 표현하는 것은
생각을 행동으로 실천하는 것입니다.

36

GRIEF
슬픔

슬픔을 경험하거나 표현함

슬픔은 약이다.

−윌리엄 쿠퍼(William Cowper)

그녀는 더 이상 슬픔과 씨름하지 않았다.
대신 오랜 동료를 대하듯 슬픔과 함께 앉아 생각했다.

−조지 엘리엇(George Eliot)

아무도 얘기해주지 않지만,
슬픔은 두려움과 같다.

−C.S.루이스(C.S. Lewis)

억눌린 슬픔은 숨을 막히게 할 것이다.

−라틴 속담

시간이 덜어주지 않는 슬픔은 없다.

−라틴 속담

우리가 감정 표현에 실패하는 때는 대개 두 가지 경우다. 사랑에 빠질 때와 슬픔에 고통 받을 때. 최근 한 친구는 남편이 세상을 떠났는데도 좀처럼 슬픔이 느껴지지 않았다고 했다. '감정 없이 기계적으로 살아온 결과'라는 것이었다. 하지만 불교의 '겨자씨' 이야기를 보자. 치유를 위해 슬픔을 털어놓을 필요도 있다는 것을 알 수 있을 것이다.

키사 고타미는 가난하고 몸이 허약한 여인이었다. 그녀는 결혼해서 아들을 낳고서야 겨우 존중을 받게 되었다. 어느 날 그녀가 누구보다 사랑하던 아기에게 갑작스러운 질병이 덮쳤고, 아기는 죽고 말았다. 키사는 죽은 아기를 팔에 끼고 다니며 집집마다 문을 두드렸다. 그리고 아기를 살릴 수 있는 약이 있는지 물어보았다. 누구도 그런 약은 가지고 있지 않았다. 어떤 사람들은 그런 일은 불가능하다며 그녀를 비웃었다.

길에 서서 울던 키사를 누군가 부처에게로 데려갔다. 핏기 없는 아이의 얼굴을 보고 부처는 약을 찾으러 자신에게 오길 잘했다고 했다. 부처는 말했다. "먼저 동네로 가서 겨자씨를 받아오십시오. 단, 가족 중 아무도 죽지 않은 집이어야 합니다." 그러면 약을 주겠다는 것이었다.

다음날 아침 키사는 다시 집집마다 문을 두드렸다. 그녀가 "이 집에서 누가 죽은 사람이 있나요?" 하고 물을 때마다 모두 아들, 딸, 부모, 배우자, 이모나 삼촌이 죽었다고 이야기하는 것이었다. 남겨진 가족들의 고통과 슬픔은 말로 다 할 수 없는 것이었다. 석양이 드리울 때쯤 키사는 모두가 소중한 사람을 잃었다는 사실을 깨달았다.

다음날 키사는 울먹이며 죽은 아이를 땅에 묻었다. 그녀는 부처에게 돌아가서 비록 겨자씨는 찾지 못했지만, 대신 누구나 죽는다는 사실을 깨달았다고 말했다. "당신이 저에게 자비를 베풀었듯이, 저도 남을 도우며 살겠습니다." 그 후, 그녀는 다른 사람들을 도우며 살았다.

힐링 한 스푼

자신에게 슬픔을 허락하면
말로 할 수 없는 것을 말하게 됩니다.

37

GROWTH
성장

자연스러운 과정을 통해 어떤 것을
계발 혹은 증가시키는 것

골칫거리를 없애기보다는 그것과 함께 성장하라.
그것이 삶의 기술이다.

–버나드 M. 바루크(Bernard M. Baruch)

인생은 곧 성장이다.
기술적, 영적 성장을 멈춘다면
죽은 것과 마찬가지다.

–모리헤이 우에시바(Morihei Ueshiba)

약점을 받아들이면 성장이 시작된다.

–장 바니에(Jean Vanier)

구부러지지 않으면 성장할 수 없다.

–일본 속담

한 사람은 자신의 한계보다
높이 성장할 수 없다.

－러시아 속담

우리는 웨스트버지니아의 집에 '버카나'라는 이름을 붙였는데, 이는 '성장'을 뜻하는 고대 단어다. 하지만 그곳에서 작물을 기르기는 어려웠다. 사슴 때문에 번번이 농사를 망쳤기 때문이다. 그런 면에서 버카나라는 이름을 지은 것은 조금은 아이러니컬한 선택이었다.

버카나는 사냥이나 동물을 해치는 것이 금지된 야생동물 보호구역에 위치해 있다. 이 때문에 조그만 새끼사슴부터 덩치 큰 수사슴에 이르기까지 온갖 사슴이 돌아다니며 길에 자라난 식물을 낫으로 베어가듯 먹어치운다. 이곳에 사는 밭주인들은 '사슴 자국' 난 식물을 팔러 다니는 거짓말쟁이가 되기 일쑤다. 사슴이 지나간 자리에는 데이지 줄기가 데이지 없이 서 있게 된다. 묘목의 이파리도, 작은 가지의 껍데기도 남아 있지 않게 되며, 지표면은 마치 대머리 같아진다. 물론, 이런 동물들과 함께 해온 덕분에 농작물이 동물들에게서 살아남게 하는 방법도 배울 수 있었다.

성장을 위해서 우리는 먼저 땅을 준비해야 한다. 그곳을 오랫동안 무언가를 길러낼 수 있는 땅으로 만들어야 한다. 무엇보다 경계를 정하는 것이 필수적인데, 경계가 없으면 사슴, 잡초, 바이러스 같은 포식자들이 온 사방을 돌아다니기 때문이다. 침입자를 쫓아내기 위해 보호 수단을 사용하되, 작물의 성장을 막지 않게 해야 한다. 그래야 역경이나 치명적 환경 속에서도 작물이 스스로 상처를 회복하고 밭도 잘 갈린 채로 유지될 것이다. 그 땅에서 모든 작물이 잘 자라는 것은 아니라는 사실을 깨닫는 것도 중요하다.

무엇이든지 스스로 살아남을 만큼 성숙해졌다면 스스로를 책임져야 한다. 당신이 내면의 힘을 충분히 길렀다면, 폭풍과 해일에 흔들릴 수는 있겠지만 더 이상 쉽게 쓰러지지 않을 것이다. 그렇게 다 자란 당신은 성장에 악영향을 미치는 것들과 조화를 이루려 애쓰면 안 된다. 당신이 그것에 조화되어 가야 한다. 그것은 버카나에 사는 사슴과 같다. 사슴은 우리와 타협하기는커녕 신경도 쓰지 않는다. 우리는 사슴 '과' 조화를 이뤄 나갈 수는 없을 것이다. 그러나 우리는 그곳의 사슴에 조화되어 갈 수는 있다. 그들은 스승이다. 그리고 우리는 나무와 지표면 같은 다른 스승에게도 배우게 될 것이다. 성숙하는 법, 건강해지는 법, 상처를 회복하는 법, 자신만의 속도로 성장하고 여러 방향으로 뻗어나가는 방법을 말이다. 가끔은 우리에게 도움 주는 사람들에게 손을 뻗되 상처를 숨기는 법도, 융통성을 가지고 인생의 모든 날씨에 적응하는 법도 배우게 될 것이다.

✿ 힐링 한 스푼
나의 성장을 돕는 모든 것에 감사합니다.

38

HEAL
치유

건강이나 건실함을 되찾는 것
완전하고 단단해지는 것

치유가 필요하지 않은 데 대해 신께 감사하라.

−조안 보리센코(Joan Borysenko)

치유는 직관을 이용하여 자연에 구애하는 기술이다.

−W.H 오든(W.H. Auden)

치료는 3인조의 협동 과정이다.
환자, 의사, 그리고 내 안의 의사.

−랄프 버치(Ralph Birch)

치유되길 원한다면 반은 건강해진 것이다.

−세네카(Seneca)

모든 환자는 의사다.

−아일랜드 속담

치유와 관련된 이야기 중 내가 가장 좋아하는 것은, 몸이 마비되어 걷지 못하는 남자를 침대처럼 생긴 들것에 옮겨 예수에게 데려가준 친구들의 이야기다.

그들은 예수가 머무는 곳에 도착하고 나서야 들것을 지붕 아래로 내려야 한다는 사실을 깨달았다. 그들이 지붕을 뚫어 그 아래로 들것을 내려놓자, 예수는 '그들의' 믿음을 보고 말했다. "당신의 죄는 용서받았습니다. 일어나서 들것을 가지고 집으로 돌아가십시오." 그러자 마비됐던 남자는 일어서서 밖으로 나갔다. 군중들이 놀라서 "신비한 것을 보았다."며 신을 찬양했다. 예수가 손으로 행한 치유의 기적에 대해 많은 해석이 존재하는데, 이 이야기는 그와는 관련이 없다. 이 이야기 어디에서도 예수는 "치유하겠다."거나 "죄를 용서하겠다."는 말을 하지 않는다. 이쯤 되면 왜 예수가 마비된 남자를 치유해주었는지 궁금해진다. 무엇이 신념이며, 누구의 신념을 보았다는 것일까?

이 이야기가 쓰일 당시만 해도 유대인은 일정한 속죄 의식을 거쳐야 죄를 용서받을 수 있었다. 그러나 예수는 마비된 남자에게 그런 의식을 치르라고 하지 않는다. 단지 "죄가 용서되었으니 일어나라."고 한다. 마비된 남자는 치유받기 전 어떤 희생과 속죄를 치렀을까? 자존심을 버렸을까? 돈이나 자원을 동원했을까? 우리는 그저 상상할 뿐이다. 왜 친구들은 그를 들것째 옮겨주었을까? 왜 들것을 그 자리에 놓고 나가지 않았을까?

이 이야기를 떠올릴 때마다 나 자신의 치유 여정을 돌아보게 된다. 과거에 나를 도와준 사람은 누구인가? 지금 날 도와주는 사람은 누구인가? 내가 '마비된' 부분을 회복하는 데 도움을 준 신념은 무엇일까? 나에게도 치유라는 목적을 위해 희생해야 할 것이 있을까? 치유되기 전에 나는 반드시 용서하고 용서받아야 할까? 치유는 나 스스로 행하는 것일까, 아니면 외부로부터의 자극제가 필요할까? 치유는 언제 어디에서 시작될까? 그 과정에 끝이 있을까?

소설가 팀 오브라이언은 이렇게 말했다. "아직 일어나지 않았다고 해서 진실이 아닌 것은 아니다." 나는 아직 완전히 치유되지 않았을지도 모른다. 하지만 내 치유의 여정은 언제나 그렇게 될 수 있다고 말해준다. 이것이 내가 마비된 남자의 이야기를 좋아하는 이유다.

✿ 힐링 한 스푼
오늘 나의 치유를 도와준
과거와 현재의 사람들에게 감사합니다.

39

HEALTH
건강

모든 것이 적당하며 좋은 상태

건강은 여행이며, 질병은 모험담이다.

−마지어드 에반스(Margiad Evans)

건강한 사람은 그의 무릎에 종기가 나든,
영혼에 나든 상관없이
필요할 때 도움을 청하는 자다.

−로나 바렛(Rona Barrett)

지혜로운 사람은 건강을 가장 소중하게 여긴다.

−히포크라테스(Hippocrates)

좋은 건강이란,
그저 질병이 없는 것과는 매우 다르다.

−세네카

히브리어로 '르하임(l' chayim)'은(굽는다는 뜻의 영어표현 '프라이(to fry' em)'와 목소리를 가다듬을 때 내는 '흠' 소리와도 운이 맞는다) '삶'이라는 뜻이다. 전 세계적으로는 토스트라는 뜻으로 쓰이는 단어지만, '당신의 건강을 위하여'라는 뜻도 있다. '르하이(l' chayi)'로 쓰이면 또 다른 뜻이 되는데 '하이(chai)'는 '삶에 대한 희망'을 뜻한다.

자신이나 타인의 건강을 바라면서 삶에 대해 생각하지 않는 것은 불가능하다. 그래서 나는 건강을 기원하는 것이 사실은 '삶에 대한 희망'을 갖기를 바라는 것과 다르지 않다고 생각한다.

세계보건기구(WHO)에 따르면 건강은 단순히 질병에 걸리거나 허약하지 않은 상태가 아니며, 육체적, 정신적, 사회적으로 양호한 상태라고 한다. 만성질환이나 치명적 질병에 걸린 사람을 보살피거나 그와 함께 살아본 사람이라면 이 정의가 와닿을 것이다. 병이 있든 없든, 건강은 우리 몸의 건강한 부분의 합 그 이상이다. 나의 건강은 타인에게도 영향을 미치기 때문이다.

얼마 전 먼 곳에 사는 친구에게 전화를 받았다. 그녀는 약물에 중독되었고 '바닥을 쳤'고 했다. 그녀는 3개월의 합숙 재활 프로그램에 참여하지 않으면 모든 것을 잃을 거라고 했다. 남편, 어린 아이부터 금전적 자원, 가족의 지지, 친구, 어쩌면 자신의 생명까지도 말이다. 남편은 그녀의 코카인 의존이 심해지는 것을 알고 있었지만 그 사실을 부정했다. 약물 중독은 결국 그들의 관계까지 망쳐놓았다.

그 소식을 접하고 테드와 나는 그녀에게 사랑과 지지를 전하며 "르하임"이라고 말해주었다. 그때 우리가 전한 르하임의 뜻은 다음과 같다. "르하임, 이는 토스트가 아니라 당신의 건강을 기원하는 말입니다. 건강하지 못하면 당신의 세상은 구름에 가려지고 어둠에 갇혀 생기를 잃을 것이기 때문입니다. 르하임, 당신이 새로운 삶을 살기를 바랍니다. 심각한 질병이나 재해를 겪고 나면 우리의 몸은 이전의 삶으로 돌아갈 수 없기 때문입니다. 르하임, 건강을 위한 선택을 내리세요. 그 선택으로 인해 당신이 건강하고, 번영하고, 장수하기를 바랍니다. 르하임, 치유의 여정에서 새 삶을 시작하는 당신, 그리고 당신을 보살펴주는 사람 모두를 축복합니다."

❁ 힐링 한 스푼
　　르하임!(L' chayim!)

40

HEART
심장

피를 몸 전체 순환계에 흐르게 해주는 방 형태의 근육조직.
어떤 사람의 존재와 감정 및 감수성의 핵심 요소

무언가를 빼앗긴 것이 아니라
내버려지는 고통에 심장이 터질 것 같은 때가 있다.
그것은 오히려 삶속에서 심장이 뛰는 것을
느끼게 해줄 선물인지도 모른다.
그 속에 고통이 존재하더라도 말이다.

−헬렌 헌트(Helen Hunt)

정맥과 동맥 속에 뒤엉킨 채 끈적거리며
고동치는 근육덩어리.
부드럽게 말하자면 사랑과 힘의
무시무시한 도구, 심장!

−조지 레너드(George Leonard)

심장이 편안하면 몸이 건강하다.

−중국 속담

마음도 아닌 심장으로만 느낄 수 있는
고통이 존재한다.

−스티븐 레바인(Stephen Levine)

슬픔밖에 모르는 심장은 없다.

−영국 속담

이식수술을 받기 전 심장에 대한 클레어 실비아의 생각은 서양 의학과 비슷했다. 고대인들이 신체의 장기를 사랑, 용기, 지성과 영혼의 보금자리라고 생각했다면 클레어에게 장기는 지혜도, 지식도, 기억도 담기지 않은 신체 기관에 불과했다. 그러나 1988년 심장과 폐 이식수술을 받은 후 그녀의 생각은 바뀌었다.

실비아는 심장이 손상돼 죽을 뻔한 위기에 처했다. 다행히도 그녀는 자신의 심장이 있던 자리에, 불과 몇 시간 전에 오토바이 사고로 사망한 18살짜리 남성의 장기를 이식받아 생명을 건졌다. 그 후 실비아는 평소와 다른 욕구, 생각과 감정을 경험하기 시작했다. 몇 달 만에 입맛과 습관이 변했고, 무언가 새로운 것을 해야 한다고 느끼기 시작했다. 5달 후에는 팀이라는 젊은 남자에 대한 생생한 꿈을 꿨는데, 잠에서 깨어난 그녀는 자기 가슴 안에 뛰고 있는 심장이 그의 것이라는 사실을 직감했다. 그녀는 기부자의 가족을 찾아가기로 결심했다. 수소문한 끝에 실비아는 익명의 기부자를 찾아냈다. 기부자의 이름은 정말로 팀이었다. 팀의 가족들을 만나자 그녀는 팀과 비슷한 습관, 생각, 감정 반응이 나타나는 것을 느꼈다.

실비아는 자신의 저서 『심장을 바꾸다』에서 심장이 바뀌면 생각보다 큰 변화를 겪게 된다고 말한다. "심장에 관한 과학적 연구가 이뤄진 오늘날에도 우리는 감정이나 가치에 대해 이야기하면서 심장이라는 말을 쓴다." 그녀는 말한다. "우리는 사랑하는 사람이 죽으면 가슴이 찢어진다는 말을 쓴다. 우리는 늘 심장을 취했다가 잃었다가 한다. 대담한 사람에게는 심장이 강하다고 하며, 예민하지 못한 사람에게는 무심하다고 한다. 상심, 심약, 일편단심, 친절한 심성, 고결한 심성, 용감한 심기, 상냥한 심기, 따뜻한 가슴, 용맹한 가슴, 열린 가슴… 심장을 연상케 하는 말은 끝이 없다."

"팀의 생애는 짧았지만, 그의 심장에 깃든 영혼은 아직 살아 있습니다." 실비아는 말한다. "가족과 다시 만나기 위해, 아마도 그가 살아 있는 동안 해결하지 못한 것을 해결하거나 마치기 위해 팀이 저를 가족들에게로 데려간 것이라고 믿습니다. 마음속 깊이 그것을 느낍니다. 살아있는 것은 특별한 권리입니다."

🥄 힐링 한 스푼
<u>내 심장이 중요하게 여기는 것을</u>
<u>소중하게 생각합니다.</u>

41

HOPE
희망

확신이나 기대를 가지고 앞날을 기다리는 것
성취를 예견하며 바라거나 욕망하는 것

겨울이 깊었을 때 비로소 나는
내 안에 대적할 수 없는 여름이
존재한다는 것을 깨달았다.

−알베르 카뮈(Albert Camus)

희망은 좋은 결과를 장담하는 것이 아니라
납득할 만한 결과가 나오리라고 믿는 것이다.

−바츨라프 하벨(Vaclac Havel)

좌절은 유한히 받아들이고,
희망은 무한히 가지라.

−마틴 루터 킹 주니어(Martin Luther King Jr)

가장 마지막에 잃어야 할 것은 희망이다.

−이탈리아 속담

내일을 기대하게 해주는
희망만큼 좋은 치료제는 없다.
그 어떤 동기부여도,
원기회복제도 이만큼 강력하지는 않다.

–오리슨 스웨트 마든(Orison Swett Marden)

희망은 당신의 머리를 떠받친다.

–스코틀랜드 속담

    친구의 안타까운 소식을 접할 때마다 우리는 "괜찮아질 것"
이라고 말해주곤 한다. 얼마 전 내 가까운 친구이자 멘토인 빌
돌스 목사가 암에 걸렸다는 소식을 들었을 때에도 나는 이 말
을 떠올렸다.

    빌의 아내 셜리와 나는 모두 유방암 환자이기도 하다. 그래
서 암이라는 단어를 듣는 느낌에 대해 잘 알고 있다. 혼란, 공
포, 분노, 죄책감, 슬픔, 이해, 근심, 공허함 모두가 될 수도 있
다. 그러나 경험상, 그중엔 희망도 존재한다는 사실을 안다.

    암은 내게 희망을 가르쳐주었다. 우리는 한쪽에 소망과 욕
망을, 그리고 다른 한쪽에는 실망, 좌절, 비통, 좌절, 체념을 놓
아둔 채 살아간다. 희망은 그 사이에서 살아갈 수 있게 해주는
마음의 태도다. 희망은 뜻밖에 벌어지는 일에 대해서도 열린
마음을 갖는 것이라고 했다. 우리는 '이미' 된 것과 '아직' 되
지 않은 것 사이에 존재한다. 그는 우리가 '영원히 새로울 미래

를 위해 현재의 가능성을 열어두는' 열정적인 순례자가 되어야 한다고 주장했다.

우리는 질병, 상실과 장애물을 넘기 위해 치유의 여행을 떠난 순례자다. 이때 희망은 우리를 격려해준다. 희망은 건강과 활력, 그리고 더 나은 삶을 꿈꾸게 하며, 알 수 없는 미래를 헤쳐 나갈 힘을 준다. 그래서 우리는 계획과 치료, 도움, 기술 등을 이용해 자신을 치유해나가는 것이다. 희망은 우리의 욕망을 지탱시키며 마음과 시선을 목표로 향하게 한다. 희망은 우리에게 억지로 낙관론자가 되라고 요구하지 않는다. 희망은 어려움 속에서도 냉소하지 않고 새로운 미래를 향한 문을 열어두는 것이다.

❀ 힐링 한 스푼

희망은 나의 마음과 시선을 목표로 향하게 하며
나의 치유를 돕습니다.

HUMOR
유머

우습고, 웃기고, 우스꽝스럽고, 터무니없는 것을
받아들이고, 즐기고, 표현하는 능력

유머는 고요해진 마음을 어지르는 것이다.

−제임스 서버(James Thurber)

당신은 웃음으로 고통스러운 상황을
반전시킬 수 있다. 심지어 가난 속에서도
유머를 찾아낼 수 있다면
당신은 어떤 어려움에서도 살아남을 것이다.

−빌 코스비(Bill Cosby)

농담을 통해 진실을 이야기할 수 있다.

−영국 속담

즐거운 마음은 약만큼 몸에 좋다.

−속담

암은 세상에서 가장 안 웃긴 소재다.
하지만 나는 코미디언이다.
암조차도 나의 유머감각은 막을 수 없다.

−길다 래드너(Gilda Radner)

최근 뉴욕타임즈의 드라마 비평가 브룩스 애트킨슨은 유머가 단순히 웃긴 이야기가 아니라고 정의한다. "유머는 자신의 삶에 대한 상상과 현실, 과장과 실제 간의 차이를 폭넓게 인식하게 해준다."

질병에 걸리면 이전에 상상하지 못했던 삶을 살게 된다. 우리가 아는 것은 미래가 불확실하다는 사실뿐이다. 집필과 공연을 하는 유머작가 스티브 베어맨은 유머를 즐기는 사람은 융통성을 갖게 되며, 새로운 관점을 통해 불확실성에 대처한다고 말했다. "수준 높고 역설적인 농담은 듣는 이의 정신을 땅으로 고꾸라뜨려 뿌리 깊은 현실에 굴복하게 만든다."

스티브는 집필과 공연을 통해 사람들에게 중국의 푸링(Fu Ling)을 이용한 치료법을 가르치며, 어떤 상황이든 즐겁게 받아들이는 법을 전한다. "형이상학자 5명 중 4명은 중력처럼 무거운 낙담을 딛고 일어날 가장 좋은 방법으로 '경박함'을 꼽는다." 그는 누구나 자기가 가진 평범한 이야기만으로도 주변 사람들을 웃게 할 수 있다고 한다.

스티브는 우리에게 광대가 되라고 말하는 것이 아니다. 그는 내면의 차크라(Chakra)를 열어 우주로부터 '웃음'의 기운을 받아들이라고 조언한다. 그러면 더 많이 웃을 수 있기 때문이다. "농담이 중요한 것은 사실이지만, 신은 우리와 함께 웃어주시는 것이지, 우리를 보고 웃으시는 것이 아니다." 그는 설명한다. "우주는 친절하게도 모든 가능성을 열어놓았다. 우리가 코미디언이나 희극의 조연이 되지 말라는 법도 없다. 우리가 할 수 있는 수많은 일 중에는 '웃기'도 포함되어 있다. 나는 유머지상주의자다. 유머지상주의자는 다른 모든 것보다 '열정적으로 웃기'를 선택한 사람들이다. 당신은 무엇을 선택했는가? 다른 일을 성취하기 바빠서 행복해지는 데에는 관심이 없는가? 그렇다면 당신은 우울해지는 수밖에 없다."

힐링 한 스푼
내 안의 차크라(Chakra)를 열어 우주로부터
'웃음'의 기운을 받아들이면 더 많이 웃게 됩니다.

43

IMAGINATION

상상

마음속의 창조력을 발휘하여
현실에 직면하고 대처하는 능력
지모가 풍부한 것

상상력은 대담하다.
신을 상상하는 자는
그것을 곧 신으로 여기기 때문이다.
따라서 상상하는 자는 용감하다.

−헨리 밀러(Henry Miller)

상상력은 일상적 질서를
밑도 끝도 없이 뒤집는다.

−윌리엄 카를로스 윌리엄스(William Carlos Williams)

죽을지도 모른다는 가정 때문이 아니라,
삶의 방법을 궁리하기 위해 상상력을 발휘하라.

−아델 브루크먼(Adele Brookman)

마음의 눈으로 본다면 눈으로 보지 않아도 된다.

―퍼빌리어스 사이러스(*Pubilius Syrus*)

나는 내가 생각하는 것이다.
나의 생각으로 세상을 만들어간다.

―붓다(*The Buddha*)

데보라 모리스 코리엘의 저서 『유익한 슬픔: 상실의 그림자를 통해 치유하기』는 설령 소중한 사람을 잃더라도 그 상실까지 포용하라고 조언한다. 코리엘은 상실이나 죽음을 겪은 사람들을 위해 교육 및 지원활동을 하는 시바 재단의 공동설립자이기도 한데, 우리가 아픔까지 포용해야 하는 이유에 대해 잘 알고 있다. 1981년 전이성 갑상선암에 걸린 후, 그녀는 질병에 '동량의 법칙'이 존재한다고 생각하게 되었다. 즉 질병은 제멋대로 우리 삶에 찾아오는 것이 아니라, 우리가 자신에 대해 생각하고, 느끼고, 보살핀 결과로 찾아온다는 것이다.

심리학자 칼 융은 치유는 상상의 세계에서 비롯된다고 말했다. 코리엘은 여기에서 힌트를 얻어 우리의 상상력이 치유에 미치는 영향에 대해 깊이 생각한다. "상상의 세계가 무엇일까?" 그녀는 묻는다. 그리고 다음과 같이 결론 내린다. "상상의 세계는 마음의 눈과 상상의 눈으로 바라보는 세계다. 우리는 상상력이 제대로 평가받지 못하는 문화에서 자라났지만, 실은 그렇지 않다. 만일 무언가를 두려워하는 친구에게 그 감정이

'상상에 불과하다' 거나 '마음먹기에 달렸다' 고 말해주면 그 두려움은 정말 아무것도 아니게 될 것이다. 모든 것이 우리의 마음에 달린 것이다. 그곳에서는 장님이 눈을 뜰 수도, 꿈이 탄생할 수도 있다. 치유도 그곳에서 시작된다."

코리엘에게 치유는 지금의 아픈 모습이 아니라, 건강한 자신의 모습을 계속해서 떠올리는 것이다. 간단한 생각, 아이디어나 마음속 이미지를 통해 그것을 시작할 수 있다. "상상의 세계를 통해 치유하고 싶다면 마음속의 그림을 바라보라. 끌리는 생각에 귀를 기울이고, 입에서 나오는 말을 듣고, 의식적으로 생각과 이미지를 떠올려라. 건강했던 때와 같은 말투로 이야기하라. 치유는 우리가 선택한 삶의 그림 속에 존재한다."

❀ 힐링 한 스푼

치유는 내가 선택한 삶의 그림 속에 존재합니다.

44

IMMORTALITY
불멸

**불멸의 특성 혹은 상태
끝없는 삶 혹은 존재**

조물주는 우리에게 좋은 날을 정해주시지 않았다.
대신 우리 존재를 유한하게 하시어,
깊이 즐길 수 있는 마음을 주셨다.

—나다니엘 호손(Nathaniel Hawthorne)

나라는 존재가 시작되게 한 그것에는 시작이 없다.
나라는 존재가 끝나게 할 그것에도 끝이 없다.

—칼 샌드버그(Carl Sandburg)

우리는 안다, 그리고 느낀다.
우리가 영원하다는 것을.

—베네딕트 스피노자(Benedict Spinoza)

몸은 썩어 없어지겠지만
몸에 사는 나는 영원하고,

파괴할 수 없으며, 불가해하다.

−바그다드 기타(Bhagavad Gita)

이 몸이 거품 같은 것이며
신기루처럼 허황된 것임을 아는 자는
악마의 꽃 화살을 꺾고
죽음의 왕을 보지 않게 되리라.

−법구경

암에 걸렸다는 소식은 날 두려움의 구렁텅이로 밀어 넣었다. 죽지 않겠다는 스스로의 다짐과 별개로, 좋은 죽음을 맞지 못할지도 모른다는 두려움이 언제나 마음을 괴롭게 했다. 이런 내가 사후의 삶에 대해 궁금해 하게 된 것은 놀라운 일이 아니었다. 나는 그 답을 7살 된 손녀 앤디에게서 찾았다.

앤디는 자신의 엄마인 제이미를 똑 닮았다. 제이미는 내 딸이고, 나는 딸 제이미와 '똑같이' 닮았다는 이야기를 듣는다. 낳은 지 31년이 지났는데도 나와 제이미가 어디가 닮았는지 모르겠는데, 슈퍼마켓에 계산대에 줄 서있던 낯선 사람들조차 우리더러 복제인간이냐고 물어볼 정도다. 가끔은 인정한다. 나만 가지고 있던 습관을 제이미가 그대로 물려받은 것을 볼 때면 말이다. 이렇듯 우리가 걷고, 미소 짓고, 고개를 끄덕이는 행동 모두가 조상의 DNA 속에 이미 존재하다가 세대를 거쳐 전해진 것일까? 사실은 나와 내 어머니도 닮았다. 어느 날 거울을 보고 있는데, 그 속에 비친 어머니가 거울 쪽을 돌아보며 내 아이에게 무언가 이야기했다. 그때 나는 마치 거울 속의 어머니가 나인 것처럼 느껴졌다.

어머니가 돌아가실 때, 나는 불멸의 의미를 조금은 알게 되었다. 나는 아직도 어머니의 선한 마음씨와 동정심, 친절함, 상냥함과 그 반대되는 모습까지도 생생하게 기억한다. 앤디 역시 증조할머니에 대한 이야기를 들려줄 때면 눈물을 흘리곤 한다. "뭐가 그리 슬프니?"라고 물으면, 앤디는 증조할머니가 자신의 가슴 속에 남아 있는데 더 이상 볼 수 없다고 생각하니 마음이 아프다고 했다. 나와 같은 마음을 앤디가 가지고 있는 것이다.

"죽은 후에도 살고 싶다." 홀로코스트로 죽기 전 안네 프랑크는 일기에 이렇게 적었다. 50년 이상 흐른 오늘날에도 사람들은 안네의 일기를 읽는다. 그래서 열두 살짜리 소녀 안네의 용기는 영원히 존재할 것이다. 나 역시 앤디의 가슴 속에 영원히 존재할 것이다.

�힐링 한 스푼
삶이라는 선물에 지금과 같이 영원히 감사합니다.

45

INTUITION
직관

이성적 과정을 거치지 않고
알거나 느끼는 행위 혹은 능력
즉각적 인지

아침에 일어나 내 직관이 어떤 영감을 선사해줄지
상상할 때면 기분이 좋아진다.
그것은 바다로부터의 선물과 같다.
나는 직관으로 일하고 직관에 의지한다.
직관은 나의 동료다.

−조너스 소크(Jonas Salk)

정말로 가치 있는 유일한 것은 직관이다.

−알베르트 아인슈타인(Albert Einstein)

좋은 예술가는 직관이 이끄는 대로 간다.

−노자(Lao−tzu)

매일 당신의 뮤즈의 말에 귀 기울일 시간을 마련하라.

−성 바돌로매(Saint Bartholomew)

직관은 거창한 것이 아니다.
모든 사람이 그것을 가지고 있다.
자신이 대단히 직관적이라고 생각하는 이들에게 좋은
소식은, 당신은 이상하지 않다는 것이다.
나쁜 소식이라면, 특별하지도 않다는 것이다.

−벨루스 나파르스텍(Belleruth Naparstek)

4세기 전 독일계 스위스인 물리학자인 폰 호엔하임(파라켈수스)은 직관이 "환자와 그의 몸과 질병을 이해하는 데 필수적"이라고 했다. 백 년이 채 지나기도 전에 의술이 엄격해지고 과학적 노력을 기울이면서 이러한 개념은 사라졌다. 오늘날 대부분의 의사가 여전히 치료과정에서 직관을 등한시한다. 하지만 마이크 마코트와 같은 고위험 출산 전문 산부인과 의사들은 치료과정에 다시 직관을 도입하고 있다.

대부분의 산부인과 의사는 산모에게 좋은 소식을 전한다. 하지만 마이크에 순산은 흔한 일이 아니다. 나쁜 소식을 힘겹게 전하면서도 좋은 결과를 추구하는 것이 그의 일이다. "현장에서 저는 의학기술과 함께 직관을 믿는 법을 배웁니다." 그는 말한다. "산모와 아이에게 심각한 문제가 있거나 출산 후 그들의 생명을 유지하기 어렵다는 걸 알게 되면, 그야말로 재앙이 되죠. 이 절망적인 순간이 바로 제가 그들을 돕기 위해 내면의 목소리를 들을 때입니다."

의과대학에서 직관을 사용하라고 가르쳐준 것은 아니지만,

마이크는 그것이 우리 모두에게 유용한 값진 도구라고 믿는다.

"생리학적으로 설명할 수는 없지만, 저는 직관 없이는 의술을 시전할 수 없죠. 모든 의사는 환자에게 해를 끼치고 싶지 않아 합니다. 하지만 법과 규칙과 절차를 따른다고 해서 해를 끼치지 않으리라고 장담할 수는 없죠. 또한 그것은 마음과, 영혼과 인내, 연민 그리고 이해심에 달린 것이기도 합니다. 제 목표는 부모들이 치유의 여정에 발을 딛고 좌절과 슬픔을 극복하도록 해주는 것입니다. 이렇게 하기 위해 저는 내면으로 더 깊이 들어가 잠자고 있던 직관을 깨웁니다. 직관은 제 의식의 자아보다 더 많은 것을 알기 때문입니다. 그렇게 부모들에게 해줄 말과 생각들을 떠올립니다. 이것이 효과가 있다고 믿을수록 전 치유와 저 자신에 대해서 더 많이 알게 됩니다. 물론, 이것은 의과대학에서는 가르쳐주지 않는 부분입니다."

❀ 힐링 한 스푼
직관이 내게 제공해준 치유의 단어에
귀를 기울이고 믿습니다.

46

JOURNALING
일기

매일의 생각을 기록하는 행위

나는 쓰고 싶다. 그리고 그 이상으로
내 심장 속에 묻힌 모든 것을 꺼내 보이고 싶다.

–안네 프랑크(*Anne Frank*)

'내 몸'에 대한 글을 쓰면 생생하고
독특한 경험을 하게 된다.
나의 상처, 결점, 퇴색, 피해, 상실뿐 아니라
나를 기쁘게 하는 것들에 대해 알게 된다.

–에이드리언 리치(*Adrienne Rich*)

일기쓰기는 치유 과정에 관한 연속적 기록이다.
일기는 수개월, 수년이 지나면,
상처는 아물고 상황은 변하기 마련이라는 것을
증명해줄 것이다.

–캐슬린 애덤스(*Kathleen Adams*)

당신에게 일어난 모든 일을 적으라.

-토비트서 12. 20

이것은 그대가 목격한 꿈일지니…
그대가 본 모든 것을 적어
비밀스런 장소에 놓아두라.

-에스드라 2서 12. 35.

크리스마스이브 날, 로리 호플의 여덟 명의 아이 중 맏아들인 릭이 에이즈로 세상을 떠났다. 그 날은 그녀에게만큼은 고요한 밤이 아니었다. 34살밖에 되지 않은 아들이 고통에 신음하고 있었다. 그는 제대로 숨을 쉬지 못했고, 위장은 제 기능을 하지 못했다. 정성들여 간호한 끝에 리키는 안정을 찾고 잠들었다. 그녀는 녹초가 되어 한숨을 쉬었다. 문득 남편과 다른 아이들과 손자들이 2마일 떨어진 크리스마스트리 앞에 모두 모여 있다는 사실을 떠올렸다. 그녀는 아들의 침대 옆에 놓인 의자에 앉았다. 그리고 봉헌초를 켜고 마음속의 깊은 생각, 느낌과 질문을 가장 신뢰하는 동반자인 일기장에 털어놓았다.

한 시간쯤 지나 로리는 펜을 내려놓고 일기장을 덮어 안전한 곳에 넣어두었다. 곧 호스피스 간호사가 도착해 리키를 보살필 것이다. 그녀는 일기장을 안고 집에 돌아갈 것이다. 3년 전만 해도 상상할 수 없었던 지금 이 순간에 대해 계속해서 생각하면서.

"일기장이 없었다면 어떻게 견뎠을까요." 후에 그녀는 말했다. "20년 동안 일기장은 제 치료사였죠. 일기장은 제 생각을 판단하지 않아요. 대신 생각을 명료하게 해주지요. 일기장은 제가 생각하고, 느끼고, 경험하는 모든 것을 정직하게 비춰주는 거울입니다. 때로는 나조차 알지 못하는 나 자신에 대해 알려주지요." 베스트셀러『나를 치유하는 글쓰기』에서 저자 줄리아 카메론은 글쓰기 훈련을 위해서는 매일 아침 엄격하게 의식을 행하듯 세 페이지씩 글을 쓰라고 조언한다. 이는 기도와 비슷하다. 여기에 옳거나 그른 방식은 없다. 하지만 일단 글쓰기를 시작하면, 그 글은 강렬하고도 명료하게 우리 내면의 지도를 그려줄 것이다.

서면과 음성으로 일기를 남기는 많은 사람들처럼 로리는 일기를 생각, 사건, 관찰, 결심, 꿈과 슬픔으로 가득 채우고 있다. 그림을 그리기도 하고, 추억의 장소와 관련된 종이쪽지나 기념물을 붙이기도 한다. 로리는 주기적으로 일기를 다시 읽어본다. 그때마다 그녀의 감정적, 정신적 성장을 돕는 어떤 목소리가 속삭여주는 듯 하다고 한다. "일기는 나만의, 나를 위한 치유의 선물"이라고 말이다.

✿ 힐링 한 스푼
일기쓰기는 영혼과 정신에 목소리를
불어넣는 작업입니다.

47

JOURNEY

여행

한 장소에서 다른 장소로 떠나는 것
여행하는 길 혹은 과정

가시와 찔레 숲을 지나오지 않은 여행자는
축복의 안식처에 도달할 수 없다.

−윌리엄 쿠퍼(William Cowper)

흔치 않은 짐승을 사냥하고 싶다면
평범한 길을 벗어나라.
다른 사람이 닿을 수 없는 곳으로 가라.
당신은 비에 젖고 또한 감기에 걸려야 할 것이다.

−닥터 수스(Dr. Seuss)

여행을 끝내는 건 좋은 일이다.
하지만 당신은 끝에 이르러,
여행 그 자체가 중요하다는 것을 알게 될 것이다.

−어슐러 K. 르 귄(Ursula K. Leguin)

가장 어두운 숲은 반만 가라.
그 후 나머지 반절을 되돌아가듯 가라.

−중국 속담

좋은 여행자에게는 계획이 없다.
그는 어딘가에 도착하는 것을 목표로 삼지 않는다.

−노자(Lao-tzu)

"노란 벽돌 길을 따라 가세요." 도로시가 오즈의 나라를 여행하기 시작했을 때, 그녀는 노란 벽돌 길을 따라 멋진 마법사를 찾아가기만 하면 캔자스의 집에 돌아갈 수 있을 것이라고 믿었다.

당신도 알 듯이, 도로시가 마법사를 만나는 과정은 순탄치 않다. 그녀는 사자와 날아다니는 원숭이 같은 무시무시한 존재들과 마주친다. 이따금 길에서 만난 친구가 골칫덩어리로 돌변하기도 한다. 여행이 끝날 때쯤에는 가장 위험한 장소에서 양귀비에 취해 정신이 몽롱해지기도 한다. 마침내 마법사의 집에 도착하자, 이번엔 도로시의 생각이 달라진다. 대담하고도 용감한 도로시는 모든 희망을 걸었던 마법사가 실은 그리 멋진 존재가 아니라는 것을 깨닫는다. 마법사조차 그녀의 삶을 바꿀 수 없다는 것을 알게 된 것이다. 게다가 착한 마녀는 도로시에게 자신만이 자기의 삶을 바꿀 수 있다고 조언해준다.

질병, 이혼, 죽음, 실직. 이러한 나쁜 소식이 마치 소용돌이처럼 찾아와 우리를 무지개 너머 낯선 땅으로 던져버릴 때는 도로시의 여행을 떠올리자. 우리는 낯선 곳에서 두려움, 불안감에 싸인 채 방향감각을 잃는다. 다른 사람, 즉 의사나 변호사, 컨설턴트, 성직자 그리고 친구나 친척이 치유의 길로 안내해줄 수도 있다. 하지만 그들이 어떤 위안을 주고 방향을 가리키는지는 중요치 않다, 첫 발을 내딛기 위해 용기를 내야 하는 것은 바로 자기 자신이다. 치유의 여정을 시작하기 전까지는 앞길에 장애물이 있는지, 막다른 길이나 깊은 어둠의 장소가 있는지 알 수 없다. 마침내 목적지에 다다른다 해도 마치 도로시가 그랬듯, 최고의 마법사라 할지라도 우리의 삶을 바꿔줄 수 없다는 걸 깨닫게 될 것이다.

우리의 몸과 마음과 영혼을 치유하기 위한 첫걸음은 반드시 나의 내면으로부터 시작해야 한다. 첫걸음을 디딘 당신은 변화를 현실로 이루어낼 결단력과 강인함, 균형감, 지혜와 자신에 대한 믿음까지도 얻게 될 것이다.

🐝 힐링 한 스푼
치유의 여정은 첫 걸음을 내딛는
용기에서 시작됩니다.

48

JOY
기쁨

강렬하게 매우 열광적으로 기뻐하며
행복한 상태큰 즐거움, 흐뭇함

기쁨이 미소의 원천이기도,
미소가 기쁨의 원천이기도 하다.

−틱낫한(Thich Nhat Hanh)

스스로에게 기쁨을 허락한다면,
당신은 모든 것과 어울려 춤추는 자신을
발견하게 될 것이다.

−엠마누엘(Emmanuel)

한 가지 기쁨이 피어나려면
백 가지 슬픔의 씨앗을 뿌려야 한다.

−중국 속담

어떤 기쁨도 눈물 없이 얻어지지 않는다.

−필리핀 속담

건강은 단순히 질병의 없음이 아니다.
늘 내 것이어야 할 내면의 기쁨이자,
긍정적이며 행복한 상태다.

−디팩 초프라(Deepak Chopra)

1984년, 50번째 생일이 되기 2주 전이자 유방절제술을 받은 지 6년째 되던 날, 교육자이자 흑인 레즈비언 여성운동가, 투쟁가, 어머니, 시인, 수필가, 사회운동가인 오드리 로드는 간암에 걸렸다는 사실을 알게 되었다. 그에 저항하기라도 하듯, 그녀는 거의 8년이 지난 1992년 11월 17일에야 세상을 떠났다. 그녀의 마지막 저서인 『가득 찬 빛』에는 같은 제목의 수필이 실려 있는데 그녀의 치유 여정에 대한 내용이다. 로드는 불치병을 선고받은 사람들에게 남은 생을 기쁘게 살아갈 방법을 전한다.

치료를 포기한다는 것은 육체적으로도 좌절한다는 의미이다. 그러한 행위는 암세포를 더욱 키우고 자신의 면역 체계를 약화시킬 뿐이다. 치료는 단순히 절망에 맞서 싸우는 것이 아니다. 그것은 필수다. 삶을 즐겁고 긍정적으로 만들기 위한 수단이다.

물론 거부할 수도, 숨길 수도 없는 질병을 안고 사는 것은 쉽지 않을 것이다. 무엇보다 내 허락 없이 날 두렵게 만드는 사실들, 믿고 싶지 않은 진실을 믿게 만드는 메시지에서 도망치지 않고 귀를 기울이기는 어려운 법이다. 하지만 그것이 인생이다. 매 순간은 그냥 흘려보내서는 안 될 가능성으로 가득 차 있다. 지금의 시련은 진정한 삶을 살기 위한 준비과정이 아니라 어떤 면에선 꼭 필요한 것인지도 모른다. 인생의 메인 코스는 아니라도, 다양한 메뉴 중 하나라고 볼 수 있지 않을까. 그 모든 시간들 역시 나의 삶이다.… 지금의 자신이, 그리고 내가 장차 되길 바라는 자신이 무엇을 더 이룰 수 있을지 열린 마음으로 생각해보자. 할 수 있는 일을 하기 위해서는, 슬퍼하기보다는 만족을 주는 것들을 즐기자.

나는 일하고, 사랑하고, 휴식하고, 보고, 배운다. 그리고 쓴다. 이는 살아 있는 동안 할 수 있는 일들이다. 이 일들이 내 생명을 보장해주는 것은 아니다. 하지만 이 일을 하며 기쁘게 살아가는 것이 생명을 연장시켜준다는 '믿음'을 가진다면 삶의 목표를 보다 명확하게 추구할 수 있을 것이다.

❋ 힐링 한 스푼

내게 주어진 삶을 기쁘게 받아들이며,
그것이 나의 생명을 연장시켜준다고 믿습니다.

49

LAUGHTER

웃음

웃는 행위, 웃음소리

웃음 없이 보낸 일주일은 일주일을 더 만든다.

−조엘 굿맨(Joel Goodman)

웃음에는 힘이 있다.
웃음은 대부분의 견딜 수 없는 슬픔을
견딜 수 있는 것으로,
심지어 희망적인 것으로 만든다.

−밥 호프(Bob Hope)

웃음은 우주를 무관심하고 낯선 상태로
되돌려 놓는다. 만일 우주가 의미를 갖는다면,
그곳은 인간적인 곳이 아니라 신성한 곳이 될 것이다.

−옥타비오 파스(Octavio Paz)

충분한 잠과 웃음은 의사에게도 가장 좋은 약이다.

−아일랜드 속담

비누는 몸을 위한 것이며,
웃음은 영혼을 위한 것이다

—유대인 속담

조물주가 왜 우리에게 웃음을 선물하셨는지 사회과학자들이 아직 밝혀내지는 못했지만, 이러한 반응을 조금은 다른 상황에 처한 사람들과 나누는 것은 아주 소중한 일이다. 베스트셀러 『웃음의 치유력』의 저자 고 노먼 커즌스는 웃음이 치명적 질병도 극복하게 해준다고 설명한다. 이를 통해 우리는 박장대소하기, 낄낄대기, 키득거리기 등 신나는 기분을 표현하는 것이 심혈관에 좋은 영향을 주고 스트레스 해소에 도움이 된다는 것을 잘 안다. 실제로 최근의 연구들은 10분 동안 온 마음으로 '하하' 웃는 것이 30분~1시간의 명상과 같은 효과를 낸다는 것을 보여주고 있다.

『리더스 다이제스트』와 성경과 마찬가지로 커즌스는 웃음이 '최고의 명약'이라고 말한다. 웃음이 신체 내부의 장기들을 운동시켜서 호흡기를 강화하고 예후를 좋게 만들어준다는 것이다. 나도 전적으로 동의한다. 암 진단을 받은 후 나는 제일 좋아하는 스탠드업 코미디언들의 영상을 모두 모았다. 의사는 내게 33차례의 방사선 치료를 받으러 오라고 했다. 그렇게 된 바에 차를 타고 병원을 오가는 길에 제리 사인펠트, 빌 코스비, 스티븐 라이트, 밥 뉴하트 등의 코미디쇼를 즐기기로 했다. 이 코미디언들은 모두 날 격려하고, 가슴 깊이 숨 쉬게 했으며, 숨겨져 있던 눈물을 흘리게 해주었다.

웃음에는 한 가지 이상한 점이 있다. 웃음은 물결을 그리듯 감정에 연쇄반응을 일으키다, 끝에 이르러서는 눈물을 흘리게 만든다. 저널리스트 린다 엘러비는 웃음이 곧 용기라고 했다. "인간은 이따금 우뚝 서서는 태양을 정면으로 바라보며 웃죠. 그대가 인간이 가장 용감한 순간이라고 할 수 있습니다."

『영적 문해(Spiritual Literacy)』의 저자이자 편집자인 프레데릭 및 마리 앤 브루셋은 저서에 아파치 신화를 실었다. 이에 따르면 신은 인간에게 뛰고, 보고, 말하는 능력을 차례대로 주었고, 마침내 웃는 능력을 선사하고 나서야 "살아가기에 적합한 사람이 되었구나."라고 말했다는 것이다. 마리 페트본 풀 역시 웃음에 치유 효과가 있다고 했다. 그는 이렇게 말했다. "웃는 자가 살아남는다."

❊ 힐링 한 스푼
   웃음은 내 몸에 힘을 보탭니다.

50

LIBERATE

해방

**제한과 제약으로부터
자유로워지는 것**

*고통은 생각의
껍데기를 부순다.*

-칼릴 지브란(Kahlil Gibran)

*자신의 삶의 드라마를 직시하면
그것으로부터 해방된다.*

-켄 키스(Ken Keyes)

*모든 힘을 다해 자유로워지라.
영혼을 다해 자유로워지면
무엇을 더 해야 할지 저절로 알게 될 것이다.*

-로버트 콜리어(Robert Collier)

*행복의 비결은 자유이며,
자유의 비결은 용기다.*

-투키디데스(Thucydides)

속박에서 벗어나거나 자기 자신이 되기에 가장 좋은 때는 돈도, 에너지도 없을 때다. 그런데 그럴 때조차 당신을 얼어붙게 만드는 것은 무엇인가? 그런 것이 보잘 것 없다고 말하는 구식의 잔소리인가? 자신에 대한 섣부른 판단, 의심과 비판인가? 아니면 변화를 두려워하는 마음인가?

아버지는 날 얼뜨기라고 놀리곤 하셨다. 그렇지 않다는 걸 스스로 증명하려 애썼지만, 그럴 때마다 머릿속에 의문이 들었다. 얼뜨기에서 벗어나는 것은 쉽지 않았다. 의식적으로는 무시했지만, 지금도 그 생각들은 이따금씩 마음의 뒷문으로 살금살금 들어와 날 덮치곤 한다. 바로 어제처럼 말이다.

우리 부부와 친구인 피오나와 제이크는 함께 크로스컨트리 스키를 타러 당일치기 여행을 떠났다. 별장에서 기분 좋은 아침식사를 마친 후, 스키를 타기 시작할 때부터 문제가 시작되었다. 나는 몇 년 전에 스키를 타기 시작했고 한때는 탄력을 받았었다. 그러나 스키를 탄 지 너무 오래된 바람에, 그리고 나를 제외한 세 명이 너무 쉽게 숲속으로 미끄러져 가버린 바람에 나는 하릴없이 터벅터벅 걷기 시작했다. 스키를 타는 사람들에 비해 너무나 느린, 거위처럼 느린 걸음걸이로 말이다.

이 날은 서두름과 기다림이 공존하는 날이었을 것이다. 그들은 미끄러지는 느낌을 즐기며 숲 언덕을 서둘러 내려가다가 내가 따라올 때까지 기다려야 했다. 주저앉았던 내가 벌떡 일어나서 느릿느릿 다가오는 것이 보일 때까지 말이다. 나는 황급히 걸으면서 "제발 기다리지 말고 계속 가라"고 손사래를 치곤했다.

중간에 걸음을 쉬고 주저앉을 때마다 나를 둘러싼 모든 것이 함께 얼어붙는 것만 같았다. 어느 순간, 익숙한 무력감과 눈물이 얼굴을 적셨다. "앞으로 갈래, 뒤로 갈래?" 어떤 목소리가 내게 묻는 것 같았다. "어느 쪽으로 갈래?"

'뒤로는 가지 않아.' 나는 따라잡으려 애쓰며 이 다짐을 반복했다. 곧 이 말이 만트라처럼 되어갔다. 이번에는 길고 가파른 언덕을 내려다보는 그들을 찾아냈다. 제이크가 돌진했다. 테드도 돌진했다. 그리고 나도 계산된 걸음걸이에 따라, 목적지를 향해 한 걸음 내딛었다. 다시 한 걸음 다시 한 걸음 눈물과 함께, 코를 훌쩍거리며, 조바심 내지 않고 말이다. 그 순간 웃음과 함께 나는 해방의 기쁨을 맛볼 수 있었다.

❈ 힐링 한 스푼
자기 위에 군림하지 못하는 자는 자유롭지 못하다.

51

LIFE

삶

**나의 존재를 구성하는
육체적, 정신적, 영적 체험
삶과 죽음 사이의 시간**

나는 삶을 사랑한다, 아프고 좌절할지라도.

−아르투르 루빈스타인(Arthur Rubenstein)

인생이란 당신이 다른 계획을 세우느라
바쁠 때 일어나는 것이다.

−존 레논(John Lennon)

인생은 날것이다. 우리는 장인이다.
우리는 우리의 존재를 아름답게 조각할 수도,
추하게 깎아내릴 수도 있다.
그것은 우리 손에 달렸다.

−캐시 베터(Cathy Better)

아직도 진정한 삶을 살 때가 되지 않았다고

말하는 자는 강을 건너기 전에
강이 다 흘러가기를
기다리는 시골 사람과 같다.

—오라스(Horace)

당신이 태어났을 때 당신은 울었고
세상은 크게 기뻐했다…
살라, 그리하여 당신이 죽을 때 세상이 울고
당신이 기뻐하게 하라.

—체로키 인디언 속담

내 일기에는 치유에 관한 워크숍을 추진하거나 참석했던 경험이 고스란히 적혀 있다. 그때의 일기를 읽어볼 때마다 본문뿐 아니라 내용 사이사이에, 페이지 귀퉁이에, 윗부분에서 늘 '삶을 선택하라'는 글귀를 발견하게 된다. 이 말은 신명기의 한 구절인데, 신이 이스라엘 민족을 추방하면서 남긴 말이다. "나는 하늘과 땅을 증인으로 삼아 오늘 너에게 삶과 죽음, 축복과 저주를 내렸음을 증언하게 할 것이다." 신은 그렇게 선포한다. "삶의 길을 선택하여 너의 후손이 살게 하라."

이 인상적인 구절을 써내려갈 때마다 나는 몇 번이나 내 아이들을 떠올렸다. 삶의 길을 선택했기에 내 아이들 역시 살아있다. 지금 이 순간도 나는 첫 남편과 이혼하던 날 밤 아이들의 얼굴에 흐르던 눈물이 떠오른다.

"너희들의 마음이 얼마나 아플지 알아." 아홉 살 된 제이미와 여섯 살 된 에반에게 나는 이렇게 말했다. "너희들을 너무나 사랑해서 어떻게 말해야 할지 모르겠구나." 이 말이 얼마나 모순되는지 알면서도 말이다.

혼인서약을 읊는 다른 모든 연인들처럼, 전 남편과 나는 오직 죽음만이 우릴 갈라놓을 거라고 믿었다. 그리고 이어진 몇 년 동안, 나는 죽음이 수많은 모습으로 위장하는 것을 보았다.

우리의 결혼생활은 유지하려 애쓸수록 죽어갔다. 아무리 노력해도 우리의 관계는 삶을 충만하게 하기보다 메마르게 했다. 남편의 알코올 중독은 가족 모두에게 영향을 미쳤고, 그를 재기시키려던 나는 오히려 그의 영향을 받아 심리적으로 불안정해졌다.

한때 그를 사랑했던 나의 일부는 죽어버렸다. 몇 년이 지난 어느 날, 나는 제이미와 에반이 즐겁게 노는 것을 지켜보고 있었다. 남편은 여전히 한 손에 책을 들고, 한쪽 구석에는 저녁에 마실 맥주 여섯 병을 놓아두었다. 그때 나는 자손을 위해 선택해야 할 길이 무엇인지 알게 되었다.

❀ 힐링 한 스푼
나는 오늘 선택합니다!

52

LISTEN
경청

무언가를 들어주는 것, 집중하는 것

혼자가 되어 자기 자신이 되는 것이 두려워서…
혹은 너무 유명하거나 낯선 사람을 보았을 때
우리는 당황해서 떨거나 도망치기 일쑤다.
그래서 자신의 마음에 귀를 기울이지 못하고
양심을 무시한다.

–에리히 프롬(Erich Fromm)

영혼은 보이는 것이 아니라
들리는 것이다.

–헨리 워즈워스 롱펠로(Henry Wadsworth Longfellow)

자신에게 귀 기울일 줄 알게 되면
자신을 사랑하는 법을 알게 된다.

–조안 보리센코(Joan Borysenko)

우리가 두 개의 귀와 한 개의 입을 가진 이유는

> *더 많이 듣고 덜 말하기 위해서다.*
>
> *—키프로스의 제논(Zeno of Citium)*

> *좋은 목적으로 듣는 사람은 노트에 적는다.*
>
> *—이탈리아 속담*

1990년대 초, 어느 늦은 밤 전화가 울렸다. "톰이 죽은 것 같아요." 테드라는 이름의 이웃이었다. "며칠 동안 그 사람을 못 봤는데, 우편함에 편지가 쌓여 있어요. 경찰을 부르긴 했지만 당신에게도 연락해야 할 것 같았어요."

우리는 바로 톰의 집으로 향했다. 경찰관 두 명이 플라스틱 장갑을 끼고 문 앞에 서서 말했다. "톰은 에이즈에 걸려 자살했습니다. 안으로 들어가시거나 그를 만져서는 안 됩니다." "저는 그의 신부입니다. 그를 위해 기도하고 싶습니다."라고 테드가 답했다.

테드가 들어가려 하자 입구를 가로막고 있던 경찰이 말했다. "제 말을 듣지 못하셨군요. 그는 에.이.즈에 걸렸다니까요!"

"들어보세요." 테드는 요구했다. "저는 그의 신부이고, 그를 위해 기도할 겁니다."

마침내 경찰이 물러났다. 우리는 약병을 쥔 채 바닥에 쓰러져 있는 31살의 청년 톰을 발견했다. 그의 노트에는 불치병으로 인한 고통과, 좌절과, 불확실성을 더 이상 견딜 수 없다고 쓰여 있었다. 테드는 톰 옆에 무릎을 꿇고 그의 어깨에 손을 올려놓은 채 기도를 시작했다. 얼마 되지 않아 톰의 어머니가 도착했다. 경찰이 다시 입구를 막아섰다.

"톰은 제 아들이라고요." 그녀는 극도로 흥분해 있었다. "제 아이를 봐야겠어요." 경찰은 여전히 입구를 막고 있었다. 그녀가 다시 한 번 간곡하게 부탁하자, 경찰은 결국 그녀를 들여보냈다.

"이걸 끼세요." 경찰이 투박한 플라스틱 장갑을 내밀었다. 그녀는 장갑을 거절하고 들어갔다. 그리고 아들 옆에 앉았다.

톰의 어머니는 아들의 감긴 눈에서 위로 엉겨 붙은 앞머리를 부드럽게 쓸어 넘겼다. 그녀의 눈물이 떨어져 아들의 **뺨**을 적셨다. 그녀는 톰의 손에서 빈 병을 **빼**내고, 자신의 몸으로 아들의 몸을 감쌌다.

우리는 어머니가 죽음을 선택한 아들을 향해 슬픔, 혼란, 분노와 고통을 표현하는 것을 들었다. 또한 그녀가 영원히 잠든 아들의 몸을 흔들며, 아들이 들어주기를 바랐던 진심어린 치유의 말을 하는 것을 들었다. 사랑한다는 말, 용서한다는 말, 그리고 자신의 아들이었음에 감사한다는 말을.

힐링 한 스푼
마음에 귀를 기울이고 치유의 말을 듣습니다.

53

LOVE
사랑

**매우 좋아하거나 열정을 가짐,
강렬한 감정적 애착**

사랑은 주는 사람과 받는 사람 모두를 치유해준다.

–칼 메닝거(Karl Menninger)

사랑은 만들어지는 것이 아니다.
그것은 '우리 자신'이다. 우리의 본질이다.
우릴 풍요롭게 만들어주는 근본적 에너지다.
사랑은 우리의 타고난 권리다.

–벤저민 실드(Benjamin Shield)

모든 치유의 공통분모는 무조건적 사랑이다.
사랑은 개개인의 특별함을 존중하고 힘을 불어넣어,
그가 행복을 위해 책임을 기꺼이 받아들이게 한다.

–잭 슈와르츠(Jack Schwartz)

삶의 모든 무게와 고통으로부터
우릴 자유롭게 해주는 말,
그것은 사랑이다.

–소포클레스(Sophocles)

사랑은 어떤 장소이든 즐겁게 만든다.

–아라비아 속담

어린 시절부터 고대 히브리어로 된 '셰마(Shema)'라는 유대인의 기도는 늘 내게 위안을 주었다. 하지만 동시에 궁금증의 대상이기도 했다. "너의 주 하느님을 온 마음, 온 영혼, 온 힘을 다해 사랑하라"는 구절을 읽을 때마다 나는 의문에 사로잡혔다. 이 명령이 무엇을 의미하는지 알 수가 없었기 때문이다.

'온 마음', '온 영혼', '온 힘'을 다해 관계 맺고 사랑한다는 것이 무엇일까? 신성한 존재나 예쁘고 유용하고 완벽한 몸과 정신, 영혼을 지닌 다른 사람, 혹은 나 자신을 사랑하는 것만 해도 벅찬 일이다. 그런데 '모든' 것을 다해 사랑한다니. 그것은, 내가 혐오하고 부인하고 의심하는 나 자신의 일부까지도 사랑의 대상에 포함시켜야 한다는 것을 의미할까?

셰마는 유대교와 크리스트교 성경 구절 모두에 나타난다. 복음서에는 "너의 이웃을 온 힘과 온 마음을 다해 자신처럼 사랑하라"고 쓰여 있다. 예수는 율법학자들에게 "그렇게 하면 살 것"이라고 말한다.

여기서 또다시 궁금해진다. 이웃을 자신처럼 사랑한다는 것
이 무슨 뜻일까? 내가 가장 사랑하는 것은 무엇일까? 왜 삶을
얻기 위해 '모든 것'을 다해 사랑해야 한다는 걸까? 가슴, 영
혼, 힘, 마음, 능력(다른 이에게 도움될 수 있는). 이들 모두가 빼
놓을 수 없는 나의 일부다. 나는 그 사이에 부분과 균열과 파편
들이 존재한다는 것을 안다. 나는 각각의 부분이 지닌 목적을
깨달아 나가야 할 것이다. 그렇다면 무엇을 사랑하기 전에 그
목적들을 '모두' 알아내야만 한다는 걸까? 아니다. 오히려 지
금 이 순간 모든 것을 바쳐 사랑하기 때문에 그 모든 것을 알아
가고 포용하게 되는 것은 아닐까?

❋ 힐링 한 스푼
　나의 현재 삶은 나와 타인을 사랑한 결과입니다.

54

MAPS
지도

지표면과 지역을 나타내는 표지

우리 안에는 지도에 그려지지 않은
수많은 나라가 있다.
당신의 내면에 세찬 폭풍우가 불 땐
이 나라들을 떠올려보자.

—조지 엘리엇(George Eliot)

나에게는 당신의 존재를 그린 지도가 있다.
그 지도에는 온통 당신에 대해 쓰여 있다.

—스티븐 라이트(Stephen Wright)

자신이 어디로 가는지 모른다면,
어떻게 목적지에 도착하겠는가?

—바질 S. 월시(Basil S. Walsh)

지리를 모르는 여행자는 날개 없는 새와 같다.

—사디(Sa'di)

미리 준비되어 있으면 걱정할 것이 없다.

-한국 속담

당신은 나의 친척 아브라함 자쿠토에 대해 들어본 적이 없을 것이다. 그러나 우리 모두 그에게 조금은 감사해야 할 것이다. 15세기에 살던 내 친척은 별명이 '아베'이기도 했는데, 그는 2대에 걸쳐 스페인 왕을 모신 궁정 천문학자였다. 그는 구리로 된 아스트롤라베(과거의 천문 관측 장치)를 사용했고, 이는 항해사들이 태양의 위치를 훨씬 정확하게 파악할 수 있게 해주었다. 그가 개발한 천문표는 항해사들이 위도 계산을 통해 일식과 월식을 더 정확히 측정할 수 있게 해주었다. 한 선장은 내 친척이 개발한 지도를 특별히 더 애용했는데, 그의 이름은 크리스토퍼 콜럼버스다. 오늘날 콜럼버스의 기록 주석을 보면 바다에서든, 사나운 자메이카 부족에게 쫓길 때든 자쿠토의 계산법이 그를 몇 번이나 죽음의 위협에서 구했다는 것을 알 수 있다. 물론, 몇 세기가 지나는 동안 항해 수단은 바뀌었다. 하지만 항해사들이 방향을 파악하기 위해, 그리고 어쩌면 생명을 구하기 위해 지도에 의존하는 것은 예나 지금이나 똑같다.

내가 암이라는 사납고 치명적인 질병이 찾아왔다는 진단을 받고, 오하이오 의과대학 종양학 및 방사선학과의 수술대에 누울 때까지, 내 영혼과 정신은 아무런 구획도 존재하지 않는 미지의 구역과 같았다. 방사선 기술자들은 내 육체의 '북동쪽 사분면'에 관한 '지도'를 스티로폼에 그리느라 바빴다. 그 지도는 방사선 치료를 할 때 적절한 위치를 잡기 위한 것이었다. 내 방사선의는 '파란색 타투'로 내 가슴 위에 지도를 그렸다. 바늘이 찌를 때 몸이 움찔했다. 몇 분 지나 작은 파란 점이 몇 인치씩 떨어진 채로 내 가슴뼈를 따라 그려졌다. 마치 오리온 별자리 같았다. 마지막 점을 한 번 더 찍자 내 왼쪽 가슴 위에 지도가 완성되었다. "이 지도를 다시 쓸 일이 있을까?" 나는 궁금했다. "그러지 않았으면 좋겠는데." 지금은 이 지도가 존재해서 기쁘다. 그 후 6주 동안 이 지도가 의사의 손을, 그리고 나의 회복의 길도 이끌어주었기 때문이다.

몇 달이 지났고 마침내 목적지에 도착했다. 어느 날 아침 거울에서 파란 점을 다시 보았을 때, 나는 점들에게 감사했다. 치유와 회복을 향한 여정에서 치명적 질병, 혹은 폭풍우 치는 날씨와 마주쳤을 때, 지도는 그곳을 통과할 수 있게 도와준다. 지도 덕분에 나는 집에 도착했다. 이제는 안전하다.

🌿 힐링 한 스푼

지도는 치유의 여정에서 나쁜 길을 피하게 해줍니다.

55

MEND
개선

건강을 회복하거나 질병을 치료하는 것
수리하거나 고치는 것

고대의 사람들에게 만병의 근원은 불행이었다.
그러므로 그들은 환자를 다시 행복하게 해주는 것이
건강을 되찾는 길이라고 믿었다.

—도널드 로(Donald Law)

영적 삶을 살아가려면 이른바 '개선'을 해야 한다.
매일 자신의 덕목을 지키고 실수를 고쳐나가야 한다.
이때, 우리는 인간 공동체의 소중한 일원이 된다.

—마비스 및 메를 포섬(Mavis and Merle Fossom)

끝보다는 시작을 고치는 편이 낫다.

—독일 속담

변소를 먼저 수리하지 않으면
훗날 집 전체를 고쳐야 할 것이다.

—스페인 속담

얼마 전 벽돌 쌓기 워크숍에 참석했다. 나는 침묵 속에 한쪽 끝에서 벽돌쌓기를 시작해, 조용히 벽돌을 맞추고, 쌓고, 이어 붙였다. 내 쪽 벽돌담의 가운데에 도달했을 때 나는 반대쪽으로부터 나와 같은 곳에 도달한 한 남자와 마주쳤다. 그의 이름표를 얼핏 보았는데, 그의 이름보다도 출신 지역이 먼저 눈에 띄었다. 테드가 나와 만나기 전 목회활동을 하던 지역의 출신이었기 때문이다. 나는 침묵을 깨고 말을 걸었다.

"세상 좁네요." 그는 자신이 한때 테드의 신도였다는 것을 밝히며 아주 어색하게 말했다. 분리의 6단계 이론에 따르면, 임의의 두 사람이 아는 사이가 되려면 그 사이에 최소 6명이 필요하다고 한다. 그와 나는 순식간에 모르는 사람에서 테드만 사이에 둔 가까운 지인이 되었다. 그런데 그는 그것이 상당히 불편해 보였다. 나는 그가 불편해 하는 이유를 알 수 없었다. 그러다 그의 이름을 본 순간 이유를 깨달았다. 내 앞에 는 17년 전 시속 17마일로 운전하다 나무를 들이받은 운전자의 아버지가 서 있었다. 당시 차에는 13살이던 내 의붓아들 크리스가 타고 있었고, 크리스는 충돌사고로 머리에 심각한 부상을 입었다. 이 사람의 아들은 부상 없이 차에서 걸어 나갔고, 고소를 당하지도 않았다. 하지만 지금 크리스는 휠체어를 타고 다닌다.

결혼생활 내내 나는 테드와 크리스가 교통사고로 고통을 겪는 것을 보아왔다. 신체적, 정신적 상처는 흉터가 가려주었지만 여전히 상처는 흉터 사이로 비집고 나온다. 하지만 지난해 여름의 그날, 사고를 낸 운전자의 아버지의 눈을 보았을 때, 나는 마음이 약해지는 것을 느꼈다. 하지만 직감적으로 무엇을 해야 할지 알았다. 나는 '우리의' 벽돌에 손을 올려놓았다. 그도 머뭇거리며 자신의 손을 올려놓았다. 우리는 침묵 속에 다시 벽돌쌓기를 시작했다.

힐링 한 스푼
바느질이 느슨한 곳을 조이며 삶이라는 작품을 고쳐나갑니다.

56

MORNING
아침

하루 중 이른 시각,
첫 부분 혹은 앞부분

새벽에는 다른 때와는 다른 점이 있다…
그 시간에는 모든 것의 진실한 모습을 보게 된다.

−헨리 데이비드 소로(Henry David Thoreau)

아픈 사람에게는 아침이 약만큼 좋지 않겠는가?

−쏜톤 와일더(Thornton Wilder)

나는 매일 아침 일어나서 말한다.
나는 살아 있고, 그것은 기적이며,
그래서 오늘도 힘차게 살겠다고.

−자크 이브 쿠스토(Jacques-Yves Cousteau)

아침은 입에 금덩어리를 물고 온다.

−독일 속담

아침에 안개가 꼈다고 해서
하루 종일 흐린 것은 아니다.

—속담

오늘 아침도 여느 날과 같이 일어나서 "예스!"라고 외친다. 어떤 때는 단어를 속삭이기도 하고, 입모양으로만 말하기도 한다. 어떤 때는 크게 말하고, 어떤 때는 만트라처럼 머릿속으로 외우기도 한다. 매일 이렇게 꿈과 어둠으로부터 삶과 빛의 세계로 돌아온다.

테드와 나는 어느 날 살림을 줄이기로 결심했다. 우리는 사람들이 위험하다고 여기는 빈민지역에서 10여 년간 선교활동을 했다. 그러면서 100년 된 빅토리아풍의 큰 저택에 살았다. 이웃들이 우리에게 괜한 거리감을 느끼게 만들 필요는 없었다. 안 그래도 이곳은 위험한 곳이었다. 어떤 날은 밤에 '탕, 탕, 탕' 하는 총소리가 들려왔다. 밤중에 사이렌소리가 정적을 깨는 것은 흔한 일이었다. 공공기물 훼손범이 우리 차의 바람막이를 내리치는 바람에 놀라서 깨어난 것만도 두 차례다. 한 번은 밤사이에 새로 산 자전거와 함께 차고의 창문이 통째로 사라지도 했다. 그래서 우리 이웃들 사이에는 오랜 불문율이 있는데 밤에 혼자 다니면 안 된다는 것이다.

하지만 아침이 되면 그 불문율은 사라진다. 사람들은 다른 도시와 마찬가지로 새벽에 거리에 나서며 일상을 시작한다. 그들이 파도를 이루는 모습과, 노를 저어 헤쳐 나가듯 걸어 다니는 모습 그리고 "좋은 아침"이라며 인사를 나누는 모습은 친절한 느낌을 준다. 새로운 삶을 상징하는 어린이들은 학교로 향한다. 같은 길을 향하는 낯선 사람들은 서로 눈을 마주친다. 그러다보면 서로의 간극이 메워지고, 상처가 치유되는 느낌이다.

내게 아침은 하루 중 가장 치유가 잘 되는 때다. 오늘 새벽 5시에 나는 사무실 창문을 내다보았고, 보름달이 나를 돌아보는 것을 보았다. 침묵 속에서, 사색을 하는 나의 목소리를 듣는다. 오늘 아침에는 예상치 못한 아이디어가 떠올랐다. 수피족 시인 루미의 이야기다. 그의 조언에 따라 다소 위험해 보이는 이웃들을 잘 대하기로 했다. 왜냐하면 어둠 속에 사는 사람들에겐 빛과 함께 사라질 일만 남았지만, 나에겐 오늘이 시작될 일만 남았기 때문이다. 나는 오늘 무슨 일이 일어날지 모른다. 다만 내가 아는 것은 새벽빛이 떠오름에 따라 어둠이 희미해져가고 있다는 사실뿐이다. 오늘 아침도 나는 새로운 삶을 시작한다. 그리고 외친다. "예스!"

힐링 한 스푼
아침이 가져다주는 모든 것을
손님처럼 반갑게 맞아줍니다.

57

MUSIC
음악

선율, 조화, 리듬, 음색을 통해 어떤 것을 연상할 수 있도록
소리를 지속적, 통합적으로 조율하는 예술

우리는 삶을 연주한다.

—루이 암스트롱(*Louis Armstrong*)

음악은 나의 피난처였다.
나는 노트 사이의 공간에 웅크리고 들어가
외로움과 마주보았다.

—마야 안젤루(*Maya Angelou*)

모든 질병은 음악적이다.
치료에도 음악적 해결책이 필요하다.
해결책이 빠르고 완벽할수록,
그 의사의 음악적 재능도 뛰어난 것이다.

—노발리스(*Novalis*)

음악과 리듬은 영혼의

비밀스러운 곳에 자리 잡는다.

—플라톤(*Plato*)

내 소중한 친구 디포리아 레인 박사는 전국의 병원에 음악 치료법을 도입한 선구자다. 한때 그녀는 오페라 가수를 꿈꿨지만, 두 차례의 유방암을 겪은 후 음악 치료사가 되기로 결심했다. 그 후 25년 이상이 흐른 지금 디포리아는 오하이오 클리블랜드의 아일랜드 암센터에 자리를 잡았다. 그곳 의료전문가들이 만성질병이나 치명적 질병을 치료할 때, 그녀는 음악으로 영혼을 보살핀다. 다음 이야기는 디포리아의 첫 환자인 십대 소녀 지니의 이야기다.

"지니는 머리부터 발끝까지 붕대를 감고 있었어요. 어딜 봐도 미라 같았죠. 제게 보이는 건 그 아이의 눈, 코, 그리고 오른손의 손가락 세 개뿐이었어요." 디포리아는 말했다. "백혈병 합병증 때문에 피부와 아름다운 빨간 머리가 모두 떨어져나가 버린 거죠. 그녀는 화상과 같은 통증을 느꼈다고 해요. 상상도 할 수 없을 정도로 큰 고통이었죠. 그녀의 눈에는 그늘이 가득했고, 성격은 내성적인 데다 심각하게 우울한 상태였습니다."

지니를 만나러 가기 전, 디포리아는 십대들이 음악을 좋아한다는 사실을 알아두었다. 지니가 머뭇거리며 방에 들어오자 디포리아는 말했다. "여기 손가락으로 칠 수 있는 악기를 가져왔어. 옴니코드라는 악기란다. 우리는 오늘 이걸 연주할 거야.

안 칠 거면, 다음에 다시 올게." 디포리아는 지니의 선택을 기다리며 하프 소리를 내는 옴니코드를 부드럽게 연주했다. 마침내 지니가 답했다. "지금 칠래요."

지니는 45분 동안 붕대를 감지 않은 나머지 손가락 세 개로 연주하고 노래했다. 지켜보던 그녀의 엄마와 이모는 울음을 터뜨렸다. 여기서 중요한 것은, 인기곡인 'That's What Friends Are For(친구란 그런 것)'를 부를 때는 디포리아도 지니와 함께 노래를 불렀다는 것이다. 디포리아는 말했다. "지니의 어머니는 딸이 입원한 후 웃은 것은 그날이 처음이었다고 하더군요."

그날은 금요일이었다. 17살밖에 되지 않은 지니는 그주 주말을 넘기고 나서 세상을 떠났다. 디포리아는 지니의 추모예배에 참석했다. 그녀는 지니의 어머니의 부탁을 받아 치유의 선물이 되어준 그 노래를 다시 한 번 불렀다.

계속 빛나요, 계속 웃어요…
영원히 당신의 편이 되어줄게요.
친구란 그런 거니까요.

☀ 힐링 한 스푼
음악은 몸과 마음을 치유하고
조화롭게 만들어줍니다.

58

MYSTERY
신비

이해되지 않는 것
이해를 넘어선 것

나는 누구인가? 아, 그것은 위대한 퍼즐이다.

−루이스 캐럴(Lewis Carroll)

위대한 신비는 현실이라는 칼집에서
빼어지지 않은 것 그 자체다.

−유도라 웰티(Eudora Welty)

사람은 알던 것도 모르게 되는 것을 빼고는
아무것도 배울 수 없다.

−클로드 베르나르(Claude Bernard)

당신은 어둠 속에 진실을 감추고,
그 신비를 통해 제게 지혜를 가르칩니다.

−시편 51:6

신이 낸 수수께끼는 풀리지 않는다.

－아프리카 속담

나의 딸 제이미와 나는 몇 년 동안 떨어져 지냈다. 나는 딸과의 불화를 해결하려 애썼지만 그때마다 제이미는 신뢰를 배신하는 듯한 행동을 보여주었다. 그런 일이 반복될수록 우리 사이의 균열은 더 커져만 갔다. 결국 제이미는 집을 떠나버렸고 나는 그녀가 어디 있는지 알 수 없게 되었다.

금이 가버린 우리의 관계는 깊은 상처가 되었다. 나는 어릴 때부터 부모님 뿐만 아니라 그들의 부모, 형제, 조카까지도 서로를 받아들이지 않고 죽은 사람처럼 대하는 모습을 보아왔다. 이제 그런 역사를 반복하지 않겠다고 스스로와 약속했는데도, 또다시 그런 일을 겪고 있었던 것이다. 나는 마음의 문을 열어놓고 언제든 제이미가 들어오게 하리라고 다짐했다.

3년이 조용히 흘러갔다. 테드와 나는 친구로부터 제이미가 플로리다의 키웨스트에서 잘 지내고 있다는 소식을 듣게 되었다. 나는 우리가 그녀의 문을 두드리거나, 그녀가 우리의 문을 두드려주기를 간절히 바랐다.

어느 날 오후 전화벨이 울렸다. 나는 전화기를 받아들었다. "엄마?" 수화기 건너편에서 목소리가 들려왔다. 차량들 소리가 들리고 북적대는 소리가 들리는 것으로 보아 공공장소에서 공중전화로 건 듯했다 "제이미니? 제이미 맞니?" 나는 물었다.

"네 엄마, 저예요. 저 집으로 돌아가요, 엄마. 집으로 가요."

내가 미처 말을 꺼내기도 전에 전화는 끊겼다.

"제이미?" 없었다. 나는 멍해져서 테드에게 돌아갔다.

우리는 제이미가 다시 전화할 때까지 기다렸지만, 전화벨은 울리지 않았다. 그래서 다음날 그녀의 전화번호를 놓고 조심스럽게 다이얼을 눌러보았다. "제이미?" 벨소리가 한 번 울리자마자 전화를 받은 그 목소리가 답했다.

"엄마," 그녀가 말했다. "엄마예요?"

"제이미, 어제 나에게 전화했었니?"

"아니요, 안 했어요." 그녀는 답했다. 우리는 침묵했다. 오랫동안 정적이 흘렀다. 그리고 제이미가 말을 꺼냈다. "엄마, 절 용서해주실래요?" 그녀는 물었다. "집에 돌아가고 싶어요."

☘ 힐링 한 스푼
　풀리지 않은 신비 속에서 치유의 힘을 찾아냅니다.

59

NATURE
자연

어떤 사물이나 사람의 핵심적인 특성 혹은 성질
문명화되거나 인공화 되거나 그러한 영향을 받지 않은
존재의 원시적 상태

자연은 인간과 함께 현실을
공동으로 창조하는 존재다.
자연은 마음, 몸과 정신의 균형을 맞추어준다.

−디팩 초프라(Deepak Chopra)

자연은 질병을 치유한다.
의약 기술은 환자를 속일 뿐이다.

−볼테르(Voltaire)

나는 자연이라는 이름의 신을 믿는다.

−프랭크 로이드 라이트(Frank Lloyd Wright)

자연, 시간, 인내심.
이 세 가지는 위대한 의사다.

−불가리 속담

자연은 질병을 치유한다.

—히포크라테스(Hippocrates)

암세포를 제거하기 위한 방사선 치료를 마치고 8주가 지난 후, 테드와 나는 안식일 계획을 세웠다. 우리는 대부분의 일정을 버카나에서 보내기로 했다. 그곳에 갈 때마다 대자연은 언제나 우리가 미처 발견하지 못했던 것들을 선사하곤 한다. 어느 날 아침, 잠에서 깼을 땐 집 마루의 난간에 밝은 노란색의 콩새 무리가 앉아 있었다. 어떤 때는 곰이 새끼 두 마리와 함께 가두행진하기도 했다.

이전에는 몰랐던 자연의 모습을 새로 발견할 때마다 나는 일상 속의 이해관계를 떠나, 광활한 자연에 내 삶을 비추어보게 된다. 이번 안식 기간에도 그랬다. 수많은 곰팡이들이 땅에, 나무에, 심지어 바위 위에도 자라는 것을 처음으로 본 것이다. 크고 작고 딱딱하고 부드럽고 산호처럼 생긴 노랑, 주황, 하양, 잿빛, 빨강, 파랑, 갈색 심지어 보라색으로 물들여진 돌기가 마법처럼 한 군데에 모여 있었다. 호기심 때문에 새로 발견한 곰팡이에 눈을 뗄 수가 없었다. 그리고 불과 한 달 전만 해도 내 방사선의가 내 가슴 속의 못생기고, 거슬리는 곰팡이 같은 물질을 제거하고 있었다는 사실이 떠올랐다. 암세포 역시 어쩌면 곰팡이처럼 자연스럽게 생겨나는 것 중 하나가 아닐까?

내 가슴속에서 자라던 곰팡이는 나의 내부 세계를 파괴하는 데 탐닉하던 낯선 침입자 같았다. 하지만 버카나에서는 내 손녀뻘 되는 요정이 다가와 속삭여주는 듯했다. 이 화려한 색깔을 가진 외부 세계의 곰팡이는 실은 사람들과, 사슴 같은 동물과, 집 짓는 두꺼비와, 곤충들에게 건강한 양분을 제공하고 있는 것이라고.

나는 왜 버카나의 땅에서 자라는 곰팡이를 알아차리지 못했을까? '외부 세계'가 나의 내부 세계와 치유의 길에 대해 무언가 말해주고 싶었을까? 내 가슴 속에서 자란 곰팡이, 그리고 눈에 선명하게 보이는 바깥세상의 곰팡이는 모두 자연에 대해 무언가 말해주는 것 같았다. 주위를 눈을 돌려 자연을 보라고, 자연은 내 안과 밖을 구분하지 않고 모두를 치유의 길로 이끈다고 말이다.

꽃 힐링 한 스푼
자연을 통해 진정한 본질을 생각합니다.

60

NOURISH
영양분

생명과 성장에 필요한 음식을 제공하는 것
어떤 것의 발전을 조성하는 것

밭을 갈 때마다 우리 몸은 음식이 된다.

−뮤리엘 루케이저(Muriel Rukeyser)

진정으로 기뻐할 때마다
당신은 영양분을 공급받는다.

−랄프 왈도 에머슨(Ralph Waldo Emerson)

정복할 것이냐, 보살필 것이냐.
몸은 정복해야 할 적이 될 수도, 건강과 행복을 꽃피우
도록 보살펴야 할 친구가 될 수도 있다.
몇 세기 동안 현자들이 말해왔듯이,
사랑은 가장 훌륭한 치유자다.

−미르카 내스터(Mirka Knaster)

배고픈 사람에게 2 더하기 2가 몇이냐 묻는다면

빵 네 조각이라 답할 것이다.

−힌두 속담

축제에서는 두 명의 손님을
즐겁게 하는 것을 기억하라.
당신의 몸과 영혼이다.
허나 몸에게 준 것은 곧 잃고,
영혼에게 준 것은 영원히 가질 것이다.

−에픽테토스(Epictetus)

섭식장애와 약물 남용에 고통받는 많은 사람들처럼, 내 어머니는 자신이 마치 영양실조에 걸린 사람처럼 보인다는 사실을 깨닫지 못했다. 그녀는 여러 모로 아버지를 기쁘게 하기 위해 노력했는데, 그중 하나는 늘씬한 몸매를 유지하는 것이었다. 아름다운 옷과 정교한 액세서리는 어머니의 인생의 거의 전부였는데, 그것이 어울리려면 펜처럼 가늘고 완벽한 몸매를 가져야 했던 것이다. 그 때문에 어머니는 더욱 절망과 좌절에 빠져 자살을 시도하기도 했다. 지금도 나는 어머니의 삶에 영양분을 공급해야 할 피가 손목에서 쏟아져 내리던 장면을 뼛속 깊이 기억한다.

딸과의 건강한 관계를 잃어버린 채 25년이 지나서야 어머니는 마침내 아버지를 떠났다. 이혼생활은 쓰디썼다. 이후 몇 년간 자학을 계속하던 어머니는 어느 날 새로운 시선으로 거울

속 자신의 모습을 보게 되었다. 그리고 자신이 뼈밖에 남지 않은 이상한 사람이 됐다는 것을 깨달았다. "정말 무서웠단다." 그녀는 말했다. "그 무섭게 생긴 여자가 바로 나의 몸일 뿐 아니라 마음과 정신의 모습이란 걸 깨달았어."

그 후 10년간 어머니는 자신의 몸과 마음과 영혼을 스스로 치유해나갔다. 그녀는 마침내 적정한 체중을 유지하게 되었고, 음주와 흡연을 멈췄고, 오랫동안 잊고 있었던 종교적 전통을 되찾았다. "네 할머니가 날 팔에 안아주던 시절 이후로 이렇게 안전하고, 안심되고, 영양분이 충분한 느낌을 받는 건 처음이다." 언젠가 어머니는 날 찾아와 그렇게 말씀하셨다.

작가 M.F.K는 이렇게 썼다. "당신, 그리고 우리에게 기본적으로 필요한 것은 음식, 안전과 사랑이다. 이 세 가지는 서로 섞이고 어우러지고 뒤엉킨 것이어서 하나만 따로 떼어 생각하기가 어렵다."

❀ 힐링 한 스푼
몸과 마음과 정신에 자기애의 영양분을 공급합니다.

61

NOW
현재

현재의 시간 혹은 지금 이 순간

삶을 제대로 사는 유일한 방법은 각각의 순간을
돌아올 수 없는 기적처럼 받아들이는 것이다.
지금 이 순간을 돌아올 수 없는 기적처럼 여겨야 한다.

−스톰 제임슨(Storm Jameson)

당신은 언제 어떻게 죽을지 알 수 없다.
단지 지금 어떻게 살 것인지 결정할 수 있을 뿐이다.

−조안 바에즈(Joan Baez)

당신은 과거에 대해 죄책감을 갖거나,
미래를 불안해 할 수도 있다.
그러나 오직 현재에만 행동할 수 있다.
정신건강의 필수요소는 현재를 사는 것이다.

−에이브러햄 매슬로(Abraham Maslow)

반드시 깨어나야만 하는 순간이 있다.
바로 지금이다.

—붓다

지금이 아니라면, 언제?

—탈무드

작가 람 다스는 그의 책과 선행으로 인해 현자로 불린다. 60대 후반에 그는 심각한 뇌졸중에 걸리게 되었는데, 1년 후 말은 할 수 있게 되었지만 멈칫거리기 일쑤였고 단어를 떠올릴 때마다 더듬거리게 되었다. 람 다스의 병원치료를 위해 큰 자선행사가 열렸다. 친구들이 그의 연설을 듣기 위해 모여들었다. 람 다스는 연설에서 자신을 위한 자선행사에 자신이 참석하는 것은 궁색한 일이지만, 그것이 바로 그가 여기에 온 이유라고 했다. 그는 자신의 곤궁과 현재의 삶에 대한 이야기를 들려주었다.

지난 세월 동안 저는 카르마 요가 수행자이자 봉사자였습니다. 남에게 봉사하는 법, 남을 돕는 법에 관한 책을 썼습니다. 이제 반대가 됐군요. 저는 다른 사람들의 도움을 받아 침대에서 일어나고 눕습니다. 다른 사람이 절 먹여주고, 제 바닥을 닦아줍니다. 실로 도움을 받는 것이 주는 것보다 어렵다고 저는 말씀드릴 수 있습니다!

그런데 이것은 또 다른 차원의 새로운 삶에 불과합니다. 마치 죽었다가 다시, 또다시 태어난 것과 같습니다. 60대에 전 하버드대의 교수였습니다. 교수직에서 물러나서는 팀 러니와 데이트하며 마약을 했지요. 70대엔 그런 삶을 끝내고 구루(스승) 바바 람 다스가 되어 인도로 돌아갔습니다. 80대에는 봉사가 전부였죠. 시바 재단을 공동설립하고, 병원을 짓고, 난민과 죄수와 함께 일했습니다. 뇌졸중으로 저는 또다시 죽었고, 불구의 몸으로 새 삶을 얻었습니다. 지금 여기가 바로 제가 있는 곳입니다. 또한 여러분은 여기에 오기로 되어 있었던 것입니다. 우리는 지금 그것을 배우고 있는 것입니다.

✿ 힐링 한 스푼
내가 지금 어디에 있는지 알게 된다면
각각의 순간이 돌이킬 수 없는 기적임을 알게 됩니다.

62

OBSTACLE

장애물

어떤 행위를 막거나 과정을 늦추는 것

장애물을 추구하라.
그럴수록 자유로워질 것이다.

−마크 네포(Mark Nepo)

산이여! 길을 비켜라!

−몬텔 윌리엄스(Montel Williams)

장애물이 없는 길은
아무 곳에도 닿지 않는다.

−프랭크 A. 클라크(Frank A. Clark)

장애물이 곧 길이다.

−중국 속담

한 왕이 길에 커다란 바위를 놓고는 숨어서 누가 바위를 치우는지 보았다. 왕국에서 가장 부유한 상인과 신하들은 이곳에서 바위를 쳐다보기만 했다. 이들은 왕이 길을 깨끗하게 치우지 않는다고 큰 소리로 불평했지만 아무도 바위를 치우지는 않았다. 한 소작농이 배추를 가득 싣고 나타났다. 바위에 도착한 그는 짐을 내려놓고 바위를 길옆으로 옮기기 시작했다. 안간힘을 쓰며 밀어낸 끝에 그는 마침내 성공했다. 소작농은 다시 배추를 지려고 일어섰다가 바위가 있던 자리에서 주머니를 발견했다. 주머니에는 금화가 한가득 들어 있었고, "길에 놓인 바위를 치운 사람에게 주는 상금"이라는 왕의 편지가 들어 있었다.

내 의붓아들 크리스는 장애물에 대해 잘 안다. 크리스는 차사고로 심한 두부외상을 입었고, 그 이후 휠체어를 동료 삼아 지내야 했다. 크리스와 함께 있을 때면 장애물에 대해 떠올리지 않을 수 없다. 휠체어는 일반 출입구에는 잘 맞지 않는다. 화장실은 1층에 없을 때도 많다. 사람들이 인지력 문제로 단어를 잘 떠올리지 못하는 크리스를 꼭 인내심 있게 기다려주는 것도 아니다. 하지만 바위처럼 큰 장애물에 발이 걸릴지라도, 나는 크리스가 그것을 징검다리 삼아 건너가는 것을 수없이 보았다. 어떤 곳은 울퉁불퉁하고 바퀴자국이 패여 있어 인내심과 고집이 필요했다. 접근하기 힘든 침실에 가기 위해 다른 사람에게 도움을 요청하는 용기와 자신감이 필요했다. 단어가 잘 떠오르지 않을 땐 필요한 것을 표현하기 위해 창의력과 상상력을 동원해야 했다.

지난 26년간 크리스는 자기 앞에 놓인 장애물을 창의적으로 제거해나가는 데 익숙해졌다. 장애물 극복에 성공할 때마다 입가에 번지던 미소는 바로 그 '숨겨진 보물'을 찾았음을 의미했다. 크리스는 나 자신의 육체적 한계에 대해서도 생각하게 만든다. 그래서 나는 그를 볼 때마다 궁금해진다. 내 정신과 영혼 안에 숨겨진 보물을 찾기 위해서는 어떤 장애물을 끈기 있게, 용기 있게, 자신감 있게, 인내심 있게, 창조적으로 없애나가야 할까?

힐링 한 스푼

내 치유의 길에 놓인 장애물은
걸림돌이 아니라 징검다리입니다.

63

OPPOSITES
반대

사실, 특성, 의미가 전적으로 다른 것

마음속에 두 가지 모순된 믿음을
자연스럽게 가지며 받아들이는 것을
이중사고라 한다.

–조지 오웰(George Orwell)

우리는 신성함과 야수성,
인간적인 것과 비인간적인 것
사이에서 시소를 탄다.

–아브라함 조슈아 헤셸(Abraham Joshua Heschel)

한쪽편이 많아지면
반대편이 반응한다.

–플라톤(Plato)

하늘과 땅을 증인으로 삼아 내가 너에게

삶과 죽음, 축복과 저주를 내렸음을
증언하게 하리라.

–신명기 30:19

인생의 정해진 틀을 벗어난 채 빛과 어둠이 뒤엉기는, 모순과 부조화가 교차하며 공존하는, 구분되어 있던 것들이 합쳐지는 당신만의 비밀장소는 어디인가?

테드는 이혼 전후로 깊은 상처를 입었고, 상실감에 빠졌다. 그런데 그를 놀라게 한 건, 법적 세부사항이 너무도 빠르게 처리되어 나갔으며 곧이어 양 측이 소유권을 두고 발작적인 분노를 표출하기 시작했다는 것이었다. "주도권 싸움에 휘말려 본질은 잃어버리고 사람의 탈을 쓴 인형이 된 느낌마저 들었죠. 한편으로는 모든 것을 포기하고 끝내고 싶었습니다. 하지만 한편으로는 23년간의 결혼생활 동안 내가 아껴온 것만큼은 내 것으로 하고 싶었어요." 그는 그렇게 회상했다.

이 문제와 관련해 둘 다 뾰족한 해결책을 떠올리지 못했다. 그 날이 찾아오기 전까지는 말이다. "한 친구와 함께 차를 타고 2시간이 걸리는 미팅장소로 이동하고 있었어요. 우리 집안 대대로 내려온 사이드보드에 대한 이야기를 꺼냈죠. 이야기를 끝내니 마음속이 후련해지더군요. 내가 더 이상 그것에 목 매달 필요가 없다는 느낌이 들었습니다. 그래서 차창을 열고 마음속으로 그 사이드보드 캐비닛을 날려 보냈어요. 그 후 제가 가져가려 했던 물건들, 그리고 그것을 전 부인과 내가 어떻게 마련

했는지를 전부 털어놓기 시작했죠. 이야기가 끝날 때마다 창문을 열어 그것들을 내보냈어요. 미팅장소에 도착할 때쯤 뭔가 달라졌어요. 결혼생활에 대한 좋은 기억이야말로 진정한 재산이라는 것을 깨달았죠. 물건들을 잃는다고 해서 물질적으로 결핍해지는 것이 아님을, 풍족함의 '바깥'에서도 살 수 있음을 알게 되었어요. 제가 이 경험을 통해 무엇을 얻었든, 그것은 아주 많은 것이었습니다."

"반대의 것들이 신성한 장소에서 서로 만나는 지금 이 순간이 마법이다."『질병의 연금술』의 저자 캣 더프는 이렇게 말한다. "치유의 기적은 그러한 교차점에서 일어난다. 꼭 필요하거나 필연적인 것은 아닐지라도, 신이 내린 은혜의 순간에."

❋ 힐링 한 스푼
반대되는 욕망들 사이에서 혼란스러울 때도
치유의 가능성은 찾아옵니다.

64

OPTIMISM
낙관주의

가능한 한 최선의 결과를 예상하는 경향

낙관주의자는 상처를 보고
곧 흉터가 되리라고 생각한다.
비관론자는 흉터를 보고 상처를 떠올린다.

−에른스트 슈로더(Ernest Schroder)

낙관주의는 코끝까지 뜨거운 물이 찬
찻주전자까지도 노래하게 만든다.

−해럴드 헬퍼(Harold Helfer)

낙관주의는 고개를 높이 들고,
자신을 위한 미래를 주장하며,
적에게 미래를 내어주지 않는 것이다.

−디트리히 본회퍼(Dietrich Bonhoffer)

뭐든지 좋다, 라는 말은 옳다.

−그리스 속담

부지런히 씨를 뿌려라,
이것이 잘 될지, 저것이 잘 될지,
아니면 모두 잘 될지 알 수 없기 때문이다.

-전도서 11:6

랍비인 메나헴 멘델 슈니어슨은 1994년에 사망하기 전까지 44년 동안 유대교 종파 루바비치 운동을 이끌었으며 '레베 (Rebbe)'로도 알려져 있다. 세계적인 현자이자 선지자로 존경받는 레베는 건강을 신성한 것으로 여겼다. "건강은 36.5도의 체온을 유지하는 것 그 이상이다. 좋은 건강은 건강한 몸에 깃든 건강한 정신이다"라고 그는 썼다.

덧붙여 "신에 대한 믿음으로 더욱 강화된 낙관주의는 약과 치료만큼이나 중요하다"고 그는 말한다.

랍비 시몬 제이콥슨이 레베의 글을 모아 펴낸 책 『의미 있는 삶을 향하여: 레베의 지혜』에 따르면, 레베는 1977년에 심각한 심장마비를 겪었다. 그러나 바로 그 다음날에도 그는 지난 38년간 그래왔던 것처럼 신도들에게 강연하기를 멈추지 않았다. 며칠 후 의사가 레베의 상태를 묻자 그는 답했다. "육체적으로는 신께 감사합니다만, 정신적으로는 그리 좋지 않군요." 이는 아마도 그가 사랑하는 장인과 조상의 묘지를 찾아 조용히 기도와 명상을 하며 시간을 보낼 수 없었기 때문일 것이다. 보통 그는 한 달에 몇 번씩 그렇게 해왔기 때문이다.

"건강을 돌보셔야 합니다." 의사가 강력히 권했다. "그렇지 않으면 재발할 확률이 25%나 됩니다." 의사는 레베에게 자신의 말을 이해했느냐고 물어보았다.

"오, 그럼요." 레베가 미소를 지으며 답했다. "당신은 제가 심지어 건강을 돌보지 않더라도 병이 재발하지 않을 확률이 75%나 된다고 말했지요."

어느 날은 병원 직원이 레베를 찾아와 축복을 내려달라고 부탁했다. 그는 레베에게 자신이 '병동'에서 일한다고 말했다. 그러자 레베는 '의사의 집'이나 '치유의 집'으로 고쳐 부르는 게 어떻겠느냐고 제안했다. 환자가 '치유해줄 집'으로 들어가고 있다고 느낀다면 그의 의지도, 용기도 북돋워지지 않겠느냐는 것이었다.

힐링 한 스푼

오늘 나는 '반이나 비어있는 잔'이 아니라
'반이나 차있는 잔'이라고 말합니다.

65

PASSION
열정

강하게 동기가 부여된 상태
압도적인 느낌이나 확신

우리는 열정을 가지는 한편
정체성을 지키려 노력하는 사이
삶을 창조한다.

−토머스 무어(Thomas Moore)

삶이란 곡예사처럼 줄을 타는 것이다.
줄을 타지 않는 시간은 기다리는 시간이다.

−칼 월렌더(Karl Wallenda)

열정은 자신의 본질을 표현하게 해준다.
열정을 가진 사람은 무언가를 사랑하게 된다.

−진 시노다 볼렌(Jean Shinoda Bolen)

모든 인간의 행동에는
다음과 같은 이유가 존재한다.

기회, 본성, 충동, 습관, 이유, 열정 그리고 욕망.

－아리스토텔레스(*Aristotle*)

열정은 착한 하인이자 나쁜 주인이다.

－그리스 속담

작가이자 철학자인 샘 킨은 비행기도, 연도 아닌 열기구로 비행하는 데에 빠져 있다. 킨에게 비행은 서커스의 공중그네와 마찬가지다. 62번째 생일을 맞던 날 열기구 타는 법을 가르쳐 준다는 광고전단지를 본 이후, 그는 줄곧 열기구를 타고 하늘을 날아오르고 있다.

그의 저서 『나는 법 배우기』에서 킨은 하늘을 날고 싶어 했던 어린 시절의 꿈을 추억한다. 그러면서도 마음 한 구석의 두려움 때문에 열기구를 타기엔 너무 늙었을지도 모른다는 꺼림칙한 생각을 하게 되었다는 사실도 인정한다. 하지만 그 모든 우려에도 불구하고 열정은 여전히 킨의 삶에 활기를 불어넣었다.

"열정은 대개 이성적이지 않으며 맹목적이다."라고 그는 말한다. "당신은 갑자기 도박에 빠질 수도 있다. 결혼을 포기할 수도, 새로운 애인을 사귈 수도, 회사를 그만둘 수도, 요트를 사들일 수도, 서커스 곡예단과 눈이 맞아 달아날 수도 있다. 정규 코스를 살던 당신은 자신의 애정이 향하는 명시적인 목표가 사실은 자기 자신에게조차 숨기고 싶은 은밀한 바람의 대용물이라는 것을 깨닫게 될 것이다. 지난 세월 동안 나는 머릿속을 스쳐가는 환상과 가슴에서 솟아오르는 열정을 무시하는 것이 얼마나 위험한 일인지 알게 되었다."

'열정(passion)'의 어원은 라틴어 'pati', 즉 '고통받다.'라 는 뜻이다. 만일 우리가 마음속 가장 깊은 곳의 열정을 무시한 다면 고통 받을 것이다. 기회를 찾으려 나 자신을 움직일 조종 대에 앉을 때마다 두려움이 막아설 것이다. "열정이 더 이상 정 신에 물도, 영양분도 공급하지 않는다면 버려진 들판의 메마른 흙에서 잡초가 솟아나듯 두려움이 자라날 것이다." 킨은 현대 인이 좌절과 우울감을 겪는 주된 이유는 열정적으로 창조성을 발휘하거나 삶에 의미를 부여하지 않기 때문이라고 본다. 열정 적으로 사는 사람이라면 현재의 모습에 갇혀 꼼짝도 못하는 일 은 일어나지 않는다. 반대로, 열정적인 사람은 자신이 원하는 모습이 되어 꽃을 피우기 시작할 것이다.

💮 힐링 한 스푼
　　열정적인 사람은 자신이 원하는 모습이 되어
　　꽃을 피우게 됩니다.

66

PEACE

평화

**전쟁이나 폭력이 없음
내적 만족, 평온함**

평화를 찾는 것은
콧수염이 달린 거북이를 찾는 것과 같다.
당신은 평화를 찾을 수 없을 것이다.
그러나 마음의 준비를 하면
평화가 당신을 찾아올 것이다.

—아잔 차(Ajahn Chah)

나는 이해할 수 없는 평화를 원하지 않는다.
나는 무엇이 평화를 가져다주는지 이해하고 싶다.

—헬렌 켈러(Helen Keller)

평화로움을 알게 되면
우리는 치유 받고 또 변화할 것이다.
그것은 신념이 아니라 연습의 문제다.

—틱낫한(Thich Nhat Hanh)

당신의 이글루 속에 따뜻함이, 램프에 기름이,
마음속에 평화가 깃들기를.
−에스키모 속담

평화는 승리나 패배보다 값지다.
−바가바드 기타(Bhagavad Gita)

지난 크리스마스에 누군가 "희한한" 평화에 대한 이야기를 들려주었다. 1914년 1차 세계대전이 벌어지던 유럽의 크리스마스 날에 벌어진 일이다. 크리스마스 전날 밤 피로 물든 전장에 어둠이 드리웠을 때, 스물다섯 살의 에드워드 헐스 중위는 이상한 사건에 대해 적었다.

F. 마커라는 이름의 정찰병이 정찰을 나갔다가 독일 수색대를 만나 위스키 한잔과 담배와 쪽지를 받고 돌아왔다. 쪽지에는 이렇게 쓰여 있었다. "우리가 쏘지 않았다면 그들도 우리를 쏘지 않았을 것이다." 그날 밤 교전이 갑자기 멈추었다. 다음날 아침 독일 장군들이 영국 전선을 향해 걸어 나왔고 영국은 그들의 적을 맞으러 나갔다. 그들은 서로 기념품을 교환했다. 영국군은 독일 장교들에게 크리스마스 인사로 건포도 푸딩을 건넸다. 곧 합의가 이뤄졌는데 누구의 것도 아닌 땅에 쓰러져 죽은 영국 장교들을 묻어주자는 것이었다. 독일군은 시신을 가져왔고, 서로의 기도가 오고 갔다….

또 다른 영국군 두건 채터 소위는 참호에 있다가 그날의 크리스마스에 대해 기록했다. 두 명의 독일군이 참호에서 나와 자신의 진지로 향할 때였다.

그들을 향해 곧장 발포하려던 참이었다. 그런데 그들이 라이플총을 갖고 있지 않다는 걸 발견하고는 우리 중 하나가 그들을 만나러 뛰어 나갔다. 대략 2분 후, 두 전선의 참호와 참호 사이에서 양 측의 장교들과 군인들이 서로 악수하며 행복한 크리스마스를 기원하는 인사를 떠들썩하게 나누기 시작했다. 상급자가 복귀 명령을 내릴 때까지 이는 거의 한 시간 동안 지속되었다.

💮 힐링 한 스푼
<u>이 세상의 평화는 나에게서 시작됩니다.</u>

67

PERSEVERANCE

인내

어떤 행위, 신념이나 목적을 고수하며
꾸준히 그 상태를 유지하는 것

어려움을 빠져나가는 가장 좋은 방법은
헤쳐 나가는 것이다.

-로버트 프로스트(Robert Frost)

어떤 특정한 상태를 유지하는 것은
유기체의 속성이다.
그러나 그것은 기계적 방식으로 정체(停滯)되는 것을 의
미하지 않는다. 상호작용하며 역동적으로,
또 자신의 끝을 스스로 만드는 불안정한 과정을 통해 목
표를 이뤄가는 것이다.

-어슐러 K. 르귄(Ursula K. Leguin)

나는 내 나름대로의 낙관주의자다.
그 문을 열 수 없다면 다른 문을 열 것이다.
그도 아니라면, 새 문을 만들 것이다. 현재가 아무리 암

올해도 멋진 미래는 반드시 찾아온다.

–조안 리버스(Joan Rivers)

기도하라, 동시에 바닷가를 향해 노를 저어라.

–러시아 속담

산을 없애는 자는
작은 돌을 옮기기부터 시작한다.

–중국 속담

악성종양을 제거한 후, 가슴 쪽을 벗어나서 퍼진 암세포를 확실히 제거하기 위해서는 33번의 방사선 치료를 받아야 한다고 말했다. "서른세 번이나!" 걱정스러운 마음이 들었다. "그 많은 방사선을 내가 어떻게 견디지? 의사들은 어떻게 그게 나에게 해를 입히지 않고 도움을 줄 거라고 확신하지? 다른 방법은 없을까? 31번이나 32번도 아닌 33번이어야 할 특별한 이유가 있을까?"

나는 수술의에게 더 생각해보겠다고 했다. 방사선 치료를 받아본 여성들과 이야기해보고, 다른 의사의 의견도 들어보고, 관련된 책도 읽어보기로 했다. 의사는 내 계획을 흔쾌히 지지해줬다. 며칠 뒤 나는 방사선 치료를 하기로 결정하고, 병원에 전화해 첫 번째 약속시간을 정했다.

6주 반 동안 일주일에 5일씩, 나는 눈에 보이지 않는 방사선으로 눈에 보이지 않는 암세포를 제거하는 치료를 받았다. 나를 둘러싼 거대한 장비들을 볼 때마다 머릿속이 멍해지고 마음이 혼란스러웠다. 주말만이 지친 몸과 마음을 쉬고 자신을 되돌아보는 안식일이 되어주었다.

이 힘든 일정은 끝이 없어 보였다. 하지만 반쯤 왔을 때 나는 갑자기 인내심이 빛을 발휘하는 것을 느꼈다. 시간이 좀 더 빠르게 흐르기 시작한 것이다. 그리고 끝이 보이기 시작했다. 사회개혁가이자 작가인 제이콥 리스의의 구절을 발견한 것도 그때였다. 리스는 이렇게 썼다. "아무것도 날 도와주지 않는 것 같을 때, 나는 돌을 내리치는 석공을 바라본다. 그들은 금도 가지 않는 돌에 100번씩이나 망치질을 한다. 돌은 101번이 되는 순간 둘로 쪼개진다. 나는 돌이 부서진 것은 마지막의 내리침 때문이 아니라, 그 전부터 두드려온 것이 쌓였기 때문이라는 사실을 알고 있다." 한 번 덜 받고 더 받는 것이 중요한 것이 아니었던 33번의 방사선 치료를 굳게 견디는 것 역시 그러한 것이었으리라.

❋ 힐링 한 스푼
인내심을 갖고 치유의 여정을 걷는다면
작은 걸음과 큰 걸음 모두가 중요하다는 것을
알게 됩니다.

68

PERSPECTIVE

관점

한 사건 혹은 그 부분과 관련된
시각이나 전망

우린 인생의 뒷모습밖에 이해할 수 없지만,
인생을 살 때는 앞을 향해 살아야 한다.

–쇠렌 키에르케고르(Søren Kierkegaard)

비극과 코미디는 현실의 두 가지 측면에 불과하다.
그것을 비극으로 볼지, 유머로 볼지는
당신의 관점에 달렸다.

–아놀드 바이써(Arnold Beisser)

누구나 자신의 상상력의 한계를
세상의 한계로 잘못 받아들인다.

–아르투르 쇼펜하우어(Arthur Schopenhauer)

이웃의 말이나 생각을 듣지 않는 사람은
시간을 절약할 수 없다.

–마르쿠스 오렐리우스(Marcus Aurelius)

모든 면에서 아름다운 것은 없다.

-오라스(Horace)

테드의 아들 크리스가 자동차 사고로 장애를 입은 후부터, 그의 예배에 모인 신자들은 "당신에 비하면 나는 덜 불행하다"고 말하곤 한다. "당신의 아드님이 겪은 것에 비하면 큰일이 아니겠지만요." 자신에게 닥친 위기나 걱정거리를 이야기할때 그런 말로 시작하는 것이 신자들에게는 습관처럼 되어버렸다. 그런데 테드는 그렇게 생각하지 않는다.

크리스가 아직 병원에 입원해 있을 때의 일이다. 그의 신자가 테드에게 전화를 걸어왔다. 자신의 다섯 살 된 딸의 팔이 부러져 응급실에 있다는 것이었다. 이때를 회상하며 테드는 말했다. "응급실에 가보았더니 부모님들의 얼굴은 온통 괴로움과 걱정으로 가득했죠. 딸이 너무나도 무서워하며 아파해서 어머니는 주체하지 못하고 울음을 터뜨렸어요." 테드에 의하면 그들은 신앙심이 깊은 가족이었고, 딸 케이티를 달래면서 하느님과 의사가 '낫게' 해줄 것이라고 말하기도 했다. 하지만 그 말은 딸에게 위안이 되지 못했으며 기적도 일어나지 않았다. 케이티의 부모님은 무력감을 느꼈고, 눈앞에서 일어난 사고를 막지 못했다며 자책했다. "하지만 그 순간에도 그분들은 제게 폐를 끼치고 싶어 하지 않았죠. 그리고는 말했어요. '테드, 우리 아이는 겨우 팔이 부러졌을 뿐이에요. 크리스가 겪은 일에 비하면 아무것도 아니죠.'"

"우리는 다른 사람이 아닌 자신의 입장에서 생각한다." 작가 아나이스 닌은 말했다. 무언가가 우리를 뿌리까지 흔들며 세상을 거꾸로 뒤집어 놓을 때가 있다. 이때 균형감 있게 대처하려면, 우리는 어떤 관점으로 세상을 바라볼지 조심스럽게 선택해야 한다. 그렇게 해야 몸과 마음과 영혼으로 느낀 것을 소중히 하고, 내가 어떤 고통을 겪고 이는지 깨달아 거꾸로 된 세상을 돌려놓을 수 있다. 그리고 끝없는 지혜를 발휘해 우리의 고통, 아픔과 뒤집어진 세상을 바로 세워줄 방법을 알려주고 싶어 하는 사람들을 소중히 여길 수 있다.

"우리 중 누구도 다른 사람의 고통과 회복을 예측할 수 없죠." 테드는 말한다. "저는 크리스의 사고를 저의 관점으로 봅니다. 제 가족들도 모두 자신의 관점으로 봅니다. 그 일로 인해 저는 다른 사람보다 상처를 더 받거나 덜 받은 것이 아닙니다. 상처는 상처일 뿐입니다. 아시죠? 26년이 지난 지금도 그날을 돌아볼 때마다 마음이 아픕니다. 너무 많이는 아니더라도요."

❀ 힐링 한 스푼
나만의 관점으로 삶을 바라보며 소중히 여깁니다.

69

PLAY

놀이

오락, 스포츠 등의 여가활동
흥미 혹은 여가 활동

놀이를 멈추지 말아야 한다.
우리는 늙기 때문이다.
놀이를 멈추기 때문에 늙는 것이다.

—아논(Anon)

마음이 우울해지면 몸도 우울해진다.
이는 세포 단위까지 전달된다.
놀이를 통해 당신의 에너지를 끌어올리는 것을
첫 번째 목표로 삼아라.
놀이를 통해 에너지를 충전하고 절망을 벗어나라.

—O. 칼 사이먼튼(O. Carl Simonton)

놀이는 가능성으로 가득한 환희다.

—마르틴 부버(Martin Buber)

우리는 놀 때 어떤 사람인지 드러난다.

—오비드(Ovid)

인생을 놀이처럼 살라.

—플라톤(Plato)

프레드 도널드슨 박사는 자폐증 어린이, 갱 단원을 비롯해 늑대, 회색곰과 노는 것이 직업인 놀이전문가다. 어린 시절의 당신도 놀이를 하면서 어렴풋이 느꼈듯이, 그는 인생이라는 게임의 목적이 "이기는 것이 아니라, 하나가 되는 것"이라고 한다. 또한 도널드슨은 자유롭고 비경쟁적인 놀이에 치유의 힘이 있다며, 선천성 뇌성마비를 앓는 38세의 청년의 이야기를 들려준다.

우리는 같이 무도회장에 갔었죠. 저는 더그에게 휠체어에서 내려 놀자고 했어요. 그가 아주 열정적이기에 저는 그가 휠체어에서 뛰쳐나올 줄 알았어요. 더그는 휠체어에서 자신을 내려주는 방법을 차분하게 알려주었죠. 그리고 우리는 잔디밭을 뛰노는 소년들처럼 서로를 부둥켜안고 엎치락뒤치락하며 바닥을 굴러다녔어요. 우리는 숨이 차서 카페트에 누운 채 서로를 끌어안고 쉬었죠. 그날 저녁, 더그는 부모님이 자신을 만지는 것을 두려워했다는 이야길 털어 놓았습니다. 그리고 울음을 터뜨렸죠. 더그는 아버지와 놀기를 언제나 바라왔지만, 그러지 못한 채로 아버지는 돌아가셨어요. 그는 말했죠. "아버지는 절대

놀아주지 않았고, 아무도 나와 놀아주지 않았다"고.

아주 오래전 일이다. 나는 레이크 에리의 해변에서 어린 아이들이 내 친구와 신나게 노는 모습을 구경하고 있었다. 세 사람은 나에게 함께 놀자고 졸라댔다. 하지만 일어서려 할 때마다 "안 돼!"라고 외치는 오래된 목소리가 날 모래바닥에 못 박힌 듯 앉아 있게 만들었다. 문득, 내 어린 시절 대부분의 시간 동안 아버지가 밖에 나가 놀지 못하게 했었다는 사실이 처음으로 떠올랐다. 그 때문에 나는 아이들과 자연스럽게 뛰노는 것을 어려워하게 된 것이다. "다시는 안 돼." 나는 부서지는 파도를 향해 소리쳤다. 나는 눈물을 닦고 나의 아이들과, 그리고 내 안의 어린아이와 함께 놀기 위해 물 속으로 뛰어들었다.

❀ 힐링 한 스푼

치유의 놀이를 경험하기에 늦은 때란 없습니다.

70

PRAYER
기도

신 혹은 경배의 대상에게
이야기하거나 간청할 때 사용하는 특정한 말의 형식

기도는 신을 바꾸는 것이 아니라,
기도하는 사람을 바꾼다.

−쇠렌 키에르케고르(Søren Kierkegaard)

기도는 늙은 여자의 수수께끼 놀이가 아니다.
적절히 이해하고 적용하면
그것은 가장 강력한 행동이 된다.

−마하트마 K. 간디(Mahatama K. Gandhi)

기도는 인생의 의미를 생각하는 행위이다.

−루드비히 비트겐슈타인(Ludwig Wittgenstein)

목표를 위해 노력하지 않으면서 기도하고
신이 그것을 들어주길 바라는 것은 헛된 일이다.

−이솝(Aesop)

하늘에 감사하는 마음이야말로 완벽한 기도다.

—독일 속담

기도에 어떤 효과가 왜 나타나는지는 모르지만, 난 기도에 효과가 있다는 것을 안다. 수많은 증거가 그런 믿음을 뒷받침한다. 예를 들어 작가이자 물리학자인 래리 도시는 수많은 변수를 이용한 연구논문을 발표했는데 일반적으로 기도, 혹은 그와 비슷한 연민, 공감, 사랑의 감정이 다양한 사람들이 건강해지는 데에 도움을 주었다는 것이다. "이는 기도가 늘 효력이 있다는 것을 의미하진 않는다." 도시 박사는 말한다. "이를테면 약이나 수술보다 효과가 큰 것은 아니다. 하지만 통계적으로는 효과가 있음이 나타나고 있다."

통계자료가 기도의 효과에 대한 근거가 되어주기는 하지만, 이미 기도의 치유력을 경험한 사람에게는 새로운 내용이 아니다. 통계는 의심하는 사람들에게 유효할 뿐이다. 기도의 힘을 온 몸으로 경험한 나에게도 마찬가지다. 나는 그것을 장인에게 마지막 작별인사를 하기 위해 가족들과 함께 병원에 모이던 날 실감했다. 장인인 에드는 희귀 심장질환으로 생명이 위태로운 상태였다. 우리는 더 이상 취할 수 있는 의학적 조치도, 기적도 없다는 것을 알고 있었다.

에드가 곧 숨을 거둘 것이라는 소식을 듣고 그의 여섯 자녀와 배우자들이 병원에 도착하기까지는 몇 시간이 걸렸다. 그동안 나의 장모인 밀리는 혼수상태에 빠진 남편의 눈썹을 쓰다듬고 볼에 키스하며 껴안았다. 그들은 56년간 함께한 부부였다. 에드의 숨은 몇 번이나 느려졌고 깃털 하나도 올라가지 않을 듯이 연약해졌다. 밀리는 그가 곧 숨을 거둘 것임을 직감했다. 하지만 그는 깊은 코마 상태에서도 자녀들이 도착할 때까지 계속해서 숨을 쉬었다.

가족들이 도착하자, 에드는 정말로 세상을 떠나려는 듯했다. 정말로 때가 되었다는 생각에, 가족들은 에드가 떠나는 길을 편안하게 해주려 '어메이징 그레이스'를 부르기 시작했다. 하지만 서로 음이 맞지 않았다. 그러자 에드는 불안해하는 몸짓으로 우리가 치유가 아니라 폐를 끼치고 있다고 말해주는 것이었다. 우리는 멈추고 다시 침묵했다. 그리고 몇 분 후, 테드가 주기도문을 외우기 시작했다. 모두가 함께 기도했다. 서로의 손을 잡았다. 밀리는 에드의 손을 부드럽게 힘주어 잡았고, 다른 사람은 다른 사람끼리 손을 잡았다. 우리는 천천히, 아주 천천히 에드가 사랑하던 주기도문을 읊었다. 에드가 우리의 기도를 들었을까? 에드는 우리의 기도를 들었음이 분명했다. 우리 모두가 "아멘"이라 끝맺으며 숨을 내쉴 때 그 역시 그렇게 마지막 숨을 내쉬었기 때문이다.

힐링 한 스푼
기도는 몸과 마음, 영혼의 작고 고요한 목소리입니다.

71

QUESTIONS
질문

대답이나 생각이 필요한 물음 혹은 지적

가장 흥미로운 대답은
더 이상 질문할 것이 없는 대답이다.

−수전 손택(Susan Sontag)

인생은 무언가를 알아가는 것이 아니라
다음에 일어날 일을 모르는 채 변화하고,
순간을 포착하며, 최선을 다하는 것이다.
인생은 달콤한 애매함이다.

−길다 라드너(Gilda Radner)

너는 이미 존재하는 것을 보고 말하지.
"왜 그렇지?"
하지만 나는 이뤄진 적 없는 것을 꿈꾸며 말하지.
"왜 안 되지?"

−조지 버나드 쇼(George Bernard Shaw)

어려운 질문의 답은 틀림없이 어렵다.

−그리스 속담

지혜로운 사람의 질문은
질문 속에 답의 반이 들어 있다.

−솔로몬 이븐 가비롤(Solomon Ibn Gabirol)

남편과 나는 포코노 산의 수련원에서 열리는 '질문으로 살기(Living the Questions)'라는 9일짜리 세미나에 7년간 빠짐없이 참석했다. 2000년 여름, 평소 선생님에 가까웠던 나는 그때만큼은 학생에 가까웠다. 6개월도 채 안 되는 기간 동안 어머니와 시아버지를 잃고, 항암 치료를 받고, 딸이 다발성 경화증에 걸렸다는 소식을 들었으니 말이다. 나는 오랫동안 스스로에게 질문했다. "왜 하필 나일까? 왜 지금일까? 왜 안 될까? 이제 난 무엇을 해야 할까? 왜 해야 할까?"

질병과 죽음에 의한 고통, 절망, 불안과 두려움을 겪는 다른 많은 사람들처럼, 나는 질문에 대한 답만 얻으면 내 인생의 닳아 해진 부분이 고쳐질 것이라고 생각했다. 하지만 그게 아니란 것을 내 마음과 영혼이 더 잘 알고 있었다. 머릿속으로 질문을 던질 때마다 대답 대신 시인 라이너 마리아 릴케의 시구가 떠올랐다. "마음속에서 풀리지 않는 모든 것을 인내하며, 질문 그 자체를 사랑하라." 릴케는 말했다. "지금 답을 찾지 말라, 그대에게 주어지지 않을 것이므로. 그 답처럼 살 수 없을 것이므로. 중요한 것은 모든 것을 살아보는 일이다. 지금 그 문제를 살라."

그래서 그해 여름은 대답을 찾는 대신 질문했다. "질문을 '사랑' 하려면 무엇이 필요할까? 질문이 내 삶에 어떤 역할을 하는가? 질문하는 사람이 되기 위해서는 어떤 노력을 해야 하는가? 질문이 내 삶에 무엇을 약속해줄까? 나는 어떤 때 가장 질문하고 싶어지는가? 대답하는 사람이 되려면 어떤 노력을 해야 할까? 대답이 내 삶에 무엇을 약속해줄까? 대답을 원하지 않으려면 어떤 노력이 필요한가? 그것이 내 삶에 약속하는 것은 무엇인가?

요즘도 나는 이러한 질문을 하고 깊이 생각해본다. 치유의 여정에서도 질문을 계속하려면 자신에 대한 신뢰와, 용기와, 믿음이 필요할 것이다. 그렇게 던져진 질문은 징검다리가 되어 우리를 목적지로 이끌어줄 것이다.

✺ 힐링 한 스푼
내 마음속에서 풀리지 않은 모든 것을 인내하며
답이 주어지지 않은 질문을 사랑합니다.

72

REBIRTH

재탄생

**두 번째 혹은 새로운 삶,
르네상스, 부활**

매일 매일이 새로운 삶이다.
그것을 잡으라. 그것을 살라.

–데이비드 가이 파워스(David Guy Powers)

꽉 찬 삶을 산다는 것은
각각의 순간을 떠나보내며 죽고,
새로운 순간 속에서 다시 태어나는 것이다.

–잭 콘필드(Jack Kornfield)

보라! 나는 모든 것을 새로 창조하고 있다.

–계시록 21:5

세상에 순응하지 말고
마음을 새롭게 하여 스스로 변화하라.

–성 바울(Saint Paul)

"당신이 처음 죽은 장소는 어디입니까?"

나는 1947년 한 병원에서 태어났다. 의사인 샘 마코프가 나를 아버지에게 처음 보여주며 미소를 지었다. "보세요, 베니 씨. 예쁜 딸입니다." 그가 말했다. 하지만 아버지에겐 그렇지 않다. 실망한 표정으로 고개를 돌린다. 나는 내가 받아들여지지 못했음을 직감했다. 모든 것이 시작되기도 전에 내 일부는 죽었다.

내가 처음으로 실존적 죽음을 맞은 것은 생일 때였다. 아버지는 내 생일날마다 내가 아들로 태어나길 바랐다고 말씀하셨다. 존재를 인정받지 못한 일곱 살의 나는 잠들기 전 특별한 기도를 외우곤 했다. "제발, 제발, 제발, 하느님. 제가 깨어나면 남자아이가 되게 해주세요. 아버지가 절 사랑하게 해주세요."

그 기도는 이뤄지지 않았다. 아무것도 이뤄지지 않았다. 남자아이처럼 하고 다니는 건 도움이 되지 않았다. 아버지에게 나는 투명인간이었다.

10대 시절의 나는 어두운 면과 밝은 면이 교차하던 소녀였다. 아버지가 어느 쪽이라도 사랑하실 수 있도록 한편으론 거칠게 굴었고, 한편으론 우수한 학생도 되어보았다. 그래도 아버지의 인정을 받지 못했다. 작가로 성공적인 커리어를 닦아도 마찬가지였다. 스무 살에 가톨릭교에 빠져 종교를 바꾸었을 때도, '종교를 바꾼 것'이 아버지의 주의를 끌기는 했지만, 그마저도 아버지가 랍비와 상의한 후 내 이름으로 위령기도를 드린 후에는 소용없게 되었다.

그 모든 거부에도 불구하고 나는 계속 아버지의 눈에 들고 싶었다. 그런데 그 악순환은 첫 아이를 처음 팔에 안았을 때 끝났다. 의사가 분만실에서 내가 본 중 가장 아름다운 여자아이를 안겨주었을 때, 나는 그녀의 눈을 마주보며 새롭고 생생한 무언가가 내 마음속 깊은 곳에 와 닿는 것을 느꼈다. 처음으로, 나는 여자로 태어난 것이 고마웠다. 그리고 신께 감사했다.

✿ 힐링 한 스푼
  <u>관심과 성찰이 새로운 삶을 일깨웁니다.</u>

REMEDY

치료

고통을 가라앉히고, 질병을 낫게 하거나
신체적 이상을 바로잡는 것

매일 나는 어떤 방식으로든 더욱 나아지고 있다.

−에밀 쿠에(*Emile Coue*)

모든 사람들 안에는 의사가 산다.

−알버트 슈바이처(*Albert Schweitzer*)

태양 아래 모든 질병에는
치료약이 있거나 없다.
한 가지라도 있다면 그것을 찾으라.
약이 없다면개의치 말라.

−머더 구스(*Mother Goose*)

질병은 그 안에 치료약을 품고 있다.
건강은 질병과 같은 뿌리에서 자라난다.

−파라켈수스(*Paracelsus*)

질병을 숨기는 자는 치료받을 수 없다.

-에티오피아 속담

진통(Throe)은 투쟁이나 어려움에 고통받는 상태를 의미한다, 또한 '고통과 갈등'이라는 뜻의 고대영어에 뿌리를 두고 있다. 심각한 '진통'을 겪는 사회조직들이 종종 나를 상담사로 고용하는데, 그들은 대개 즉시 조직의 '병'을 고쳐주기를 바란다. 그럴 때마다 나는 말한다. "그럴 수 있으면 좋겠지만, 불가능합니다. 치유는 어떤 한 국부에 약을 발라 덮는 치료와는 다릅니다. 치유를 위해서는 시간, 인내심과 용기, 그리고 상처를 내면으로부터 꺼내어 볼 줄 아는 능력이 필요합니다. 제가 여러분을 치유해드릴 수는 없습니다. 여러분 스스로가 그걸 해나가야 합니다."

나는 조직이 단순히 개인들이 한 장소에 모여 시간을 보내는 집합체가 아니라고 설명한다. 그리고 각 구성원은 완전하게 상호 연관된 시스템의 한 부분, 즉 유기체라고 전한다. 이것이 전체론적 치유의 관점이다. 눈, 손, 심장, 뇌, 귀, 위장, 폐, 신경, 세포 등으로 이뤄진 우리 몸이 좋은 예다. 각 부분이 자신의 기능을 함으로써 전체적인 건강을 보전하고 행복과 생존에 기여한다. 코에서 계속 콧물이 흐르고, 위장이 뒤틀리고, 상처가 곪아 터진다면, 이것은 신체의 한 부분에 장애가 있으며 질병에 걸렸음을 뜻한다. 감기약, 제산제나 상처에 붙이는 밴드가 대부분의 표면적인 증상은 가려주겠지만 질병과 불편함의 근원까지 치유할 수는 없을 것이다. 기본적인 면역체계 이상을 간과하고서 근본적으로 치유했다고 말할 수는 없기 때문이다. 전체적인 문제의 핵심에 접근하여 진정으로 치유하려면 안과 밖, 과거와 현재에 존재하는 모든 질병 요인을 알아내야 한다. 그래야만 몸 스스로에게서 건강한 반응을 이끌어낼 수 있다.

즉효약이 거의 모든 문제를 해결하는 요즘 시대, 시간을 들이고 과정을 거쳐서 우리의 상처가 단순히 육체적으로만이 아니라 감정적, 정신적으로도 아픔을 준다는 것을 알아야 진정한 치유가 될 수 있다. 치료를 했음에도 낫지 않을 수 있다는 사실을 우리는 받아들일 수 있어야 한다.

🌼 힐링 한 스푼
나의 내면에 치유의 능력이
존재한다는 것을 알아갑니다.

74

REMEMBER
기억

마음에 다시 떠올리는 것,

어떤 기억은 현실처럼 생생하다.
그것은 언제든 다시 일어날 수 있는
흔한 현실보다 낫다.

―윌라 캐더(Willa Cather)

나는 잊어버릴 것에 대비하여
모든 것을 기억해두는 것을 인생의 과업으로 삼았다.
나는 플랑크톤을 잡는 그물처럼 살아갈 것이다.

―애니 딜러드(Annie Dillard)

모든 물은 완벽한 기억력으로
영원히 자신이 있던 곳을 향해 돌아가는 속성이 있다.

―토니 모리슨(Toni Morrison)

기억은 금고이며 모든 것의 수호자다.

―라틴 속담

> *지나가버린 곤경을 떠올리는 것은*
> *얼마나 달콤한가!*
> —그리스 속담

기억은 대개 추억의 회상을 의미한다. 그러나 자신을 여러 명으로 쪼개듯이 기억해본다면, 과거와 현재를 더욱 단단히 이어주는 사건에 대해 떠올릴 수 있을 것이다. 그뿐 아니라 조각나고 분리된 나 '자신들'의 조각을 다시 이어 붙이는 과정에서 치유의 길에 들어설 수 있다.

"제 인생의 가장 참혹한 기억, 영혼을 찢어놓는 사건은 바로 나치의 홀로코스트, 즉 유대인 대량학살입니다." 내 친구 파예 숄리튼은 그렇게 말한다. "내 이웃에 의해 수백 명의 이웃이 죽었습니다. 대부분의 생존자가 수용소에서 벗어난 후 정신적, 영적으로 격리된 느낌에 고통 받았는데도 그 경험에 대해 좀처럼 이야기하지 않았습니다. 하지만 이들은 말년에 들어서서 용기를 내고 있습니다. 자신의 이야기를 인류의 유산으로 남기기 위해 그때의 경험을 이야기하기 시작한 것입니다."

저널리스트이자 극작가상 수상자인 파예는 15년 동안 수십 명의 홀로코스트 생존자를 인터뷰했다. 「인터뷰」라는 극작품에는 죽음의 수용소에서 살아남은 정정한 69세의 여성 브라차 와이즈먼이 등장한다. 젊은 여성의 역사 구술 프로젝트에 증언을 남겨주기 위해, 그녀는 자신의 이야기를 들려줄 준비를 한다. 파예는 그녀가 인터뷰를 기다리며 준비하는 24시간의 과정을 극으로 각색했다. 미망인이 되어 홀로 남은 그녀는 이제 완벽하게 질서가 잡힌 세상 속에 살고 있다. 비극적인 경험을 한 후 어떤 과정을 거쳐 인류의 세상에 다시 합류했는지 묻자 그녀는 답한다. "포크와 칫솔을 쓰는 법부터 다시 배웠죠. 연애도 없이 결혼생활에 뛰어들었고, 그러고 나서 사랑을 하고, 아이를 낳고, 돈을 벌고, 그렇게 살아갔죠. 아니면 그렇다고 믿었거나…."

두 여성은 정체를 드러내는 위험도 감수한다. 브라차는 자신을 인터뷰하는 여성이 유대인 생존자의 자녀이며, 그 비극에 깊이 영향 받았다는 것을 알아챈다. 그리고 마지막으로 상처받고 산산 조각난 삶의 단편을 하나하나 기억해내면서, 다른 사람도 그렇게 할 수 있도록 도울 수 있다는 사실을 깨닫게 된다.

심리학자이자 작가인 엘리자베스 보이든 호워스는 말했다. "우리의 깊은 내면에서는 어긋난 부분들을 치유하려는 분투가 언제나 이뤄지고 있다. 어긋난 것은 우리 자신의 산산 조각난 내면이기도 하며 의식과 무의식, 정신과 물질, 빛과 어둠, 상부와 하부, 사람과 사람 간의 어긋남이기도 하다. 이것을 알고 어긋남을 치유하는 데 헌신하는 것은 곧 신의 과업을 돕는 것이다."

✿ 힐링 한 스푼
용기를 내어 잃어버렸거나 잊어버린 나의 본질을
기억해내면 나의 몸과 마음과 영혼이 일치됩니다.

75

RESPONSIBILITY
책임

책임이 있는 상태, 특성,
혹은 그러한 사실

우리는 질병의 원인에는 책임이 없다.
하지만 그것이 끼친 영향과 우리에게 남겨진 일,
즉 아픔과 치유에는 책임을 져야 한다.

—캣 더프(Kat Duff)

책임질 필요 없는 상황에 끼어들면
책임을 져야 한단다.

—앨런 매시(Allan Massie)

자신보다 타인을 위해 일하는 것이 더 쉽다.
타인을 위해 일하면 믿을 만한 사람으로 여겨지고,
자신을 위해 일하면 이기적이라고 여겨진다.

—토머스 사즈(Thomas Szasz)

모두가 사용하는 마당은 아무도 쓸지 않는다.

—중국 속담

신은 짐과 함께 그것을 일 어깨를 내려주셨다.

−유대인 속담

내 친구인 스티브 로즈먼 박사는 뉴욕 최대의 대체의학 의료원을 운영하고 있다. 그는 랍비이기도 한데, 다음과 같은 옛날이야기를 들려주는 것을 좋아한다.

어느 날 하루 종일 비가 내렸다. 홍수가 마을을 덮치자 예체르 씨는 지붕 위로 피신했다. 하지만 물이 계속 차올라 지붕에 닿았고 그를 집어 삼키기 직전이 되었다.

그때 한 남자가 보트를 타고 다가왔다. "뛰어내려요!" 남자가 소리쳤다. 하지만 예체르 씨는 말했다. "아니요, 괜찮습니다. 전 믿음이 강한 사람입니다. 신께서 저를 구해주실 겁니다."

물이 계속 차올라 예체르 씨의 발목이 잠겼다. 그는 확고한 자세로 구원을 기다렸다. 헬리콥터가 그의 위를 맴돌며 출렁거리는 줄사다리를 그의 코앞에 늘어뜨렸다. "아니요, 괜찮습니다." 예체르 씨는 헬리콥터 구조대원을 팔로 밀어내며 말했다. "저는 믿음이 강한 사람입니다. 신께서 틀림없이 저를 구해주실 겁니다."

잠수부들이 그를 구해주려고 헤엄쳐 왔을 때도 마찬가지였다. 예체르 씨는 그들의 도움과 자신에게 던져준 구조장비를 거부했다. 결국 그는 물에 빠져 죽었다. 하늘에 올라간 그는 신을 만났고 왜 자신을 구해주지 않았느냐고 물었다.

"너에게 도움을 주었느니라." 신은 답했다. "처음에는 보트를 보냈고, 그 다음엔 헬리콥터를 보냈고, 그 다음엔 잠수부를 보냈고, 구조장비를 보냈다. 너는 너의 몫을 하지 않았구나."

1500년 전, 한 위대한 유대인 랍비는 사람들에게 '기적에 의지하지 말라'고 조언했다. 그는 "밀이 곧바로 빵이 되는 것은 아니다"라고 했다. 우리는 빵을 만들기 위해 밀을 빻고 구워야 한다. 마찬가지로 자신의 행복을 위해서는 자기 몫의 책임을 다해야 한다.

✿ 힐링 한 스푼
행복해지기 위한 내 몫의 책임을
기꺼이 받아들입니다.

76

RISK
위기

위태로움, 위험에 노출되는 것

위기가 닥쳐와야 삶의 깊이를 느낄 수 있다.

−에디스 해밀턴(Edith Hamilton)

꽃봉오리처럼 숨겨진 위험은
꽃처럼 피어나는 위험보다 더 고통스럽다.

−아나이스 닌(Anais Nin)

뛰어라, 그러면 골대가 보일 것이다.

−줄리아 카메론(Julia Cameron)

가장 큰 이익은
가장 심각한 위기로부터 창출된다.

−중국 속담

어려워서 하지 않는 것이 아니라,
하지 않아서 어려운 것이다.

−세네카(Seneca)

우리는 위기를 맞고 극복하는 과정에서 상처를 받을 수도 있다. 레이와 존이 그랬다. 그들은 몇 년 전 잘나가던 수백만 달러 규모의 회사를 직원들에게 매각하기로 결심했다. 그들은 이 결정에 리스크가 존재한다는 것을 알고 있었다. 차후의 재정건전성을 유지하고, 재정을 확보하고, 원활한 인수인계를 하기 위해 레이는 자신의 오랜 직원을 승계자로 점찍어놓았고, 그 분야 최고의 컨설턴트들을 만났다. 그는 전 직원이 의무적으로 참석하는 회의를 열어 회사 운영방침과 새로운 책임자에 대해 알렸다.

레이가 운영할 때 회사는 최고의 매출을 기록했었다. 그러나 매각 후 겨우 11달 만에 회사는 잘못된 경영과 간부들의 배임으로 파산 직전에 이르렀다. 은행까지 레이와 존에게 회사 부채에 책임이 있다고 위협해 왔다.

"제 인생에서 가장 충격적이고도 무서운 일이었죠." 몇 달 후 존은 그렇게 말했다. "모든 것을 잃을 뻔했어요. 회사 상황이 악화될수록 우리의 일부도 죽어가는 것 같았죠. 마침내 어떤 법인이 회사 자산을 인수하긴 했지만 상처는 여전히 남아 있습니다. 그 많은 정직하고 좋은 직원들이 입었을 재정적 손실과 감정적 스트레스를 생각하면 마음이 아픕니다."

그런데 그에게 지금은 '위기를 감수하는 행동'에 어떻게 생각하는지 묻자 의외의 대답이 나왔다. 존은 한때 항해를 하고 싶어 했던 친구 짐의 이야기를 들려주었다. 짐은 은퇴 후 보트를 타는 것이 꿈이었다. 그는 보트를 사서 체서피크 만에서 탈

계획이었다. 하지만 며칠 지나지 않아 그는 심각한 심장질환이 있으므로 항해를 하면 위험하다는 진단을 받았다. 그래서 그는 보트를 타지 않았다. 보트를 팔았고, 죽기 전 20년 동안 집에만 앉아 있었다. "회사를 매각하고 나서 저는 큰 모험을 하게 됐습니다. 바다에서 폭풍우를 만난 것과 마찬가지였어요." 존은 말했다. "위기는 제가 상상했던 것보다도 컸습니다. 하지만 아시다시피, 저는 차라리 배를 타다가 죽는 편이 좋습니다."

❀ 힐링 한 스푼
  안전을 위한 안전을 택하는 것은
  진정한 삶이 아닙니다.

77

RITUAL
의식

어떤 행사의 고정된 형식
충실하게, 정기적으로 따르게 되어 있는
구체적 방법이 제시된 절차

의식은 마음을 바쳐 행하는 일상적 행위다.
그것은 신성한 습관이다.

−켄트 너번(Kent Nerburn)

의식만으로 모든 것이 끝난다면,
우리는 형식에 갇혀 그 미덕을 전하지 않는 것이다.

−테드 부르히스(Ted Voorhees)

치유의 의식은 깊고도 신성하다.
변화, 혼돈, 질병, 죽음으로 흐트러지지 않도록
우리의 삶을 새로이 단단히 다지도록 의식을 행하면,
균형과 조화가 이뤄져 활기를 되찾을 것이며
그 순간 우리에게 필요한 것을 충족하게 될 것이다.

−바버라 도시(Barbara Dossey)

> 땅에 무릎 꿇고 입맞춤할 방법은
> 수백 가지나 된다.
>
> —루미(Rumi)

> 당신은 어둠 속에 진실을 감추고,
> 그 신비를 통해 제게 지혜를 가르칩니다.
>
> —시편 51:6

뉴저지에는 부모님의 여름 별장이 있다. 그런데 아버지는 그곳의 땅을 이상한 방식으로 활용하셨다. 이유는 모르겠지만, 아버지는 동생인 데보라나 나에게 "돌을 주워오라"고 시키셨다. 한 개나 한 움큼이 아니라 손수레에 한 가득 실어 오는 것이었다. 우리는 7에이커(약 28350평방미터)나 되는 땅을 지나 아버지가 정해주신 언덕으로 눈물이 나도록 힘들게 밀고 가야 했다.

대학에 진학한 후 나는 시시포스의 노동에서 해방되었고, 놀랄 것도 없이 몇 년 동안 돌을 피해 다녔다. 대학시절 인기 강좌였던 지질학 과목조차 수강하지 않았다. 영국에 있을 때에도 스톤헨지에는 가지 않았다. 처음으로 비행기를 탔을 땐 로키산맥을 지났는데, 장엄한 풍경이 아래에 펼쳐져도 나는 내려다보지 않았다. 그러나 90피트짜리 암벽을 오르기로 결심한 후에는 아버지와의 기억을 피하지 않겠다고 결심했고, 더 이상 돌을 피하지도 않게 되었다.

    몇 년 후 치유의 여정의 일환으로 나는 웨스트버지니아의 별장에서 그와 비슷한 일을 행하기 시작했다. 이른바 '바위를 냇가에 옮겨놓기' 의식이었다. 그 의식은 아침 일찍 길을 나서 돌덩어리들이 나를 부를 때까지 돌아다니는 것에서 시작되었다. 돌덩어리를 발견한 후에는 한두 시간 동안 삽과 쇠지렛대로 돌을 캐기 시작했다. 그걸 할 때는 돌에 집중했다. 큰 돌은 파내는 데 며칠이 걸리기도 했고, 어떤 돌은 전혀 들어 올려지지 않는 대신 굴러서 나오기도 했다. 하루 분의 '추수'를 마치고 나면 나는 내가 캔 돌들 사이에 앉아서 그들의 윤곽을 살펴보았다. 그리고 돌 속에 진실이 묻혀 있기라도 하듯, 나와 타인과 세상의 관계의 비밀에 대해 생각했다.

    아버지는 15년 전 별장의 침실에서 돌아가셨다. 침실 창밖으로 동생과 내가 쌓아 올린 거대한 돌더미의 흔적이 보였다. 이제 그것들은 바랭이와 잡초에 덮여 거칠고 지저분해진 삶의 한 장면이 되었다. 아버지의 장례식이 끝나고 나서, 나는 그때 쌓아올린 돌을 하나하나 해체해버리고 싶었지만, 그렇게 한다고 희망이 생기는 건 아니라는 느낌이 들었다. 그래서 대신, 나는 버카나에 가서 가장 좋아하는 장소를 걷기로 했다. 아버지의 이름을 붙인 그 장소에서, 나는 새 돌을 수확해 축복해주었다.

❋ 힐링 한 스푼
　치유의 의식은 내 삶의 닳아 해진 곳을 고쳐줍니다.

78

SABBATH
안식일

휴식의 기간

안식일은 자신을 되찾기 위해
흔들리기도, 멈추기도 하는 시간이다.

−웨인 밀러(Wayne Mueller)

정신적으로, 휴한기는 파종기만큼이나 중요하다.
마찬가지로 몸도 너무 많이 경작하면 고갈된다.

−조지 버나드 쇼(George Bernard Shaw)

일이 잘 될 때는 하루 종일 안식일 같은 기분이 된다.
그것은 뿌듯함이다.

−웬델 베리(Wendell Berry)

안식일을 기억하라, 그리고 그것을 신성히 하라.

−출애굽기 20:8

지옥의 죄인도 안식일에는 쉰다.

−유대인 속담

우리 부부에게 '안식일' 이라는 단어는 주로 울창한 숲 속에 위치한 여름 별장 버카나에 가는 것을 의미한다. 우리는 버카나의 소리를 좋아해서 그곳의 소리를 녹음하기도 한다. 소리뿐 아니라 '재탄생과 부활'을 의미하는 이 켈트어 단어의 느낌도 좋아한다. 우리는 이곳이 영혼의 회복을 위해 걷고, 이야기하고, 잔잔한 물가에 조용히 앉아 시간을 보내고 또한 일상의 힘든 일을 유예하는 곳이 되길 바랐다.

버카나에서 안식일을 보낼 때마다 늘 몸과 영혼이 새로워지기는 하지만, 내가 버카나에서 자연의 치유를 받고 진실로 감사하게 된 것은 어머니가 자신의 안식일에 이곳을 방문했을 때였다.

어머니의 유대교 전통에 따르면, 안식일에는 시간이 멈춘다. 그 법칙에는 예외가 없다. 어머니가 처음으로 3일간 버카나를 방문했을 때였다. 그중 첫날에 어머니는 안식일이라는 이유로 21시간 동안 차를 타고 근처의 기막힌 풍경을 구경하거나, 광활한 목초지를 찾아가 망원경으로 천국 같은 밤하늘을 구경할 생각도 하지 않았다. 이는 즉, 다른 누구와도 전화통화를 하거나, 요리하거나, 글을 쓰거나, 이메일을 보내거나, 집을 청소하거나, 나무를 베거나, 물을 나르지도 않았다는 의미였다. 정말 아무것도 하지 않게 된 것이다.

"뭘 한담?" 처음에는 걱정이 되었다. 어머니와 나는 오랫동안 친하게 지내지 못했다. 최근에 들어서는 둘 다 몸이 아파서 찢어진 천 조각을 메꾸듯이 사느라 바빴다. 하지만 지금 이 21

시간만큼은 이기적이지 않게, 전적으로 어머니를 위해 어머니와 함께하는 기나긴 시간이었다.

그 시간은 생각보다 길지 않았다. 해가 지나 안식일이 시작되었고, 우리는 아름다운 꽃을 화병에 꽂고, 촛불을 켜고, 유대교의 전통 기도문을 외웠다. 우리는 준비해둔 간단한 저녁을 먹었다. 우리는 밤을 새워 다음날까지 이야기했고, 어머니는 내가 알지 못했던 과거의 이야기를 들려주었다. 또한 내가 만난 적 없는 친척들에 대해 이야기해주었으며, 전에 본 적 없던 유머감각을 보였다. 말한 적 없었던 진실을 이야기했으며, 이전에 들은 적 없는 방식으로 나를 사랑한다고 말해주었다.

어머니는 다시 한 번 버카나를 찾아오기 전에 세상을 떠나셨다. 하지만 버카나에서 어머니는 영원한 치유를 선물하셨다. 그리고 그것은 우리가 안식일을 기억하고 그날을 신성하게 보낼 때 찾아온 것이었다.

🌿 힐링 한 스푼
안식일의 매 순간 나의 몸과 영혼은 치유됩니다.

79

SELF
자신

어떤 개인 스스로를 이르는 말
몸, 마음, 감정, 정신의 요소의 집합

자기 자신이 되는 것을 실패라 할 수는 없다.

−아나톨 브로야드(Anatole Broyard)

모든 치유는 결국 자기 스스로를 치유하는 것이다.

−람 다스(Ram Dass)

모든 심리학의 주제는 단 하나다.
'나'는 어디에 존재할까?
'나'는 어디에서 시작될까?
'나'는 어디에서 멈출까?

−제임스 힐먼(James Hillman)

당신은 어디서든 자기 자신을 지울 수 없다.

−폴란드 속담

모든 만(灣)에는 그곳만의 바람이 분다.

-영국 속담

가족치료사이자 작가인 랍비 에드윈 H. 프리드먼은 신선한 우화를 썼다. 그의 「다리」라는 작품에는 생각이 많은 남자가 등장한다. 남자는 수많은 시도와 도전, 후퇴, 성공, 실패를 통해 자신이 원하는 것과 그것을 얻을 방법을 알아냈고, 마침내 기회를 찾아냈다. 그것을 빨리 얻기 위해 그는 전력을 다 해야 하며, 그러지 않으면 그 기회를 놓칠 것임을 알았다. 그것은 다리를 건너는 일이었다.

남자는 서둘러서 매우 높은 다리에 올라갔다. 그가 건너려는데 한 나그네가 다가왔다. 그는 남자와 비슷한 차림이었고 허리에 밧줄을 감고 있었다. "실례합니다." 나그네가 말했다. "이 밧줄을 잡아주시겠습니까?"

남자는 놀라서는 밧줄을 잡았다. 남자는 본능적으로 줄을 꽉 잡고 온몸에 힘을 주었다. "왜 이러는 겁니까?" 남자가 물었다.

"기억하세요. 당신이 놓으면 저는 떨어질 겁니다." 나그네가 대답했다. "저는 당신의 책임감입니다. 제 목숨이 당신에게 달렸습니다. 그러니 꽉 잡으세요."

아, 도움을 받거나 짐을 덜려고 할 때마다 번번이 실패하는구나. 그는 좌절한 채 밧줄을 허리에 감았다. 만일 놓는다면 자신의 행동이 죄책감으로 남아 마음이 괴로워질 것 같았다.

그러나 여기에 계속 머무른다면 나그네를 구출하는 데 시간을 모두 소모해버릴 것이다. 그는 목표에 좀 더 충실하지 않으면 모든 잃을 것이란 것을 깨달았고, 갑자기 자신이 해야 할 일을 깨달았다.

"잘 들으세요." 그는 허리에 감은 줄을 풀면서 말했다. "저는 당신의 삶을 결정하지 않겠습니다. 이로써 당신의 삶을 선택할 권리를 당신에게 돌려드리겠습니다. 당신이 끝을 결정하십시오. 저는 평형추 역할을 하겠습니다. 줄을 잡아당겨 스스로 올라오세요."

나그네는 소리쳤다. "이러지 마세요. 그렇게 이기적으로 행동하면 안 됩니다. 저는 당신의 책임이란 말입니다. 저에게 이러지 마세요."

남자는 한동안 친절하게 서 있었고 줄이 팽팽해지지 않는 것을 느꼈다. "당신의 선택을 받아들이겠습니다." 그는 말했다. 그리고는 손을 놓았다.

🌼 힐링 한 스푼
 나는 나 자신이어야 합니다.

80

SELF—CONTROL
자기 절제

**어떤 사람의 충동, 감정,
욕망을 통제하는 것**

완벽하게 스트레스가 없는 환경은
무덤이나 다름없다.
당신의 의식을 바꾸어 절제력을 가지라.
이때 스트레스는 위협이 아니라 도전 대상이 된다.
감정에만 빠지기보다 실제로 행동에 옮긴다면
스트레스를 관리할 수 있다.

−그렉 앤더슨(Greg Anderson)

당신은 몸에 대한 생각을 바꿀 수 있다.
그것을 깨닫는 순간
수많은 아이디어가 자유롭게 떠오를 것이다.
또한 몸은 당신 편이 될 것이다.

−디팩 초프라(Deepak Chopra)

당신의 왕국에는
당신만의 생각과 느낌이 뛰놀고 있다.
당신에게는 아주 중요한 임무가 있는데
그곳을 잘 다스려야 한다는 것이다.

−루이자 메이 알코트(Louisa May Alcott)

타인을 정복하는 자는 강하다.
자신을 정복하는 자는 더 강하다.

−노자(Lao-tzu)

나는 나의 지휘자다.

−라틴 속담

1950년대 백인 인구가 많은 뉴욕 브루클린에 살던 유대인들은 계절마다 사람들의 눈에 띄곤 했다. 크리스마스 등이나 부활절 장식을 공짜로 나누어주었기 때문이었다. 흑인은 말할 것도 없었다. 그들이 소외감을 느끼던 날은 공휴일에 그치지 않았을 것이다. 미국 프로야구 최초의 흑인선수였던 재키 로빈슨이 실제로 그랬다.

당시의 나는 스탠드에서 재키를 응원하기에는 너무 어렸지만, 그가 한 이야기를 기억할 정도의 나이는 됐었다. 1972년에 그가 죽은 후, 자기 절제에 대한 재키의 일화를 듣고 크게 감동

받았다. 네그로 리그에서 백인들로만 구성된 메이저리그로 옮길 기회가 주어졌을 때, 재키는 그것이 자신의 커리어에 큰 리스크가 될 수도 있음을 알았다. 하지만 그 문턱을 넘는 것 역시 꿈을 이루기 위해 필요한 일이었다. 결국 재키는 팀을 옮기기로 했다. 신참 1루수가 된 재키는 어떤 모욕이 날아오더라도 절대 보복하지 않겠다고 다저스의 브랜치 리키 코치와 약속했다.

리키 코치가 예견한 대로 재키가 경기에 설 때마다 인종차별과 모욕이 쏟아졌다. 재키는 약속한 대로 거친 말들을 받기만 할 뿐 절대로 되돌려주지 않았다. 그의 절제력은 언제나 관중들을 더 흥분하게 만들었다. "구두닦이 소년!" "검둥이 새끼!" 그리고 "깜둥이!" 같은 말들이 무자비하게 쏟아졌다. 같은 팀 선수들까지 폭언을 일삼을 때도 재키는 약속을 지켰다.

어느 날이었다. 관중과 선수들이 재키에게 조롱을 보낼 때, 다저스의 리스 감독이 경기장에 들어섰다. 남부 출신의 리스 감독은 타임아웃을 선언했고, 재키를 향해 곧바로 걸어갔다. 그는 말없이 흑인 팀원의 어깨에 팔을 올려놓고, 상대편과 관중석을 한동안 뚫어져라 쳐다보았다. 그의 메시지는 말로 전해지지 않았지만, 덕아웃뿐 아니라 전국 야구팬들의 가슴속으로 전해졌다.

🌿 힐링 한 스푼

주변을 다스릴 수 없을 때
절제할 수 있는 것은 자신뿐입니다.

81

SELF-LOVE
자기애

자기의 행복을 증진하려는 본능 혹은 욕망
자신에게 관심 갖거나 자신을 사랑하는 것

자신을 사랑하지 않는 사람은
의지할 대상이 없는 사람이다.

−벤 베린(Ben Vereen)

자기 자신으로 살지 않는 사람은
자기애를 가질 수 없다.

−마르틴 부버(Martin Buber)

어찌 하여 평생 동안 당신의 영혼과 함께 잠들었던
당신의 몸과 사랑에 빠지지 않는가?

−스튜어트 에머리(Stewart Emery)

나의 가장 가까운 친척은 나 자신이다.

−라틴 속담

자신이 자신을 가장 사랑할 수 있다.

–유대인 속담

나의 부모님 두 분은 모두 원치 않은 자식이었다. 아버지의 부모님은 아버지에게 패배자라는 인식을 반복해서 심어놓으셨다. 어머니의 경우도 나을 것이 없었다. 어머니의 부모님은 늘 자식을 한 명만 낳았다면 결혼생활이 더 나았을 거라고 못 박곤 했는데, 어머니가 바로 둘째 아이였던 것이다. 놀랄 것도 없이 우리 부모님이 서로 만났을 땐, 서로가 가슴속의 빈 공간에 꼭 들어맞는 사랑이라고 믿게 되었다. 그러나 그렇지 않았다. 그들의 결혼생활은 결국 이혼으로 끝났다.

그 후 어머니는 아버지를 증오하며 몇 년을 보냈다. 그러나 어머니는 결국 아버지를 진정으로 용서했다. 반면 아버지는 어머니를 용서하지 않았다. 그 이유를 묻자 아버지는 어머니에게 실망하고 고통 받았다며 비난을 늘어놓는 것이었다. 끊임없이 분노하고 비난하는 왜 아버지를 용서했느냐고 어머니에게 묻자, 어머니는 어느 날 자기 "자신과 사랑에 빠졌기 때문"이라고 답했다. "나는 60년이 넘도록 자신을 미워했단다. 그러지 않고 나 자신의 사랑스러운 구석을 찾아보기 시작했을 때, 난 숨겨진 찾았단다. 사랑이 넘치는 나머지 주군가에게 주지 않고는 못 배기는 나 자신을 말이야. 그때 네 아버지를 용서해야겠다고 생각했단다."

교육자이자 랍비인 조슈아 로스 리브먼은 우리가 "자신이 어떤 사람이며, 어떤 사람이 되어야 한다는 강박에 사로잡혀 있다"고 말했다. 그는 우리가 자기 자신을 사랑한다고 생각하지만, 많은 경우 "자기 자신에 대해 병적으로 과도하게 신경 씀으로써 자신의 목을 조르거나 질식사시키고 있다"며 "자신의 능력과 미덕에 대해 잔인한 경멸을 계속하거나, 자신을 삶의 중심에 두지 않은 채 무의식적으로 희생자가 되어 간다."고 한다.

리브먼은 파괴적인 마조히즘적 자기혐오에 지나지 않는 거짓된 자기애, 즉 나르시시즘에서 자유로워지면 자신과 타인에게 친절해질 수 있다고 말한다. 그러면 우리는 자기애의 길로 들어서게 된다. 이는 많은 것을 의미한다. 자기애는 자기 존중에서 비롯된다. 그러므로 "자신을 받아들일 줄 모르는 사람은 자신을 존중할 수 없다"고 그는 말한다.

✿ 힐링 한 스푼
나를 존중하고, 수용하고, 사랑하는 만큼 타인을
사랑할 수 있습니다.

82

SILENCE
침묵

소리가 없는 상태, 정적

우리 중 누가 더 재미있는 이야기를 해줄 텐가?
침묵이로구나.

−이삭 디네센(Isak Dinesen)

인생에서 가장 감동적인 순간은
말없이 찾아오지 않던가?

−마르셀 마르소(Marcel Marceau)

몸은 항상 조용히 말한다.

−노먼 O. 브라운(Norman O. Brown)

침묵은 모든 병을 치유한다.

−히브리어 속담

신은 침묵 속에서 모든 일을 일으키신다.

−그리스 속담

내향적인 성격인 나는 '침묵의 소리'를 사랑한다. 지난 12월까지도 나는 그 '침묵의 소리'를 생생하게 들어왔다. 그런데 1월 중순부터는 그 경이로운 소리를 들을 수 없게 되었다. 침묵에 귀 기울일 때마다 귓속에서 휘파람소리가 들려오기 시작한 것이다. 병원을 찾아가자 이명이라는 진단을 받았다.

"이명이 생길 이유가 전혀 없는데요." 나는 의사에게 말했다. "멈출 방법이 있나요?"

의사는 이제 이전과 같은 상태로 되돌아갈 수 없다고 말했다.

헬렌 켈러가 느낀 침묵은 어떤 것이었을까? 음악이 갑자기 흘러나오지 않을 때 느끼게 되는 그 침묵일까? 내게 지금 겪고 있는, 자갈의 사각거리는 소리가 끝없이 들려오는 상태의 침묵일까? 아니면 그 전과 후에도 아무것도 없는 무(無)의 상태의 침묵일까?

그 다음해에, 마찰을 빚은 친구들을 화해시키기 위해 우리 집에 초대할 일이 생겼다. 우리는 문에 '조용히 들어오세요.'는 풋말을 붙였다. 이를 예상치 못했던 누군가는 미소를 지으며 들어왔고, 또 누군가는 말을 할 필요가 없다는 사실에 안도하면서 나타났다. 어떤 사람은 보도금지령이라도 내린 양 불편해 했다. 저녁시간 내내 우리는 이 금지령을 풀지 않았다. 침묵 속에 식사를 하는 것은 새로운 관계를 모색하고, 서로의 필요를 알아가는 것을 의미한다. 몸짓을 사용하고, 눈빛을 교환하고, 수화를 사용해 대화하는 것은, 노기 어린 말과 뻣뻣한 몸짓으로 이뤄졌던 이전의 대화와는 달랐다. 모두가 귀가하려고 일어설 쯤에는 더 이상 서로가 불편하지 않았다. 그들은 코트를 걸치면서 본능적으로 서로를 자연스럽고 따뜻하게 껴안았고, 볼과 볼을 맞대며 작별인사를 했다.

그날 밤의 손님들이 침묵에 대해 어떻게 생각했든, 그것은 분노를 변화시키며 관계를 깊어지게 했다. 그리고 서로에게, 자기 자신에게 응답하는 계기가 되어주었다. 그날 밤 신성한 침묵의 소리가 우리를 평화로운 새벽으로 이끌었다. 고요한 밤, 치유의 밤, 모두가 평온한 밤이었다.

🌸 힐링 한 스푼

<u>침묵의 시간은 치유의 언어를 듣는 시간입니다.</u>

83

SMILE
미소

기쁨, 즐거움, 조소를 표현할 때
입 끝이 위를 향해 구부러지는 것

미소는 입이 구부러지는 것이지만,
모든 것을 바로잡아준다.

−필리스 딜러(Phyllis Diller)

미소는 닿기 힘든 마음속까지 닿는다.

−스티브 윌슨(Steve Wilson)

미소를 우산 삼아 하늘을 보라.
그러면 비에 얼굴이 젖을 것이다.

−개리 라비노비츠(Gary Rabinowitz)

모든 눈물 뒤에는 미소가 감춰져 있다.

−이란 속담

미소를 띠고 이야기하는 진실은

마음을 관통하고 가슴에 와 닿는다.

−오라스(Horace)

당신은 미소 짓는 것이 편한가? 아니면 찌푸리는 것이 더 익숙한가? 힘들이지 않고 얼굴에 미소를 띠어 당신의 마음을 환하게 만들어주는 사람이 있는가? 추측건대 우리가 혼자 있는 그들을 훔쳐볼 수 있다면, 그들이 깊은 고통을 느낄 때조차 미소 짓는 걸 볼 수 있으리라.

"삶이 힘들어도, 가끔은 미소 짓기 어렵더라도 우리는 노력해야 한다. 아침마다 '좋은 아침'이라고 인사하는 만큼, 정말로 '좋은 아침'을 맞아야 한다." 노벨평화상을 받은 베트남의 승려이자 시인인 틱 낫 한은 그렇게 말했다. 한은 베트남전쟁 당시 베트남 불교인 평화위원회로 활동했으며 현재는 베트남에서 추방되어 프랑스와 전 세계에서 설교활동을 하고 있다.

한 번은 그의 친구가 슬픔에 차서 웃음을 되찾는 방법에 대해 물었다. 그러자 한은 "슬픔에게도 웃어주어야 한다"고 조언했다. 우리는 슬픔보다 월등한 존재이기 때문이라는 것이었다. "인간은 수백만 가지의 채널이 존재하는 텔레비전과 같습니다." 그는 설명한다. "부처라는 채널을 켜면 우리는 부처가 됩니다. 슬픔이라는 채널을 켜면 슬퍼집니다. 미소라는 채널을 켜면 정말로 미소를 짓게 됩니다. 우리는 단 한 가지의 채널에만 압도되어서는 안 됩니다. 우리는 자신의 내면 모든 가능성의 씨앗을 가지고 있습니다. 그 리모컨을 잃어버리지 않기 위해서는 자신의 상황을 잘 알고 있어야 합니다."

미소는 평화롭고 기쁨으로 가득한 삶에 대해 관심을 갖고, 또한 그렇게 살도록 우리를 이끌어준다. 나뭇가지, 이파리나 그림을 보면서도 미소를 떠올려라. 상냥한 마음과 넓은 이해심으로 하루하루를 보내는 데 도움이 될 것이다. 입술에 아주 작은 미소의 싹을 틔우는 것만으로도 얼굴의 모든 근육이 이완되고, 걱정과 피곤이 사라지고, 감성이 풍부해지고, 평온해지고, 잃어버렸던 마음의 평화가 찾아올 것이다.

힐링 한 스푼

미소는 나와 내 주변을 행복하게 합니다.

84

SOLITUDE
고독

혼자 있거나 타인과 떨어져 있는 상태

그녀는 고독을 무엇과도 바꾸지 않았다.
다시는 다른 사람의 리듬에
억지로 맞춰 움직이지 않기 위해서였다.

−틸리 올슨(Tillie Olsen)

나의 안에는 나만의 세상이 있으며,
그곳에는 결코 봄이 끊임없이 다시 찾아온다.

−펄 벅(Pearl Buck)

고독은 변화의 용광로다.

−헨리 나우웬(Henri Nouwen)

누구에게도 나누어주지 않은 고독한 마음이
고통을 덜어주는 가장 좋은 약이다.

−라틴 속담

고독은 우리 안에 있다.

-프랑스 속담

어린 시절부터 우리 집안은 늘 시끄러웠다. 나의 부모님은 단 하루도 서로에게 화를 내지 않거나 두 딸에게 화풀이하지 않고 지나가는 날이 없었다. 그래서 나는 일찌감치 고독을 위한 장소와 시간을 만들어두었다. 고독은 혼란과 고통을 누그러뜨려주었다.

우리 집과 이웃집 사이의 담벼락에는 어둡고 좁은 공간이 있었다. 나는 차갑고 빨간 벽돌과 모르타르로 된 그 굴에 기어들어갔다. 얼마 안 되어서, 나는 그 굴속에서 할 수 있는 일이 상처 입은 동물처럼 웅크리는 것뿐이 아니라는 걸 알게 되었다. 나는 다른 목적을 위해 그곳에 숨게 되었다.

어린 시절의 내 가족에 대해 아는 사람들은 내게 어떻게 학대를 버텼느냐고 묻는다. '대답' 이 되진 못하겠지만, 오히려 화를 잘 내는 부모님 덕분에 고독의 소중함을 알게 되었다고 말하고 싶다. 돌아보면 나는 고독의 신성함을 일찍 깨달았다. 스스로 고독을 찾기 시작하면서 단순히 상처를 잊는 것 이상의 치유를 받았다. 그곳에서는 천국에 말을 걸 수 있었고, 내 안의 또 다른 내가 답을 찾아줄 때까지 기다릴 수 있었다. 그곳에서 다른 사람과 구별되는 '나' 를 알게 되었으며, 혼자 있는 것과 외로움의 차이를 알게 되었다. 그곳에서 긍정해야 할 것과 거부해야 할 것을 알게 되었고, 그대로 행할 힘을 얻었다. 무엇보다도 고독은 '이해를 넘어서는 평화'에 대해 가르쳐주었다. 덕분에 나는 어떤 상황이든 마음을 평화롭게 다잡으면서, 수백 번 죽었다가 살아날 수 있었다.

어릴 때는 안전해지기 위해 고독을 찾았다. 요즘은 내 삶을 평온한 마음으로 돌아보기 위해 고독을 찾는다. 어릴 때는 산산조각난 정신과 영혼을 추스르기 위해 춥고 어두운 장소에서 고독을 찾았다. 요즘은 따스한 햇볕을 쪼이기 위해 고독을 찾는다. 그 고독은 언제나 나에게 괜찮다고, 너는 건강하다고 속삭여준다.

🌼 힐링 한 스푼

고독의 시간은 새로운 삶을 위해
충전하는 시간입니다.

85

SOUL
영혼

비물질적 본질, 활기의 근원
개인의 삶을 작동시키는 동기

인체는 인간의 영혼을
가장 잘 그린 그림이다.

−루드비히 비트겐슈타인(Ludwig Wittgenstein)

건강한 몸은 건강한 영혼에 달렸다.

−메나헴 멘델 슈니어슨(Manachem Mendel Schneerson)

영혼은 생각이나 믿음이 아니라 경험이다.

−레이첼 나모이 레멘(Rachel Naomi Remen)

몸보다 영혼의 치유가 더 중요하다.

−그리스 속담

몇 년 전 심리요법 의사인 토머스 무어는 영혼이 작용하고 드러나는 방식에 대한 책을 여러 권 썼다. 무어에게 영혼은 단순히 종교적 대상이거나 죽은 후에 남아 있는 천상의 존재가 아니다. 그는 영혼을 실제의 삶 그리고 우리 자신 속에서 깊이 느끼며 진정으로 소중히 하고, 삶과 연결시켜야 할 실체로 보았다.

영혼을 보살피기 위해서는 먼저 그것을 존중해야 한다. 무어는 조언한다. "지키다(observance)라는 말은 종교와 의식에서 비롯됐다. 그것은 마치 휴일을 지키듯, 어떤 것에 주의를 기울이면서도 소중히 해야 한다는 의미이다. 그런데 영어 단어 observance에서 'serv'는 원래 양을 보살핀다는 뜻이다. 영혼을 지킨다는 것, 나의 양들에게 시선을 고정한다는 것은 영혼이 어디를 돌아다니며 풀을 뜯든지, 혹은 무언가에 중독되거나, 멋진 꿈을 꾸거나, 힘든 기분을 느끼든지 관계없이 그것을 보살핀다는 뜻이다."

영혼을 돌보는 것은 또한 영혼을 자기 향상 프로젝트 대상처럼 대하는 것이 아니라 그것이 어떤 상태이든, 심지어 아플 때에도 존중해주는 것을 의미한다. 무어는 말한다. "심리요법 의사로서 나는 건강을 위한다는 이유로 사람들에게서 뭔가를 빼앗고 싶지 않다." 그는 질병의 원인을 마치 박멸하듯이 제거하려들기보다는 문제를 돌아보고 그것의 필요성, 심지어 가치까지도 조명하자고 제안한다. "열린 마음으로 영혼을 들여다보면 질병 속에 감춰진 메시지를 찾아낼 수 있다. 회한이나 불편한 감정 때문에 보이지 않던 해결책, 그리고 좌절과 불안의 시기를 거쳐야만 깨달을 수 있는 앞으로의 변화 방향까지 알게 된다."

자신이 영혼을 보살피고 있다는 것을 일상 속에서 어떻게 알 수 있을까? 무어에 따르면, 불신과 두려움이 아니라 연민을 느끼기 시작할 때, 복잡한 마음과 혼란으로부터 자유롭고 싶어질 때, 기쁨이 평소보다 마음속 깊이 느껴질 때라고 한다. 영혼은 그 자체가 목적이자 끝 지점이기 때문이다.

💮 힐링 한 스푼
  나의 영혼을 지키고, 존중하고, 돌아보며 보살핍니다.

86

SPIRIT
정신

물리적 유기체로 이뤄진 생명에
활기를 불어넣는 근원
인간의 기본적 본성

자신을 정신적으로 이해하기 위해
반드시 종교를 찾을 필요는 없다.
당신이 아는 자신, 마음속 깊은 곳으로부터
느껴지는 자신에 대한 이해면 충분하다.

−오프라 윈프리(Oprah Winfrey)

진정한 치유의 기술은 그의 정신이
밝게 빛나도록 해주는 것이다.

−산드라 잉거먼(Sandra Ingerman)

신성함은 사랑 없이는 존재할 수 없다.

−나다니엘 브랜든(Nathaniel Branden)

한번 상처 입은 정신은 치유하기 어렵다.

−유대인 속담

정신은 모든 것을 비춘다.

—중국 속담

나는 어린 시절부터 정신질환 환자를 보아 왔다. 50년도 넘는 인생의 경험이 정신질환과 치유에 대한 답을 내는 데 도움이 되었다고 믿고 싶지만, 사실은 도움이 되지 않았다. 나의 경험은 그 답이 아니라 단서가 되어줄 뿐이다.

원시인들은 우리가 인간의 모습을 한 정신적 존재라고 믿었다. 하지만 인간이 정신의 모습을 한다고는 믿지 않았다. 샤먼이라 불리는 그들의 치유자는 몸과 정신을 분리할 수 없다고 보았고, '모든' 질병은 정신의 문제라고 보았다. 현대의 서양인들은 그와 반대다. 내세에 초점을 맞추기보다는 바깥세상에서 정신적 문제에 대한 답을 찾는다. 그리고는 여행을 떠난다. 떠나는 것은 도움이 되기는 하지만, 예상했던 만큼의 효과를 거두지는 못한다. 시인 T.S. 엘리엇도 말했듯, 그 여행에서 중요한 것은 바깥에서 무엇을 찾는 것이 아니기 때문이다. 무엇이 중요한지는 여행의 끝 무렵에야 알 수 있다. 당신이 이미 알고 있지만 몰랐던 내면의 문이 있다. 그 문을 통과해보라. 당신은 처음 시작했던 바로 그 장소로 되돌아오게 될 것이다.

나는 '내면의 문'을 한 번도 여행해보지 않은 사람들을 많이 보았다. 그들은 알콜, 약물, 음식에 중독된 사람들이다. 그들의 영혼은 억눌려 있으며 무언가에 꽁꽁 싸매져 있다. 그들은 고통에 정신이 멍해지거나, 우울해하거나, 장황설을 늘어놓는다.

잘못된 방식으로 종교에 의지하는 사람들도 있다. 그들은 종교 적 의식이나 희생, 수행, 지도자의 도움을 받으려 하지 않는다. 결국 자기 안에 갇혀 내면의 문을 열 기회조차 잃어버린다.

내 오랜 친구 중 아주 빠르게 알코올과 마약 중독에서 벗어 난 친구가 있다. 나는 그녀에게 몇 번이나 감탄했었다. 자신의 삶을 증오할 정도였던 그녀가 어떻게 갑자기 바뀌었을까? 그 녀는 꿈속에서 자신의 장례식을 본 이후로 바뀌었다고 했다. "장례식에서 아무도 나에 대해 좋은 이야기를 하지 않았어. 그 끔찍한 고통은 외면하려 할수록 심해졌지. 그때 어떤 목소리가 들려왔어. '신께서는 너를 사랑하신다. 너의 삶을 사랑해라.'"

깨어난 후, 그녀는 다시는 술과 마약을 하지 않겠다고 결심 했다. "누구의 목소린지 모르겠지만 영적인 느낌으로 가득했 어." 시간이 흐른 후에 그녀는 말했다. "아마 신의 목소리가 아 니었을까? 왜냐하면 듣는 순간, 그게 진실이란 걸 알았으니 까."

힐링 한 스푼
나의 정신은 완전하고, 신성하며, 치유됩니다.

87

STORY

이야기

어떤 사건이나 혹은 연속된 사건을
설명하거나 이야기하는 실화 혹은 허구

우리는 영혼을 치유하기 위해 이야기하며,
그리고 나서야 몸과 마음의 치유를 시작할 수 있다.

−에드워드 호프만(Edward Hoffman)

이야기는 약이다.

−클라리사 핀콜라 에스테스(Clarissa Pinkola Estes)

이야기는 사람들에게 그들을 둘러싼,
믿을 수 없이 혼란스러운 모습과 현상 뒤엔
결국 질서가 숨어 있다는 것을 전해준다.

−빔 벤더스(Wim Wenders)

좋은 이야기는 두 번 들어도 좋다.

−영국 속담

헛되고 불경한 미신은 버려라.

-디모데전서 4:7

만일 당신의 영혼이 꿈에 나타나 경비가 삼엄한 교도소, 정신병동, 병원, 어둠이나 쓰레기가 널브러진 골목으로 따라 오라고 손짓하는 꿈을 꾸었다면 어떻게 할 것인가? 옛날에 블루라는 이름의 수도사가 그런 꿈을 꾸었는데, 그는 그것을 이야기꾼이 되라는 신의 신성한 뜻으로 받아들였다. 그런 바보 같은 사람이 오늘날에도 실제로 존재한다. 휴 모건 힐 박사다. 그는 보스턴과 캠브리지 대학에서 강연하는 공식 스토리텔러이자 유엔 인간거주 포럼의 연사이기도 하다. 그는 매일 트레이드마크인 파란 터틀넥과 알록달록한 재킷을 입고 리본, 풍선, 배너, 방울 그리고 탈바꿈의 상징인 나비 심벌로 장식된 베레모를 쓴다. 그리고는 맨발로 길거리와 마을 광장을 돌아다니며 치유의 이야기보따리를 풀어놓는다.

이 '블루' 씨에게 어떤 계기로 치유의 이야기를 하게 되었는지 물어보았다. 그는 답했다. "저에겐 읽고 쓰지 못하는 동생이 있었습니다. 학습에 장애가 있었는데, 이른바 정신지체라고 불렸죠. 하지만 저는 그 단어를 좋아하지 않아요. 제 동생의 영혼은 너무나 똑똑했으니까요. 하지만 누가 영혼을 볼 수 있겠어요? 저는 결국 동생에게 읽고 쓰는 법을 가르쳐주지 못했죠. 그리고 동생은 시설에서 죽었습니다. 그 후로 저는 전 세계를 돌아다니면서 장애가 있는 사람들을 찾아다니겠다고 결심했어요. 그들에게 이야기를 들려줘서, 자신이 사랑받는 존재라는 걸 알려주기로 결심했지요."

블루 씨는 12년 동안 조그만 무지개 색깔 가방에 '노예의 사슬'을 넣고 다녔다. 그것은 하버드대 교수에게서 받은 것인데, 그 교수의 증조할아버지가 남북전쟁 시대에 노예 시장에서 가져온 것이었다. "저는 이 사슬을 가지고 다니면서 할 일을 되새깁니다. 당신은 사람들을 가둔 사슬을 부숴줄 수 있습니다. 마음의 사슬도, 삶의 사슬도요. 이야기는 영원한 것이고, 우리는 모두 전달자가 될 수 있습니다. 당신이 해준 이야기는 기도가 되어 다른 사람을 치유하고, 그들의 삶을 축복해줄 수 있습니다."

❋ 힐링 한 스푼
당신이 들려주는 치유의 이야기는
듣는 이의 삶을 축복해줍니다.

88

STRENGTH

힘

강한 성질 혹은 상태

힘이란 맨손으로 초콜릿 바를 네 조각 낸 후,
한 조각만 먹을 수 있는 능력이다.

–주디스 비오스트(Judith Viorst)

나는 언제나 자신의 밖에서 힘과 자신감을
찾아다녔지만,
그것은 안에서 나오는 것이었다.
그것은 나의 내면에 존재한다.

–안나 프로이트(Anna Freud)

어려운 상황에 처한 개인이나 사회집단이
이 질문에 가장 먼저 답해야 한다.
당신은 위기를 시험하는 것으로 보는가,
절망적인 상황으로 보는가.

–해리 에머슨 포스딕(Harry Emerson Fosdick)

나의 힘은 연약함 속에서 완벽해진다.

−고린도서

짐의 크기는 말의 힘에 비례한다.

−탈무드

이솝 우화는 걸핏하면 싸우는 두 아들과 아버지의 이야기를 들려준다. 그 이야기는 다음과 같다.

간곡하게 말려도 싸움이 멈추지 않자, 아버지는 두 아들에게 막대기 묶음을 가져오라고 시켰다. 그는 막대기를 묶어 손에 쥐고는 각각의 아들에게 이 막대기를 부러뜨려보라고 했다. 아들들은 온 힘을 다했지만 막대기를 부러뜨리지 못했다. 다음으로 아버지는 묶음을 풀어 막대기 하나씩을 아들들의 손에 쥐어주었다. 이번엔 쉽게 부러졌다. 아버지는 말했다. "아들아, 너희들이 마음을 하나로 합쳐 돕는다면 이 묶음처럼 어떤 적이 다가와도 해를 입지 않을게다. 하지만 너희가 서로 떨어지면 이 막대기처럼 쉽게 부러진단다."

알콜 중독에서 회복 중인 뮤지션 내 친구 버드는 "강해질 것'을 요구하는 사회 분위기가 사람들을 잘못된 방향으로 인도한다."고 했다. "내가 강하다고 느낄 때 술을 마시고 싶었거든요." 그는 말했다. "하지만 삶을 바꿔야 한다고 느낄 땐 약해졌어요." 버드는 특히 알코올 중독으로 인해 '인생의 바닥'을 쳤을 때 자신이 가장 약하다고 느꼈다고 했다. "그런데 바닥을 친 건지는 어떻게 알아요?" 나는 물었다. "바닥을 치면, 바닥을 파는 걸 멈추게 되거든요." 그는 답했다.

물론 모두가 세상을 등지고 동굴 속에 숨거나 좌절을 하는 건 아니다. 이따금 우리는 사고, 질병이나 통제할 수 없는 환경 때문에 나락에 떨어진다. 그러나 어떤 이유로 빠졌든, 우리는 몸과 정신과 영혼이 빠져나오도록 상처를 치유하기 시작해야 한다. 이솝 우화와 버드의 이야기는 모두 비슷한 교훈을 준다. 만일 당신이 구덩이에서 빠져나올 수 없다면, 누군가에게 힘을 빌려준 적 있는, 그리고 당신에게 길을 제시할 수 있는 사람의 손을 잡으라. 빠져나갈 때는 한 번에 한 걸음씩 딛자. 그 걸음들은 더 많이 누적되어야만 의미가 있기 때문이다. 명심하자. 당신의 진정한 힘은 기다릴 때와 갈 때를 알아야 발휘된다. 즉 언제 자신을 믿어야 할지, 신을 믿어야 할지를 구분할 줄 알아야 한다는 의미다.

힐링 한 스푼
자신의 약점을 알면 어디가 더
강해져야 하는지 알게 된다.

89

SURRENDER
굴복

어떤 사람에게 순종하는 것,
내어주는 것

치유의 과정은 무조건적 사랑, 용서와
두려움 버리기로 이루어진다.

−제럴드 잼폴스키(Gerald Jampolsky)

당신이 공기에 저항하지 않았다면
그것을 타고 다닐 수 있었을 것이다.

−토니 모리슨(Toni Morrison)

15살에 나는 알게 되었다.
다른 선택의 여지가 없기에
굴복하는 것은 저항만큼이나 숭고하다고.

−마야 안젤루(Maya Angelou)

기계적 연습보다는 이해가 낫다.
이해보다는 명상이 낫다.

그러나 그보다 좋은 것은 결과에 승복하는 것이다.
그러면 평화가 따라오기 때문이다.

—바가바드 기타(Bhagavad Gita)

사랑은 모든 것을 정복한다.
사랑 앞에 굴복하라.

—버질(Virgil)

'굴복'이라는 단어는 어떤 사람에게는 부정적인 느낌을 준다. 반면 건강을 해치는 행동을 일삼는 사람들은 이 단어를 긍정적으로 볼 수도 있다. 어떤 경우이든 우리가 어떤 사물이나 사람에게 굴복한다는 것은, 그 대상이나 자신을 바꿀 힘이 부족하다는 것을 스스로 인정한다는 의미다.

우리 모두가 그런 느낌을 알 것이다. 어린 시절부터 우리는 언제나 가까운 사람의 충고에 굴복하지 않던가? 부모님이나 신뢰하는 사람에게는 기꺼이 그렇게 하기도 한다. 어떤 때는 압도적으로 강한 누군가에게 굴복한다. 학교에서 집단 따돌림을 당할 때, 또한 제도나 질병 등에 굴복하기도 한다. 자신의 삶의 굴복의 순간들을 돌아보자. 때로는 자신의 무력함을 인정하는 것이 단지 기계적인 반응이 아니라, 가슴에서 우러나오는 진실한 고백이 될 수도 있음을 알게 될 것이다.

크리스는 테드와 내가 만나기 4년 전에 사고를 당했다. 지금은 39세가 된 크리스는 당시 두부에 중상을 입었을 뿐 아니라 온 몸의 팔 다리 뼈가 부러져 한 달 동안 혼수상태에 빠졌다. 의사는 당시 13살밖에 안 된 크리스가 살 수 있을지도 장담하지 못했다. 가족 모두가 크리스를 크게 걱정했다. 테드뿐 아니라 크리스의 형, 할머니, 할아버지까지 병원에서 살다시피했다. 그 와중에 테드는 언제나 깔끔한 정장과 타이를 입고 나타나곤 했다. 그는 병원에 도착하면 크리스가 깨어나 회복하고 있을 것이라는 희망을 가지고 매일 병원을 들른 것이었다. 물론 그런 일은 일어나지 않았고, 테드는 병원에 도착할 때마다 희망을 놓지 않고 신이 기도를 들어주길 바랐다.

어느 날 저녁 테드는 여느 때처럼 시간에 맞춰 병원에 도착했다. 그는 문득 거울을 지나쳤는데, 문득 거울에 비친 자신의 모습이 너무도 낯설게 느껴졌다. 테드는 거울 속 정장을 입은 낯선 사람의 눈을 들여다보았다. 놀란 그는 정장과 넥타이를 벗었고, 풀 먹인 셔츠의 단추를 풀고 소매를 걷었다. "크리스의 병실에 들어섰을 때 전 발가벗겨진 기분이었어요. 전 아이 옆에 앉아서 울음을 터뜨렸죠. 그리고 가슴 한 구석에서 우러나오는, 속으로 아주 오랫동안 외면해 왔던 기도를 시작했어요. '당신 뜻대로 하소서.' 라고…."

✿ 힐링 한 스푼
나의 갑옷을 내려놓고, 마음을 엽니다.

90

TEARS

눈물

눈꺼풀에서 넘쳐흘러 얼굴을 적시는 분비물
흐느끼는 행위 혹은 비통함

눈물에는 신성함이 있다.
그것은 1만 개의 입보다 유창하게 말한다.

−워싱턴 어빙(Washington Irving)

눈물은 환풍구가 없는 슬픔이다.
눈물은 몸의 다른 장기들까지도 눈물 흘리게 한다.

−헨리 모즐리(Henry Maudsley)

눈물을 흘릴 눈이 없다면,
영혼에는 희망이 없을 것이다.

−존 밴스 체니(John Vance Cheney)

내면에는 눈물을 위한 장소가 있다.

−조하르(Zohar)

상황에 맞는 눈물은 상황에 맞지 않는 미소보다 낫다.

―이란 속담

귀 기울여 들으라 온통 예상치 못하게 구획된
지표면에 아무렇게나 놓아진 갑작스런 눈물을
사랑하는 이는 안다 소리, 몸짓, 노래, 한숨
그리고 당신이 아주 깊은 곳까지
흔들린 채로 거기 있다는 것을.

―세이디 M. 그레고리(Sadie M. Gregory)

나는 아버지가 돌아가셨을 때 울지 않았다. 어린 시절 아버지는 내가 자신과 가까워지는 것을 결코 허락하지 않았고, 언제나 울지 말라고 꾸짖기만 하셨다. 그래서 나는 울지 않았다. 어머니가 돌아가셨을 때는 그러지 않았다. 어머니와 거리감을 느끼던 시간도 있었지만, 그런 시간은 오래 전에 지나갔다. 우리 두 사람은 스스로 원했고, 결국 그 어느 때보다 가까워졌다. 그것을 기억했기에 눈물이 거침없이 흘러내렸다. 이따금 눈물은 슬픔과 고통을 희석하는 데 도움이 되기도 한다. 이따금 눈물은 잊어버리는 게 더 나을 지저분한 기억들을 씻어내기도 하고, 사랑하는 사람의 따뜻함을 기억할 때마다 솟아나기도 한다. 또한 세상을 떠난 사람과 끝맺지 못한 일이 없어서 다행이라는 안도를 하게 되기도 한다. 세상을 떠난 사람을 그리는 눈물은 죽은 사람이 산 사람의 가슴속에 영원히 남는다는 것을 알게 해준다.

어머니가 돌아가시기 전날 밤의 일이다. 어머니는 혼수상태였다. 어머니의 입을 관통해 목구멍에 기계적으로 삽입된 인공호흡기 튜브가 그녀 대신 숨을 들이쉬며 내쉬고 있었다. 침대 옆에서 오랜 시간 간호한 후, 나와 동생은 식사를 하러 잠시 나가려 했다. "정말 금방 돌아올게요, 엄마." 나는 등을 구부려 어머니의 이마에 키스하면서 말했다. 갑자기, 감겨 있던 어머니의 눈꺼풀이 나에게 뭔가 알려주려는 듯이 움직였다. "엄마, 제 말 들려요?" 이번에도 그녀는 들은 듯했다.

바비, 데보라와 나는 우리를 어머니에게 돌아와서 15분 동안 사랑과 감사의 말을 전했다. 목소리가 바뀔 때마다 어머니는 누군지 안다는 듯이 작은 표시를 해보였다. 이내 어머니는 다시 깊은 잠에 빠졌다. 우리는 모여서 나지막이 말했다. "이제는 우리와 함께하시지 못할 거야." 그리고 어머니를 돌아봤더니, 진주처럼 빛나는 눈물이 눈가에 고여 있었다.

🌿 힐링 한 스푼

눈물은 죽음의 그림자가 드리운 골짜기를
건너게 해줍니다.

91

THOUGHTS
생각

사고의 결과물

위대한 생각을 실천하면 위대한 행동이 된다.

−윌리엄 해즐릿(*William Hazlitt*)

당신의 사고방식이 당신에게 맞는지 판단하려면
다음과 같이 질문하라.
그것이 당신의 내면에 평화를 가져다주는가?
그렇지 않다면, 뭔가 잘못된 것이다.
그러니 새로운 방식을 찾아라!

−피스 필그림(*Peace Pilgrim*)

옳거나 그른 것은 없다.
우리의 생각이 그렇게 만든다.

−윌리엄 셰익스피어(*William Shakespeare*)

어제 무엇을 생각했는지 궁금하다면,

오늘 당신의 몸을 보라.
내일 몸이 어떨지 궁금하다면,
오늘 당신이 한 생각을 돌아보라.

　　　　　　　　　－인도 속담

나는 내가 생각하는 것이다.
우리는 생각으로 인해 존재한다.
우리의 생각이 세상을 만든다.

　　　　　　　　　－붓다

　세상 혹은 우리 자신에게 기분이 나쁠 때 우리의 생각은 다른 곳으로 흐르게 마련이다. 『영혼의 연감』의 저자인 아론 세라는 종파를 초월한 힌두교 지도자이기도 하다. 그는 다음 이야기를 통해 생각의 힘이 우리를 지배한다는 것을 보여준다. 이 이야기에는 자신의 원하는 것을 찾아 세계를 떠돌아다닌 남자가 등장한다. 그러나 어딜 보아도 그는 자신이 원하는 행복과 성취를 찾을 수 없었다. 마침내 어느 날, 지쳐서는 거대한 나무 아래에 앉았다. 그는 그것이 소원을 이뤄주는 위대한 나무라는 것을 알지 못했다.

　그는 쉬면서 생각했다. "이곳은 정말 아름답군. 여기에 집이 있으면 좋겠어." 그러자 그의 눈앞에 집이 나타났다. 그는 기뻐하며 또 생각했다. "아, 이곳에서 같이 살 배우자가 있었으면. 그러면 행복할 텐데." 그러자 순식간에 아름다운 여인이 그를

'여보'라고 부르며 나타났다. 그녀에게 가기 전, 그는 배가 고파져 허기를 채우고 싶다는 생각을 했다. 그러자 온갖 종류의 음식과 음료로 상다리가 휘어질 듯한 만찬이 나타났다. 그리고 허기를 채우면서 남자는 생각했다. "남은 음식을 먹여줄 하인이 있었으면 좋겠다." 즉시 하인이 나타났다.

식사를 마치고 남자는 나무를 등지고 앉아 주변을 돌아보기 시작했다. "정말 멋지군. 내가 소원한 모든 것이 이뤄졌어. 이 나무에는 신비한 힘이 있구나. 저 안에 악마가 사는지 궁금한걸." 그가 질문하자마자 거대한 악마가 나타났다. "오, 이런." 그는 생각했다. "이 악마가 날 잡아먹겠구나." 그리고 그렇게 되었다.

🌿 힐링 한 스푼
긍정적인 생각은 건강과 행복과 치유에
도움이 됩니다.

92

TIME
시간

어떤 행동, 과정, 상태가 존재하거나 계속되는
측정된 혹은 측정 가능한 기간

시간은 변화무쌍한 재봉사다.

−페이스 볼드윈(Faith Baldwin)

시간은 치유하지 않는다.
그러나 치유에는 시간이 필요하다.

−데보라 모리스 코리엘(Deborah Morris Coryell)

감옥에 당신의 시간을 바치지 말고,
시간이 당신에게 바쳐지도록 하라.

−안나 M. 크로스(Anna M. Kross)

시간이 치유를 가져다줄 것이다.

−그리스 속담

시간은 최고의 의사다.

−유대인 속담

당신은 '시간병'에 시달리는 사람들과 같은 부류인가? 당신은 빨리 지나가는, 슬쩍 지나가는, 날아가는, 째깍째깍 흘러가는, 다 떨어져가는 시간을 지키느라 스트레스를 받고 있지는 않은가? 시간을 소모하고, 보내버리고, 낭비하고, 잃을까봐 걱정하는가? 시간을 상품처럼 훔치고, 빌리고, 사려 하는가? 최근 당신의 시간이 멈췄던 때, 관리했던 때, 혹은 남아돌던 때는 언제였는가?

"시간이 모든 상처를 치유해준다"는 사실은 누구나 안다. 하지만 시간으로 곡예를 부리듯 아슬아슬하게 살거나, 시간부족에 시달리는 사람들에게 그것이 현실적으로 가능할까? 어떻게 하면 시간에 굶주리지 않을 수 있을까? 어떻게 하면 이 상황을 바꾸어, 내가 나를 조종하는 조종대에 앉고, 시간이 우리를 조종하지 않게 할 수 있을까?

작가인 존 스타인벡도 그 점을 궁금해 했다. "그 불일치는 어디에서 시작되는 것일까?" 그는 묻는다. "당신은 충분히 따뜻한데도 떨고 있다. 당신은 배부른데도 배고픔이 당신을 갉아먹는다. 당신은 이곳에서 사랑받는데도 새로운 땅으로 떠나고 싶어 한다. 그리고 이 모든 것에 낭비되기 위해 시간이 존재한다, 나쁜 놈의 시간이."

미국 최대의 전체론적 의학 교육센터인 오메가 협회의 공동 창립자 스테판 레샤핀 박사는 시간병의 원인이기도 한 '불일치' 상태를 해소하는 방법은 시간을 다른 관점으로 보는 것이라고 말한다. 그것은 내면과 외부 세계의 리듬을 일치시키며,

균형감을 갖는 것이다. 시간을 다른 관점으로 본다는 것은 시간이 주는 압박감과 불안감에 대해 단순히 수동적이거나 부정적으로 반응하지 않고 활동적이고 긍정적으로 대응하는 것이다. 어떤 일이 일어날 때마다 자신의 생각과 감정 상태에 대해 주의를 기울이고, 삶의 속도를 끌어올리거나 늦추는 것이다.

당신이 전화를 응대하는 모습에는 당신의 마음 상태가 드러난다. 전화를 '시간 도둑'이라고 생각하는 사람도 많기 때문이다. 전화가 울릴 때 당신은 수화기 건너편의 상대에게 불친절하게 이야기하는가? 승려인 틱 낫 한도 이럴 때 "시간을 다른 관점으로 보라"고 조언한다. 퉁명스럽게 단순 반응하지 않고, 평소보다 조금 더 많은 시간을 들여서 의식적으로 친절하게 응대해보는 것이다. 우선 전화기가 세 번 울릴 때까지 놓아두자. 그동안 숨을 깊게 세 번 쉬고 집중하자. 그 후 전화를 받자. 당신은 스트레스와 방해를 받는다는 생각을 하게 되고, 좀 더 느긋해질 것이다. 심지어 전화를 걸어준 수화기 건너편의 그 사람이 선물처럼 느껴질 것이다. 당신은 웃고 있는 자신을 발견하게 될 것이다.

🌿 힐링 한 스푼
지금 이 순간에 충실하다면, 시간은 나를 도와줍니다.

93

TOUCH

접촉

감각으로 느낌을 인지하는 것
붙잡는 것, 영향을 미치는 것, 감정을 일으키는 것

접촉에는 그것에 대한 언어와 생각을 넘어서는
신비한 치유의 힘이 있다.

−아이린 크로우(Aileen Crow)

지성이 아무리 애를 써도 소용없는 난제를
가끔은 손이 해결할 것이다.

−칼 융(Carl Jung)

당신이 살아남기 위해서는
하루 4번의 포옹이 필요하며,
삶을 유지하기 위해서는 8번,
성장을 위해서는 12번이 필요하다.

−버지니아 사티어(Virginia Satir)

모든 군중이 그를 만지려 하자,
그에게서 힘이 나타나
그들 모두가 치유되었다.

―누가 6:19

내 가슴 속의 덩어리를 처음 만져본 순간의 그 느낌을 나는 결코 잊지 못할 것이다. 샤워하는 동안 미국 암 협회에서 권장하는 월간 자가 진단법을 내 나름대로 수행하고 있었다. 내 손가락 끝은 여느 때처럼 친숙한 지형을 따라 지났다. "이건 바보 같은 짓이야." 나는 생각했다. "7주 전에 유방조영상을 봤을 때도 깨끗했잖아."

그러나 습관은 습관이어서, 오른쪽 가슴이 편하고 깨끗하다는 것을 느끼고 나서야 나는 왼쪽으로 이동했다. 다시 동심원을 그리며 손가락을 가슴 위로 움직였다. "아무것도 없군." 손가락을 내 겨드랑이 쪽으로 쓸어 본 후에 한숨을 쉰다. "거의 다 됐다. 아직 하나 더 남았어, 이번엔 조금 더 어려운 이중점검이다."

마침내 결승점을 통과하기 직전, 나는 '그것'이 내 가슴뼈 옆에 위치해 있다는 걸 느낀다. 공포의 물결이 내 내면의 우주의 가장 먼 곳까지 씻어낸다. "그럴 순 없어." 나는 위장이 끓어오르는 느낌을 받으며 말했다. 여러 번 만져보면서, 뭔가 바뀌길 바랐다. 그러나 그 느낌은 그대로였다.

나는 즉시 이 침입자에게 내 추측을 불식시킬 기회를 24시간 주겠다고 통보했다. 다음날 샤워실에서, 내 지침을 따르지 않은 이 덩어리를 저주하면서, 나는 이 침입자가 내 몸을 불법 점유하고 있다는 사실을 받아들여야 했다. 몇 시간 후 산부인과 병원에서 '그것'이 정말 존재한다고 확인해주었다. 내가 그 덩어리가 작고 부드러운 낭종이길 간절히 바랄수록, 검사 결과는 다르게 나왔다.

나는 종양절제술을 받은 후 이틀 만에 처음으로 샤워를 했다. 무서운 마음에 물의 흐름이 몸의 왼쪽에 닿지 않게 했다. 날 따뜻하게 씻겨주는 물줄기는 피부에 닿을 때마다 날 아프게 하는 것이 아니라 치유하듯이 따뜻하게 적셔주었다. 나는 일요일 예배를 드리러 테드의 교회로 향했다. 에이즈 환자, 노숙자, 동성애자와 같은 소외된 사람들까지도 모여드는 이곳에 다시 들어서자, 치유의 기운이 충만해지는 것을 느꼈다. 배려심 많은 친구들, 그리고 낯선 이들이 다가와 내 몸의 왼쪽을 피하며 안아주었다. 그들이 해준 격려의 말이 내 마음을 가득 채웠다. 나의 건강과 행복을 기원하는 그들의 기도는 내 영혼의 가장 깊은 곳까지 어루만져주었다.

❀ 힐링 한 스푼
치유를 위해 내 마음을 어루만집니다.

94

TRUST
신뢰

진실성, 능력, 혹은 어떤 사람이나
사물의 성질에 굳게 의지하는 것
어떤 것의 미래에 기대는 것

자신을 신뢰하라,
그러면 어떻게 살아야 하는지 알게 될 것이다.

-요한 볼프강 폰 괴테(Johann Wolfgang Von Goethe)

당신을 가장 깊이 감동시키는 것을 신뢰하라.

-샘 킨(Sam Keen)

삶을 신뢰하라,
그러면 삶은 당신이 기쁨과 슬픔을 통해
무엇을 알아야 할지 가르쳐줄 것이다.

-제임스 볼드윈(James Baldwin)

신뢰하는 것이 진실이다.

-속담

어떤 환자들은 아주 위험한 상태라는 것을
알면서도 의사의 좋은 점을 칭찬하며
간단하게 건강을 회복한다.

−히포크라테스(Hippocrates)

오랫동안 결혼생활을 한 다른 많은 80대의 부부처럼, 휴와 나프텔은 몸과 마음이 쇠약해져갈수록 서로에게 점점 더 의지하게 되었다. 학교 선생님이었던 나프텔은 언제나 좋은 기억력에 자부심이 있었지만 나이 들면서 단어를 자주 빠뜨리거나 잊어버리게 되었다. 이 증세는 점점 심해졌고 그녀는 마침내 톰이 없이는 빠진 단어를 메울 수 없게 되었다. 한편, 휴는 눈이 어두워졌다. 그는 나프텔이 낮은 물론 밤에 침대에 잠들 때까지 자신을 안전하게 안내해줄 것이라고 믿었다. 그들은 오랫동안 살던 집을 떠나 노인 거주시설 아파트에 살게 되었을 때도 서로의 빈틈을 채워주며 지냈다.

어느 날 휴는 저녁에 재즈밴드가 근처에서 공연한다는 사실을 알게 되었다. 휴는 수많은 세월 동안 나프텔에게 저녁식사와 춤을 청했고 나프텔은 언제나 열정적으로 승낙했으며, 그날도 그랬다. 그날 밤 그들은 젊은 시절에 듣던 음악을 함께 들었다. 이때 이들의 병환은 사라진 듯했다. 휴는 발을 자동 조종장치에 올려놓고 그녀를 무대로 데리고 갔다. 나프텔은 그를 믿고 따라 갔다. 친숙한 음색이 그와 함께 추던 춤을 떠올리게 했다. 그녀는 인생에서 가장 기억에 남는 추억을 단어 없이도 떠올릴 수 있었다.

음악이 끝나자 휴와 나프텔은 다시 서로를 부축했다. 아파트로 돌아가는 길은 그녀가 앞장섰고, 그는 그녀가 떠올리지 못한 단어를 대신 말해주면서 그날 저녁을 얼마나 즐겁게 보냈는지 이야기했다. 그들은 집에 도착해서 소파에 앉았다. 휴는 나프텔에게 평생을 함께해줘서 고맙다고 말했다. 나프텔도 그렇게 말했다. 나프텔은 휴의 어깨에 머리를 기댄 채 세상을 떠났다.

우리의 삶은 누구를 왜 믿어야 하는지 가르쳐준다. 그 이유는 우리가 흔히 생각하는 것보다 간단하다. 우리를 한 장소에서 다른 곳으로 안전하게 안내해줄 수 있고, 아플 때나 건강할 때나 도움을 줄 수 있기 때문이다. 그런 사람을 신뢰해야 할 것이다. 그리고 자신도 상대방에게 그런 사람이 되어야 할 것이다.

❋ 힐링 한 스푼
　오늘 내가 신뢰하는 사람들에게 감사합니다.

95

TRUTH
진실

사실관계나 사실성이
들어맞는 것, 현실

그것은 언제나 똑같은 필연으로 돌아온다.
얼마나 단단하든, 충분히 깊이 들어가면
진실의 기반암이 있다.

−메이 사턴(May Sarton)

일어나지 않았다고 해서
진실이 아닌 것은 아니다.

−팀 오브라이언(Tim O' brien)

최고의 향정신성 약은 진실이다.

−릴리 톰린(Lily Tomlin)

자기 자신의 등불이 되라. 자신을 신뢰하라.
유일한 진실인 당신만의 진실을 지켜라.

−붓다

너희들은 진실을 알게 될지니,
진리가 너희를 자유롭게 하리라.
—복음사가 요한

　예수의 이야기 중에는 피를 흘리는 병에 걸려 12년 동안 의사를 찾아다닌 여자의 이야기가 있다. 그러나 의사들은 여자의 피를 멈추지 못했고 그녀의 고통은 점점 심해져갔다. 마을에 예수가 왔다는 소식을 듣고 여자는 생각했다. "그분의 옷깃이라도 만질 수 있다면 내 병은 나아질 거야." 그래서 그녀는 군중들 사이로 가서 예수의 뒤에서 옷을 만졌다. 그러자 그녀는 피가 멎었다.

　예수는 무슨 일이 일어났음을 깨닫고 뒤를 돌아보았다. "누가 내 옷을 만졌느냐?" 예수가 물었다. 그의 제자들이 답했다. "군중이 당신을 향해 밀려들고 있는데, 어찌 '누가 날 만졌느냐'고 물으십니까?" 하지만 무슨 일이 일어났는지 알고 있던 여자는 두려움에 떨며 그에게 모든 진실을 털어놓았다. 이야기를 들은 후에 예수는 그녀의 믿음 덕분에 병을 나았으니, 돌아가 쉬라고 일렀다.

　이 이야기를 읽을 때마다 나는 '모든 진실'이라는 단어를 눈여겨보게 된다. 모든 진실을 말한다는 것이 무슨 뜻일까? 거짓말하지 않는 것과 모든 진실을 말하는 것에 무슨 차이가 있을까? 마지막 남은 진실까지 모두 털어놓는다는 것일까? 나의 내면과 외부 세계가 일치시킨다는 것일까? 그것은 나의 매력적이고, 아름답고, 호소력 있고, 선한 면과 또한 혐오스럽고, 못생기고, 매력 없고, 악한 면까지도 모두 드러낸다는 것일까? 진실을 말하는 순간 직감적으로 다른 것이 진실이라는 것을 깨닫는다면 어떻게 되는 것일까? 그렇다 해도 아무에게 해가 되지 않는다면 상관없을까? 나와 다른 사람의 치유에 걸림돌이 되는 진실을 말하지 않는 것은 어떨까? 모든 진실이 우리를 나아지게 하고 병을 치유해준다는 것이 무슨 의미일까?

"진실의 전제조건은 고통을 이야기하는 것이다." 아프리카계 미국인 교수인 코넬 웨스트가 말했다. 그 이야기에 예수나 피 흘리는 여자가 등장한다는 것은 중요하지 않다. 중요한 것은 우리의 고통까지 포함하는 모든 진실을 이야기할 때 우리 모두가 치유 받을 수 있다는 사실이다.

힐링 한 스푼

모든 진실에는 치유의 힘이 존재합니다.

96

VOICE
목소리

표현의 매개체 혹은 중개자
선택이나 의견을 표현할 권리 혹은 기회

진실로, 몸은 영혼의 옷이며
생생한 목소리를 가지고 있다.
그러므로 몸과 영혼이 목소리를 통해
신을 찬미하는 것은 자연스러운 일이다.

−힐데가르트 폰 빙겐(Hildegarde Von Bingen)

프로이트에 따르면 모든 치료는
'말을 통한 치유'도 포함한다.
모든 환자는 입에서 입으로 전하는 치료법이 필요하다.
대화는 삶을 위한 키스이기 때문이다.

−아나톨 브로야드(Anatole Broyard)

목소리를 통해 우리는 티베트인들이
'릭파'라 부르는 나라, 즉 비어 있는 동시에
명료한 의식 상태로 들어갈 수 있다.

그것은 궁극적으로 우리를 깨달음으로 인도한다.

―질 퍼스(Jill Purce)

마음에 가득한 것을 입으로 말하기 마련이다.

―마태오 12:34

노래하는 사람은 질병을 겁주어 쫓아낸다.

―미국 속담

　당신은 본연의 목소리, 즉 당신의 생각, 기쁨, 슬픔과 노래를 자연스럽게 표현할 수 있는 당당함을 빼앗겼다고 느낀 적이 있는가? 그렇다면 아마도 계기가 있을 것이다. 당신이 무엇을 설명하거나 묘사하려던 순간 부모님이나 선생님이 조용히 하라고 명령했을 수도 있다. 누군가 "노래하지 마"라고 했을 수도 있고, 당신이 사랑하거나 존경하는 사람에게 "조용히 해", "닥쳐!", "바보 같으니" 등의 말을 들었기 때문일 수도 있다.

　몇 년 전, 나는 그렇게 '빼앗긴 목소리'를 되찾아주는 워크숍에 참석했다. 이렇듯 영혼을 주제로 하는 활동은 흥미롭게 느껴졌는데, 나는 이곳의 사람들이 언제나 치유의 악기소리와도 같은 목소리로 이야기한다는 것을 알고 있었기 때문이다. 글쓰기도 내 영혼을 표현하는 수단이기는 하지만, 나는 오랫동안 이러한 사람들의 말소리 역시 듣고 배우고 싶었다. 나와 비슷한 사람들이 이곳에 줄곧 찾아 왔다. 그들 모두 자신의 내면의 신성한 선율을 들려줄 목소리를 되찾고 싶어 했다.

활동이 끝날 때쯤, 우리 중 많은 사람들은 오랫동안 잃어버렸던 자신의 일부를 되찾았다. 특히 언청이를 가진 내성적인 젊은 여성은 큰 도움을 받았다. 그녀는 워크숍이 진행되는 동안 언제나 침묵한 채 앉아 있었다. 그곳에 참석한 45명이 숨을 깊이 들이마셨다가 공명하는 소리를 낼 때에도 그녀는 늘 침묵이었다. 그런데 마지막 세션에서 그녀는 갑자기 원의 가운데로 걸어 들어갔다. 그녀가 리듬에 맞추어 숨 쉬는 것을 나는 걱정스러운 눈빛으로 바라보았다. 숨을 한 번 쉴 때마다 그녀의 가는 몸이 확장되었고 그녀는 입을 갈수록 크게 벌렸다. 그 후, 마법 같은 천상의 소리가 온 군데에 흘러 다니기 시작했다. 그녀의 소리는 20분이 지나서야 떠내려가듯이 사라졌다. 어느새 우리 앞에는 아름답고, 밝고, 자신감 넘치는 아가씨가 서 있었다. 나는 그녀의 용기에 벙벙해졌고, 그녀의 목소리에 담긴 치유의 힘을 목격한 것이 영광으로 느껴졌다. 후에 그녀는 한 번도 노래해본 적이 없다고 고백했다. "아주 오래 전에 샤워를 하면서 딱 한 번 불러봤었죠." 그녀는 말했다. "그때 겁을 먹은 나머지 다시는 부르지 못했어요."

❋ 힐링 한 스푼
나의 본연의 목소리는 치유의 악기입니다.

97

WELLNESS
온전함

육체적, 정신적 건강이 좋은 상태
혹은 그러한 특성

우리는 각자 자신을 치유하는 탁월한 능력을
가지고 있다. 다만 우리는 그것을 남에게
일깨워줄 수도 있어야 한다.

−스테판 레샤펀(Stephan Rechtschaffen)

완전한 건강을 기준으로 볼 때,
우리의 생각과, 말과, 행동은
신체적 건강과 정신적 행복에 큰 영향을 미친다.

−그렉 앤더슨(Greg Anderson)

우리의 몸은 정원이요, 의지는 정원사다.

−윌리엄 셰익스피어(William Shakespeare)

예방이 치료보다 낫다.

−페루 속담

나아지길 소원하는 것도
나아지는 과정 중 하나다.

−세네카(Seneca)

건강에 대해 내가 쓴 첫 번째 책은 한 유명한 의사에 대한 내용이었다. 기획 단계에서 내가 그리고자 했던 건강한 세상에 대한 이미지를 그리는 것이 쉽지 않다는 것을 깨달았다. 건강은 명사이긴 하지만 '자동차'나 '칫솔'이나 '나무' 같은 이미지는 아니다. 건강은 눈에 보이는 구체적 형태가 없는 특성 내지 상태다. 우리는 언제나 그것이 우리의 삶 속에서 기능하기를 바란다. 그렇다면, 건강을 그림으로 나타낼 수 있어야 하지 않은가?

처음 출간된 책의 묘사력은 괜찮았다. 그러나 여전히 그림의 일부가 완성되지 않은 것처럼 느껴졌다. 암에 걸린 것을 계기로 건강에 대한 관점이 바뀌고서야 무엇을 놓쳤는지 깨달았다. 내 경험에 의하면 첫 번째는, 건강은 질병의 반대가 아니라는 것이었다. 그것은 부작용이 나타나기 전까지의 다이내믹한 형태의 유예기간에 불과할 수도 있다. 마음, 몸과 정신의 건강에 대해 가르쳐야 할 학교는 암이나 심장질환에 걸린다면 자신을 비난해야 할 것처럼 가르친다. 말도 안 된다! 우리는 건강할 의무가 있는 것이지, 질병에 책임이 있는 것이 아니다. 진정한 건강을 일궈나가려면 건강에 대해 예방적이며 전체론적인 접근을 취해야 한다. 또한 자신의 수동성 태도에 대해 변명하거나 정당화하거나 합리화하지 않을 만큼 정직해져야 한다.

수술과 방사선 치료 직후 몸이 훨씬 좋아진 것을 느끼기 시작했다. 하지만 나는 직감적으로 내가 건강한 것은 아니라는 것을 알았다. 감정적으로 우울했고, 그저 전보다 나은 정도였다. 그때 깨달았다. 나아지고 있는 것에만 집중하면, 결국 다른 것은 나빠진다. 정말로 몇 주 동안 나는 흡사 래칫(한쪽으로만 회전하는 톱니바퀴)처럼 살았다. 첫째로, 육체적, 감정적, 정신적으로 조화를 이루지 못했음을 알면서도 두세 걸음씩 걸어 나갔다. 그렇게 주의를 늦추고 '건강이 틀림없이 나아졌다'고 여긴 순간, 나는 뒤로 미끄러졌다.

결국 질병의 경험을 통해 나아지는 것과 좋아지는 것의 차이를 구분할 수 있게 해주었다. 이제 나는 건강이 단지 현재를 살아가는 것이 아님을 안다. 건강은 나에게 균형을 요구한다. 상황이 변하면 또 받아들이고 그에 맞는 건강관리를 해나가야 해야 한다. 이는 완전한 건강을 향한 여정이란 곧 평생에 걸쳐 의식적으로 스스로를 치유하는 것임을 의미한다. 우리는 건강이라는 그림은 스스로 그려야만 하는 것임을 깨달아야 한다.

🌿 힐링 한 스푼
 건강이라는 그림은 나 스스로 그리는 것입니다.

98

WHOLE
완전함

모든 요소를 포함하고 있는 것,
완벽한 것

당신이 그린 원은 부서지지 않으리라.

−노래

외로운 어린아이에게 가장 필요한 것은
흔들리지 않는 신이다. 완전한 신을 향한 갈망은
곧 희망과 완전함의 추구이며,
반드시 채워져야 하는 욕구이다.

−마야 안젤루(Maya Angelou)

전체는 시작과, 중간과, 끝으로 이루어진다.

−아리스토텔레스(Aristotle)

온전한 피부로 잠드는 것은 쉬운 일이 아니다.

−러시아 속담

테드의 교회에는 온갖 군상의 남자, 여자와 아이들이 모여든다. 어떤 이들은 150마일이나 떨어진 곳에서 오기도 한다. 무엇이 이 사람들을 끌어들인 것일까? 이토록 다양한 사람이 테드의 교회로 모여드는 것은 사회적 약자를 포용하고, 다양성을 인정하며 그들 모두를 초대하기 때문일 것이다. 톨레도의 세인트 마크에 위치한 이 교회 공동체는 요즘도 '당신 자신 그대로 오라'는 기치를 내건다. 여기서만큼은 그 누구의 허락을 받을 필요 없이 숭고하고, 하나이고, 신성한 아버지, 어머니, 창조주 혹은 그 외 각자가 맞다고 생각하는 신을 믿을 수 있다.

이곳 사람 중에는 아픈 사람도 있다. 암 환자, 에이즈 환자, 루푸스 환자, 심장질환 환자 그리고 여타 생명을 위협하는 질병에 걸린 사람들이 그것이다. 만성적 우울증에 걸린 사람, 중독자, 관절염 환자, 정신질환자도 있다. 육체뿐 아니라 사회적으로 고통 받는 사람들도 찾아온다. 자신의 모든 살림살이를 플라스틱 가방에 담고 다니는 노숙자들과, 유색인종과, 성적 소수자들이 그들이다.

교회에는 40대 후반의 데이비드라는 신자도 있다. 그는 마치 작은 소년 같았다. 그의 어머니에 의하면, 뇌하수체가 제 기능을 하지 않아 전혀 자라지 않았다는 것이었다. 그 결과 데이비드는 여러 가지 장애를 앓게 되었다. 그는 시력이 나빠서 아주 두꺼운 안경을 썼다. 뒤뚱거리며 걸었고, 지능지수가 낮아서 말이 서툴렀으며 이해의 폭이 좁았다. 하지만 이곳에서만큼은 다른 곳에서 느낄 수 없는 유대감을 느낄 수 있다고 했다.

테드는 데이비드가 자신에게 꼭 맞는 자리를 찾았듯이 우리 모두가 그럴 수 있다고 말한다. 우리는 똑같이 소중한 존재다. 예배가 끝날 때 신자들은 조용히 박수를 치며 같은 신을 향해 말한다. '감사합니다.'

쉘 실버스타인의 이야기에는 이가 빠진 동그라미가 등장한다. 이가 빠진 동그라미는 완전한 원이 되길 바라며 자신의 잃어버린 조각을 찾아 떠난다. 그는 완전해지기 위해서라면 무엇이든 하겠다고 한다. 나는 그것이 세인트 마크의 교회에 사람들이 모여드는 이유와 같다고 믿는다. 완전해지기 위해서는 다른 조각이 필요하다. 그들이 함께 같은 장소로, 원으로 모여드는 것은 서로의 잃어버린 조각을 찾기 위해서일 것이다.

❀ 힐링 한 스푼

<u>나는 내가 보는 대로의 나입니다. 나는 완전합니다.</u>

99

WILL
의지

어떤 행동 방침을 의도적으로 선택하거나
결심하는 정신적 능력, 자유 의지

당신이 아플 때,
내면의 가장 육중한 포병대가
당신의 삶의 버팀목이 되어줄 것이다.
그 큰 대포를 계속 쏘라.

−노먼 커즌스(Norman Cousins)

우리의 몸은 정원이요, 의지는 정원사다.

−윌리엄 셰익스피어(William Shakespeare)

삶은 다른 조건에서는
상상도 할 수 없는 습관이다.

−플래너리 오코너(Flannery O'connor)

힘은 육체적 능력에서 나오는 것이 아니다.
그것은 불굴의 의지에서 나온다.

−마하트마 간디(Mahatma Gandhi)

뜻이 있는 곳에 길이 있다.

-영국 속담

'비밀의 좌선'이라는 시에서 시인 로버트 프로스트는 이렇게 썼다.

우리는 링에서 둥글게 춤추며 추측하지만,

비밀은 중심에 앉아서 벌써 알고 있다.

나에게 이 구절은 마치 인간의 삶의 의지를 빗대는 것 같다. 커다란 비밀 주변으로 빙빙 돌며 춤출 수 있지만 결코 닿거나 만질 수 없는 상황과 비슷하게, 그것은 인지할 수는 있지만 설명할 수는 없는, 눈에 보이지 않는 도약인 것이다.

나의 아버지는 삶의 대부분을 그의 덥고 때 묻은 보일러 가게에서 보내셨다. 이 혈기왕성하고 잘생긴 남자는 매일 어둑해진 어둠 속으로 나섰다. 그는 밤늦게 검댕을 묻힌 채 귀가하곤 했다. 그의 관심사는 오로지 돈을 버는 것이었고, 실제로 그랬다. 그는 거의 웃지 않았다. 아니, 결코 웃지 않았다. 그는 가족과 거의 마주치지 않았다. 그에겐 여행할 시간조차 없었다. 하지만 그가 만일 상황이 바뀌길 바라며 울었다 해도 우린 알 수 없었을 것이다.

어느 날 아버지는 삶의 의지를 잃어버리셨다. 아버지가 그런 이야기를 하거나 그 비슷한 단어를 사용한 것도 아니었지만, 침대에 한 번 들어가서 다시는 나오지 않았으니 모두가 알게 되었다. 어느 누구도 아버지를 설득할 수 없었다. 아버지에게 개인적으로 필요한 것을 수행해줄 간병인을 고용했다. 그는 왕좌와도 같은 킹사이즈 침대에 눕거나 앉아서 밥을 먹고, 목욕하고, 쉬고, 손님을 맞고, 자고, 전화하고, 고독을 즐기고, 읽고, 텔레비전을 보았다. 첫 해에는 차례로 그의 딸과, 다른 친척과, 지인과, 랍비와, 의사가 그의 침대를 순회했고 무엇이 그의 수수께끼 같은 행동을 부채질했는지 알아내려 했다. 두려움이었을까? 좌절이었을까? 관심을 가져달라는 표시였을까? 각각의 질문이 모두 진실의 일부였다. 그 자신조차도 스스로에게 그렇게 말했다. 둘째 해와 셋째 해에도 그가 스스로에게 내린 추방령은 계속됐고, 모두가 이유를 알아내는 것을 포기했다. 마침내 병환을 앓게 되어 대장암이라는 진단을 받자, 그는 치료를 거부했다.

"과거와 다르게 산다면 어떻게 사시겠어요?" 마지막으로 아버지께 물어보았다.

"내 삶을 사랑하려고 노력할거야." 아버지는 눈물이 고인채로 말씀하셨다.

❀ 힐링 한 스푼
삶에 대한 사랑은 삶에 대한 의지를
확고하게 해줍니다.

100

WISDOM
지혜

무엇이 진실이고 옳은지 혹은 영원한지 이해하는 것
지혜로운 견해, 계획 혹은 행동지침

인생을 살아보지 않고서는
지혜로워질 수 없다.

−도로시 맥콜(Dorothy Mccall)

지혜는 마음과 지성이 만나는 곳에서 나온다.

−오쇼(Osho)

나의 믿음은 사람을 향한 것이며
그것은 지성보다 지혜롭다.

−D.H. 로렌스(D.H. Lawrence)

건강이 몸을 위한 것이라면,
지혜는 영혼을 위한 것이다.

−프랑스 속담

지혜는 늘 허름한 망토 아래 숨겨져 있다.

–라틴 속담

컵이 마시기 위해 존재한다는 것을
아는 건 좋은 일이다.
무엇 때문에 목이 마른지
모르는 것은 나쁜 일이다.

–안토니오 마차도(Antonio Machado)

『몸의 지혜의 발견』이라는 책을 쓰기 몇 년 전, 미르카 내스터는 몸의 말에 귀를 기울이지 않은 대가를 톡톡히 치렀다. 이호평 받는 건강 작가의 몸은 계속 '자신이' 원하는 것과 필요한 것을 그녀에게 이야기했지만, 미르카의 마음은 그 메시지를 무시하곤 했다.

"사람들은 내가 자신을 잘 돌보고 있다고 생각했죠. 운동하고, 명상하고, 모든 '옳은 일'은 다 하는 엄격한 채식주의자 였으니까요." 그녀는 말한다. "하지만 나는 내 몸이 '그만해!' 라고 소리치고 있다는 사실은 까맣게 잊어버린 채 머리로만 살고 있었어요." 마침내, 원인을 알 수 없는 상기도염에 걸려 말 그대로 앓아 눕고 나서야 미르카는 몸의 소리를 듣기 시작했다. 그 소리는 그녀의 머리가 말해주지 않은 것을 이야기해 주었다. 론 레인저 같은 영웅이 되려는 삶의 태도를 바꾸어, 자신의 삶을 남과 나누는 위험을 감수하라는 것이었다.

그때 일에 비추어, 미르카는 우리 모두에게 스스로 치유할 지혜가 있지만, 그 지혜를 얻는 것은 단순히 '아는 것'을 수집하는 것 이상이라고 믿는다. 경험의 부산물이라고 그녀는 말한다. 예를 들어 사랑하는 이의 죽음과 그에 대한 감정을 설명한다면 한 권의 책으로도 족할 것이다. 그 상실이 동반하는 고통과 슬픔을 느끼는 가슴과 마음과 영혼은 다르다. 그들이 그렇게 느낄 때, 우리는 좀 더 우리 자신과 모든 인간성과 맞닿게 된다. "우리의 몸은 고대의 지혜를 잘 반영하죠. 우리의 임무는 몸속으로부터 치유의 물을 길어 올려 마실 시간을 마련하는 것입니다."

🌸 힐링 한 스푼
<u>몸의 지혜를 소중히 여기면 내 몸은 치유됩니다.</u>

101

WORD

말

음절, 음절의 조합
혹은 글에서 의미를 상징하거나 전달하는 표현

말은 물론 인류의 가장 강력한 치료제다.

−러디어드 키플링(Rudyard Kipling)

다른 사람의 고통을 덜어주고 싶은 마음이
충분히 깊다면, 차이를 만들어낼 수 있는 말을
언제나 찾아낼 것이다.

−조셉 텔루쉬킨(Joseph Telushkin)

치유의 기술에 없어서는
안 될 한 가지가 있다.
바로 격려다.

−셔윈 B. 눌런드(Sherwin B. Nuland)

말은 심장의 목소리다.

−중국 속담

기분 좋은 말은 뼈를 건강하게 한다.

−잠언 16:24

당신은 아프게 하는 말과 치유하는 말의 힘을 모두 경험해 보았을 것이다. 세상에는 아무리 노력해도 의지만으로 되지 않는 일도 있다. 그런데 어떤 말은 듣거나 읽는 것만으로도 새로운 인생을 살게 만든다. 『잃어버린 치유의 기술』에서 심장병 전문의인 버나드 로운 박사는 그의 환자를 아프게 하거나 치유해준 말들에 대해 이야기한다.

로운 박사는 한 60대 환자를 엄격하게 예후하고 있었다. 2주 전 심장마비가 찾아와 그의 심장근육의 반이 손상됐고, 로운 박사는 그가 사망할 것으로 예상했다. 그런데 이 환자는 갑자기 회복됐다.

6달 후 환자가 후속 방문했을 때, 로운 박사는 그의 회복이 기적이라고 말했다. 그런데 환자의 생각은 달랐다. 그것은 정신력의 문제였다는 것이었다. 그는 어느 날 아침 로운 박사가 그의 가슴에 청진기를 대고 "심장이 잘 뛰네요."라고 말하는 것을 들었다고 했다. "그 말을 듣고 '제 심장이 아직 건강하게 뛸 수 있구나, 이대로 죽진 않겠구나'라고 생각했죠. 그리고 정말 나아졌어요."

이 놀라운 경험을 통해 로운 박사는 다음과 같이 말한다. "환자는 자신의 심장이 그렇게 뛴다는 것이 나쁜 예후를 의미한다는 걸 몰랐죠. 사실 그때 심장이 잘 뛴다고 한 것은 모순어

법입니다. 그 어떤 치료도 정성 들여 선택한 말의 힘보다 강력하지 않아요. 전망이 그리 밝지 않은 때조차, 긍정의 말은 그의 행복을 배가시켜줍니다.

✿ 힐링 한 스푼

정성 들여 선택한 말은
타인과 나의 치유를 도와줍니다.